아테나 : 전쟁의 여신 *1*
ⓒ 채우도 2010

초판 1쇄 발행일 2010년 12월 3일
초판 2쇄 발행일 2010년 12월 8일

지은이 채우도
펴낸이 이정원
대표 배문성
펴낸곳 도서출판 들녘
등록일자 1987년 12월 12일
등록번호 10-156
주소 경기도 파주시 교하읍 문발리 파주출판도시 513-9
전화 (마케팅) 031-955-7374　(편집) 031-955-7381
팩시밀리 031-955-7393
홈페이지 www.ddd21.co.kr
블로그 http://blog.naver.com/buchheim

ISBN 978-89-7527-958-4(04810)
　　　978-89-7527-957-7(세트)

값은 뒤표지에 있습니다. 잘못된 책은 구입하신 곳에서 바꿔드립니다.

퍼플북스 는 들녘의 디비전입니다.

차례

바람이 분다 _7

나 홀로 길을 걷네 _27

심심한 똥개 _58

그날에 있었던 일 _87

세레나데를 위한 전주곡 _116

악연의 시작 _164

천재의 도시를 거니는 바보 _199

도발하는 자, 인내하는 자 _240

바람이 분다

알제리 오랑 북동쪽 외곽

바람이 분다.

7월의 끝자락, 30도를 육박하던 한낮의 더위가 수그러들고, 선선한 바람이 저녁의 시작을 알린다. 공기의 변화는 얼굴을 타고 내려 긴소매 속에 감추어진 팔뚝에도 전해졌다.

강오는 먼지를 털어내듯 모래색 얼룩무늬 제복을 한차례 훑어 내렸다. 천이 살갗에 달라붙지 않아서 좋다. 가슬가슬한 느낌.

이런 게 지중해의 여름인가. 눈앞에 짙푸른 바다가 펼쳐져 있지만 강수량이 많지 않은 북아프리카의 대기는 건조하다. 그래서 여름나기가 한결 수월했다. 지금쯤 서울 날씨는 어떨까? 장마가 끝났을 테고, 아마도 사람들은 끈적거리는 열대야와 힘든 씨름을 벌이고 있을 것이다.

생각이 서울로 날아가자 자기도 모르게 주머니에 손이 갔다. 지갑을 꺼내 포동포동한 은서의 얼굴을 불러낸다. 하루에도 몇 번씩 끄집어내는 지갑이다. 버릇이 되어버렸다. 젖살이 아직 남아 있는 세 살배기 딸 은서가 아내 준희의 품에 안긴 채 까르르 웃고 있다. 강오는 절로 미소가 번지는 것을 느끼며 한참동안 사진을 들여다보았다. 아무리 봐도 물리지 않는다.

사진 위로 며칠 전 다녀온 오랑의 시가지 풍경이 겹쳐졌다. 회백색의 고풍스런 건물들과 시원스레 물줄기를 뿜어내는 올망졸망한 분수대들. 화사한 지중해의 햇살을 퉁겨내고 있는 풍광이 파리의 콩코드 광장을 연상시켰다. 한때 프랑스의 식민지였음을 보여주는 흔적이다. 그리고 거리에서 만나는 유쾌하고 인정 많은 사람들. 지중해 땅을 살아가는 사람들답게 그들은 서두르지 않으면서도 활기차 보였다. 강오는 이 도시가 마음에 들었다. 할 수만 있다면 아내에게 당장 구경시켜주고 싶었다.

'준희, 여긴 당신이 생각하던 아프리카와 영 딴판이야. 당신이랑 은서랑 꼭 한번 와보고 싶은 곳인걸.'

강오는 사진에 입맞춤을 하고 지갑을 도로 집어넣었다.

강오가 오랑으로 파견 나간다는 소식을 전하던 날, 순식간에 어두워지던 준희의 얼굴이 지금도 생생하다. 준희에게 알제리의 오랑은 담배를 꼬나물고 비스듬히 쳐다보는 알베르 카뮈의 도시였던가 보다. 『페스트』에 나오는 잿빛 도시. 게다가 이슬람 원리주의자들의 테러로 얼룩진 핏빛 도시. 준희는 오랑이라는 말을 듣자 그런 이미지부터 떠올렸다. 90년대 초반만 해도 이슬람 무장집단 GIA에 의해 해마다 적지 않은 외국인들이 희생되었으니 준희의 불안은 당연한 것이다. 하지만 몇 차례의 정변을 거치며, 알제리의 세속주의 정부는 이슬람 근본주의자들의 도전을 극복하고 비교적 안정된 정세를 유지하고 있었다. 강오는 인터넷 기사들까지 동원하며 아내를 열심히 다독였지만, 준희의 수심 가득한 얼굴은 쉽사리 바뀌지 않았다.

올해로 특임대 생활도 벌써 13년차다. 그 사이에 아내를 만나 3년간 연애했고 결혼생활도 3년째다. 대한민국 군대가 험지에 나간 일이 있다면, 그곳에 강오가 빠진 경우는 거의 없다고 봐도 좋았다. 이라크와 아프가니스탄, UAE에도 갔었고, 소말리아에도 있었다. 그럴 때마다 속마음이야 어떻든 아내는 단 한 번도 토를 달지 않았다. 힘든 여정을 시작하는 남편을 걱정시키고 싶지 않은 배려였을 것이다. 준희는 속 깊은 여자다.

그런 그녀가 처음으로 반대의 뜻을 밝혀왔다. 물론 말투는 차분했지만 남편을 바라보는 눈동자가 전에 없이 흔들리고 있었다.

"준희야, 알제리는 아프간이나 소말리아보다 훨씬 안전한 곳이야. 걱정할 필요가 없다니까!"

"그래두요. 나도 왜 이런지 모르겠어요."

아내는 힘없는 목소리로 말하고 가만히 고개를 저었다. 강오는 아내가 이번에 유독 불안해하는 이유가 무엇인지 생각해보았다. 그러고는 그 불안이 일의 성격에서 비롯된 것이라는 결론을 내렸다. 그 전의 일들은 비록 전투를 전제로 한 것이지만 사방으로부터 집중 타깃이 되는 경우는 아니었다. 여러 나라에서 파견되어온 군대 중의 하나, 즉 n분의 1이었으니까. 하지만 지금은 다르다. 대한민국이 야심차게 밀어온 프로젝트, 세상의 주목을 받는 차세대 원자력발전소의 건설. 그러니까 이번 경우는 n분의 n이었다.

　강오는 그런 점까지 깊이 생각하는 아내가 미덥고 한편으로는 안쓰러웠다. 그녀를 가만히 껴안는 것 외에 달리 할 말이 없었다. 그러고 보니 허니문 여행도 까마득한 옛날 일이다. 그 후로 그들에게 신혼다운 생활이 있었던가? 알콩달콩한 재미는커녕 이런저런 파견 임무 때문에 아내를 과부 아닌 과부로 만들어왔다. 자신처럼 특임대 일이 좋아서 뼈를 묻을 요량이라면 차라리 결혼하지 않았어야 한다는 후회가 밀려올 때도 있었다. 모든 게 미안했다.

　준희와 사랑을 하고 가정을 꾸릴 때까지만 해도 그런 미안한 감정은 적당히 무마시킬 수 있었다. 하지만 은서가 태어난 뒤, 모처럼 집에 있는 날 까르륵 웃어대며 아빠 품에 기어드는 딸을 보면 자책감이 굴뚝 연기처럼 피어올라 저도 모르게 아내의 눈길을 피하기도 했다. 저 사람에게 나는 어떤 남편이고, 은서에게는 어떤 아빠일까?

　어느덧 40을 바라보는 나이. 이제 이 생활도 접어야겠다는 생각이 슬슬 들기 시작했다.

　가늘게 떠는 아내의 등을 토닥이며, 그날 강오는 처음으로 그런 생각을 입 밖에 꺼냈다.

　"준희야, 걱정 마. 당신을 불안하게 하는 생활은 이번으로 끝낼 테니까. 발전소가 완공될 때까지만 방호 업무를 하면 돼. 그 뒤론 좀 한갓지더라도 안전한 업무를 요구할 셈이야. 그게 안 된다면 차라리 그만둘 생각도 하고 있어."

　아내가 품에서 얼굴을 떼고 그를 올려다보았다.

　"당신이 정말 그럴 수 있겠어요?"

거친 생활에 이골 난 사람이 어느 날 갑자기 얌전한 생활로 돌아갈 수 있겠느냐는 의구심이 준희의 얼굴에 고스란히 묻어 있다. 강오는 싱긋 웃으며 다시 그녀의 얼굴을 품에 안았다.
"그럴 수 있다마다. 당신이 그렇게 만들었잖아."
준희는 그 말을 믿는다는 듯 두 팔로 강오의 단단한 허리를 감싸 안았다. 하지만 그녀의 가슴은 여전히 콩닥콩닥 뛰고 있었다.

우웅, 윙윙윙윙!
갑작스런 굉음이 강오를 상념에서 현실로 데려왔다. 강오는 소리가 나는 곳으로 급히 고개를 돌리는 동시에, 자신도 모르게 허리춤의 권총에 오른손을 뻗었다.
200여 미터쯤 떨어진 곳, 광활하게 다져진 콘크리트 부지의 한쪽 끝에서 막 이륙을 시작하려는지 헬기가 프로펠러를 돌리고 있었다. 한 시간 전에 도착한 헬기다. 이곳에 온 뒤로 부지 위에 헬기가 내려앉은 것은 처음 있는 일이었다. 손님이 누구인지는 몰라도 헬기로 드나들 정도라면 최고위급 인사일 터이다. 그 밖의 사람들이 이곳 통제센터까지 오려면 500만 평의 부지를 4중으로 둘러싼 경비부대의 검문을 거쳐야 한다. 외곽 경계를 담당하는 알제리 군을 지나면, 안쪽으로 알제리 경찰과 특수부대가 버티고 있다. 그리고 통제센터는 강오가 소속된 대한민국 특임대가 방호하고, 돔형의 원자로 안에도 출입을 제어하는 한국인 경비대가 있다. 그 경비대까지 합치면 실제로 경비막은 5중으로 둘러쳐진 셈이었다.
소리의 정체를 알고 뻘쭘해진 오른손을 들어 올려 눈썹 위를 가렸다. 쟁반을 뚝 잘라놓은 것처럼 생긴 해가 지중해로 빠져들고 있었다. 일렁이는 선홍색 반원 위로 잠자리가 서서히 떠오르고 있었다. 강오는 헬기의 꽁무니를 좇았다. 검은 실루엣은 일직선으로 떠오르던 동작을 멈추더니 반 바퀴쯤 선회한 뒤 알제가 있는 동쪽을 향해 날아가기 시작했다. 헬기를 따라 몸을 돌린 강오는 헬기가 동쪽 하늘 끝에서 작은 점이 되었다가 이내 소멸될 때까지 시선을 거두지 않았다.

마치 그 헬기가 태양을 거두어가기라도 한 듯, 곧바로 어둠이 찾아왔다.

에에엥!

공활한 부지에 사이렌 소리가 울려 퍼졌다. 작업 종료를 알리는 소리다. 이미 퇴근 준비를 마친 공사장 인부들이 엄격한 퇴근검문을 받기 위해 줄을 섰다. 거의 완성되어가는 두 개의 돔형 원자로 앞에 진녹색 버스들이 줄지어 서 있다가, 퇴소 확인을 마친 인부들을 삼키자마자 일제히 출발했다. 버스들이 정문을 향해 출발하면 곧바로 경비대원들의 건물 수색이 시작된다. 지금부터 이곳은 허가된 코리언이 아닌 그 어떤 사람도 있어서는 안 되었다. 남아 있는 것은 공사 차량, 크레인 따위의 생명이 붙어 있지 않은 것들뿐이다.

강오는 1호기와 2호기의 원자로 검문대로부터 신호가 오기를 기다렸다. 5분쯤 지나자 무전기가 울렸다.

"파랑새 하나, 점검 완료! 이상 없음, 오버!"

이어서 치직거리는 소리와 함께 두 번째 사인이 왔다.

"파랑새 둘, 이상 없음!"

강오는 건물들 사이사이를 찬찬히 훑어본 후, 무전기에 입을 댔다.
"수고들 했다! 나이트워치 태세 발동 30분 전, 올빼미들에게 업무 인계할 준비해라!"

올빼미는 야간 근무 대원을 말한다. 야간 근무는 주간 근무와 차이가 있었다. 공사가 진행되는 주간에는 출입차량 및 인원을 통제하는 통상적인 경비 임무가 곁들여진다. 그러나 오로지 방위만을 목적으로 하는 야간에는 준 전투상태를 방불케 할 만큼 대원들의 장비도 확연히 달라진다. 대원들은 특수 총기류와 나이트비전(야간투시경), 단도류 등 개인무기를 소지하고, 감시탑 외에 적이 침투할 만한 요소요소에 2인 1조로 투입되며 2시간을 전후로 해서 교대된다. 그리고 각 조마다 교대 시간이 달라서, 예컨대 새벽 1시에 일제히 근무 교대가 이루어지는 따위의 일은 없다. 또한 이등변삼각형 모양으로 배치된 세 개의 건축물, 즉 상황센터와 두 기의 원자로를 중심으로 반경 500미터의 둘레를 순찰조가 30분 간격으로 돌아보게끔 근무 수칙이 정해져 있다.

알제리에서의 임무는 전투가 실시간으로 이루어지는 아프간 등에 비하면 겉으론 그야말로 평온했다. 그러나 부지 전체를 에워싼 긴장감은 예전 전투지에 비할 바가 아니었다. 그것은 아내 준희가 걱정한 대로 북아프리카라는 머나먼 땅에 오직 코리언들로만 이루어진 세계를 유지해야 하는 데서 비롯된 것이다. 그 이유는 대원들 모두에게 필요한 만큼 숙지되어 있었다.

강오는 알제리로 떠나오기 직전 받았던 교육 내용을 떠올렸다. 그때의 분위기를 생각하면 지금도 가슴이 벅차오른다.

이례적으로 정복 차림의 '투 스타'가 먼저 단상에 올라 '제군이 하고자 하는 일'에 대해 열변을 토했다.

이 원전 공사는 대한민국의 미래가, 아니 당장의 생존이 걸린 사업이다. 굳이 비유하자면 이것은 '의자앉기' 게임이다. 누가 앉느냐에 따라 주인이 바뀌고, 한시라도 방심했다가는 빼앗기고 마는 의자다. '꿈의 에너지 기술'이라는, 전 세계가 눈독을 들이고 있던 의자에 지금은 대한민국이 먼저 앉아 있을 뿐이다. 그 의자를 철통같이 지켜내는 임무가 여러분의 어깨에 지워져 있다. 대한민국 특수임무대의 명예와 자존심을 걸고 그 임무를 수행해나가야 한다…….

그는 마치 웅변을 하듯 주먹을 불끈 쥐며 그런 이야기들을 했다.

장성이 퇴장하고 이어서 하얀 가운 차림의 남자가 올라왔다. 원자력연구소 연구원이라고 자신을 소개한 그는 대원들이 문외한임을 고려하여 과학적인 내용은 간략한 소개로 그치고, 혁신기술이 갖는 역사적 의미에 대해 대부분의 강의를 할애했다.

한국은 애초에 원자력 기술에 관한 한 후발주자인 데다 한반도라는 지정학적 특성으로 말미암아 핵심 기술에 맘 놓고 도달하기 어려운 한계를 태생적으로 안고 있었다. 그러나 어떤 일을 계기로 한국은 우라늄 자원 부족 문제와 핵무기 개발이라는 핵연료 재처리 상의 문제를 동시에 해소하는 혁신기술을 선점하게 되었고, 그리하여 세계 원자력 기술의 선두주자로 일약 발돋움할 수 있었다. 그리고 그 기술의 결과물을 '파랑새'로 명명하게 되었다…….

강의가 끝나고 누군가 손을 들어 질문했다.

"왜 하필 '파랑새'입니까? 생뚱맞은 것 아닌가요?"

그러자 강사는 싱긋 웃으며 대답했다.
"우리가 뺑끼칠이라도 한다는 겁니까?"
대원들이 폭소를 터뜨렸다.
"다들 읽어보셨겠지만, 그 이름은 모리스 마테를링크의 동화극 『파랑새』에서 따온 것입니다. 파랑새는 행복을 의미하죠. 이 신기술이 우리 민족, 나아가 인류에게 행복을 가져다준다는 것을 상징합니다. 그리고 또 하나 숨은 뜻이 있어요. 파랑새를 누가 발견했지요?"
강사는 누군가 대신 대답해주기를 기다린다는 듯 뜸을 들였다. 잠시 후 그는 웃음기를 거두고, 엄숙한 표정으로 말을 이었다.
"바로 치르치르와 미치르 남매라는, 가난한 나무꾼의 아이들입니다."
얌전한 학생처럼 앉아 있던 대원들은 다음에 나올 말을 기다리며 강사의 입에서 눈을 떼지 못했다. 그러나 강사는 좌중을 천천히 둘러보고는, 마치 농담을 했다는 듯 어깨를 으쓱해 보이더니 씩 웃었다.
"여기까지 하겠습니다. 여러분도, 그리고 일반 국민들도 시간이 지나면 다 아실 이야기니까 지금은 이쯤에서 덮도록 하지요. 물론 여러분이 상상하는 거는 자유지만 말입니다."
강사는 마치 수수께끼를 던지듯 그 말을 하고는 강의장을 빠져나갔다.

감시탑에 등화가 켜지기 시작했다. 강오는 여기저기서 툭툭 터지는 불빛을 보며, 어둠은 갑자기 찾아든다는 생각을 했다. 방금 전만 해도 어스름녘이었는데 사위가 순식간에 먹물로 변했다.

초소 순회를 마치고 상황센터로 걸어가는 도중에도 강오는 사방을 두리번거렸다. 늘 그렇듯이, 저 어둠속 어딘가에서 뭔가가 툭 튀어나올 것만 같아 등이 스멀거렸다. 그런 기분이 오늘따라 더했다. 강오는 발길을 멈추고 머리를 들어올렸다. 아까부터 누군가 정수리를 간질이고 있다는 느낌이 들어서다.

금세라도 쏟아질 듯 수많은 별들이 흐늘거리고 있었다. 고개를 든 채로, 강오는 그 자리에서 한 바퀴 빙 돌았다. 그때 강오의 눈에 특이한 별빛이 들어왔다. 그것은 수명이 다한 형광등처럼, 불규칙적으로 밝아졌다 희미해지기를 반복하고 있었다. 강오는 눈을 한 번 질끈 감았다가 떴다. 희미한 빛이 파르르 떠는가 싶더니, 잠시 후 환한 빛을 쏘아댔다. 백광(白光), 게다가 한자리에서 반짝이는 것으로 보아 항공기의 점멸등은 아니다. 강오는 실눈으로 계속 빛을 주시했다. 1분쯤 지났을까. 빛이 거짓말처럼 뚝 사라졌다

강오는 하늘에 시선을 둔 채로 한참을 그렇게 서 있었다. 그러나 별은 다시는 빛나지 않았다. 뭘까? 착시였을까?

강오는 정신을 가다듬으려는 듯 고개를 세차게 흔들고는 상황실로 가는 발걸음을 재촉했다.

"저 새끼 뭐야?…… 공중을 계속 쳐다보는데? 혹시 눈치 챈 거 아냐?"

바닥에 넙죽 엎드린 사내가 속삭였다. 그의 옆으로 새까만 복장의 사내들이 여럿 엎드려 있었다.

"그럴지도 모릅니다."

다른 사내가 대답했다.

철컥!

뒤쪽에서 쇳소리가 났다. 50여 미터 앞 공터에 서서 하늘을 올려다보고 있는 남자를 향해 총구를 겨냥하는 소리였다. 맨 앞의 사내가 뒤로 고개를 돌리며 손가락을 입에 가져다댔다.

"쉿! 기다려. 내 말이 떨어지기 전에는 꼼짝도 하지 마." 그는 고개를 바로하고 옆의 그림자에게 말했다. "이제 됐으니까 UAV(무인정찰기) 감시카메라 끄라고 해. 빛이 너무 밝아."

그는 혹시라도 빛이 새어나갈까 봐 손바닥으로 감싸 쥐고 있던 아이폰을 쳐다보았다. 액정 화면에서는 하늘을 올려다보며 서 있는 사내와 다른 경비요원들의 움직임이 녹색으로 부감되고 있었다. 그 동영상을 내비게이터 삼아 그들은 이곳까지 들키지 않고 침입할 수 있었다.

옆의 그림자가 이어피스에 대고 최대한 소리를 죽여 말했다.

"이글, 이글! 여기 알파 브라보다! 카메라 정지! 카메라 정지! 들킬 것 같다!"

그러자 곧 공중에서 깜박이던 빛이 꺼지고, 아이폰에 비치던 녹색 동영상도 사라졌다. 공터에 선 남자는 그 후로도 한참 동안 하늘을 올려다보고 있더니, 이내 고개를 내리고 센터 건물을 향해 걸어가기 시작했다. 그의 모습이 건물 안으로 완전히 사라지고 10분이 훌쩍 넘어서야 맨 앞에 있던 리더인 듯한 남자가 입을 열었다.

"됐다. 다들 고글 착용해." 리더는 몸체 하나 간격으로 뒤쪽에 엎드려 있는 한 사내를 손가락으로 가리켰다. "브라보, 너희는 오른쪽으로 돌아서 2호기 쪽에 붙어."

그의 말이 떨어지기 무섭게 다섯 명의 사내가 상체를 숙인 채 신속히 달려 나갔다. 그들이 2호기 담벼락에 달라붙는 모습을 확인한 리더는 옆에 있던 동료들을 향해 턱을 까딱했다. 이윽고 단거리 주자처럼 출발한 나머지 다섯 명도 곧 1호기의 왼쪽 벽에 몸을 붙였다. 100여 미터를 달려왔지만 누구 하나 거친 숨소리를 내지 않았다.

리더는 벽 앞으로 살짝 고개를 내밀고 상황센터 출입구를 살폈다. 상황센터는 두 개의 원자로를 사이에 두고 정문 쪽으로 30미터가량 떨어져 있다. 그들이 거두어 가야 할 물건이 그 안에 있었다. 다행히 아까 남자가 들어간 센터 쪽에서는 아무 움직임이 없다.

리더는 야광 손목시계를 초조하게 들여다보았다. 이제 찰리팀의 순서다. 잠시 후면 상황센터로부터 300여 미터 떨어진 곳에서, 공사 차량들이 폭파될 것이다. 그 폭파를 신호로 브라보팀은 정문, 자신이 이끄는 알파팀은 후문으로 진입하여 물건을 획득한다. 누가 살아남을지는 아무도 모른다. 단 하나가 살아남더라도, 그 사람은 혼자의 힘으로 어떻게든 남쪽 울타리로 향해야 한다. 그곳에는 델타팀이 차량을 준비해두고 있다. 외곽 경비를 담당하는 알제리 군 내부에는 이미 GIA 소속의 협조자들을 심어놓았다. 그들이 델타팀을 지원하기로 되어 있었다.

리더는 2호기를 향해 손짓했다. 고글 안으로 브라보가 고개를 끄덕이는 게 보였다.

브라보팀이 상체를 숙인 채 옆구리에 총을 바짝 붙이고 센터의 정문 쪽을 향해 내달렸다. 그들은 건물 벽을 돌아 출입구의 옆쪽, 조명이 비치지 않는 사각지대에 찰싹 달라붙었다. 그러고는 고글을 벗고 방독면을 뒤집어썼다. 리더의 알파팀도 방독면을 썼다.

앞으로 10초다.

리더는 뒤에 선 사내에게 말했다.

"카운터 요청해!"

뒤의 사내가 무전을 보내자, 리더의 귀에 꽂힌 이어피스에서도 카운터가 새어나오기 시작했다. 리더는 이어피스의 소리에 맞춰 합창이라도 하듯, 조용한 소리로 숫자를 세기 시작했다.

"공, 아홉, 팔, 칠, 여섯, 오, 넷, 삼, 둘, 하나……."

카운터가 끝났다. 그러나 아무 소리도 나지 않는다. 리더는 자기도 모르게 침을 꿀꺽 삼켰다. 5초가 지났다. 그가 초조한 얼굴로 다시 한 번 손목시계를 쳐다보려던 순간, 굉음이 터져 나왔다. 그러면 그렇지. 리더는 얼굴을 들어 올려 굉음의 진원지를 바라보았다. 애초 예상했던 지점에서 시뻘건 불길이 치솟고 있었다.

에엥! 에엥! 에엥!

퇴근 사이렌과는 다른 알람 사이렌이 요란하게 울려 퍼졌다. 그와 동시에 건물 옥상에 설치된 헤드라이트들이 어지럽게 춤추고, 안에서 쏟아져 나온 경비대원들이 공사차량 쪽으로 우르르 달려갔다. 마지막으로 튀어나온 경비대원의 모습이 시야에서 사라지고 얼마 안 있어 콩 볶는 듯한 총소리가 멀리서 들려오기 시작했다.

리더는 다시 한 번 손짓을 했다.

브라보팀이 정문으로 진입했다.

두두두두!

연발로 갈겨대는 자동소총 소리가 건물 안에 메아리쳤다. 펑 하고, 폭발음도 들렸다. 브라보팀이 신경가스탄을 던졌을 것이다.
"뛰어!"
리더가 소리치자 그의 뒤에서 방독면을 쓰고 있던 사내들이 후문을 향해 맹렬한 속도로 뛰어갔다.

상황센터에 들어선 강오는 여전히 꺼림칙했다.
자신이 본 빛이 예사롭지 않다는 것은 확실했다.
걸어오는 내내 짚이는 게 있었다. 눈으로 직접 본 적은 없지만, 혹시 그것 아닐까?
센터 건물 2층의 숙소에 들어오자마자, 강오는 인터넷을 켜고 첨단무기 비밀사이트에 접속했다. 패스워드를 입력하고 스크롤을 굴린다. 어지럽게 튀어나오는 영어와 국문이 혼재된 정보들을 훑어 내렸다. 어느 순간, 마우스를 움직이던 그의 오른손이 멈추었다.
적외선 감지 기능을 갖춘 무인정찰기 UAV 프레데터(Predator). 만약 그것이 저고도에서 야간촬영을 하고 있었다면, 아까 그런 빛으로 비치지 않았을까?
강오는 막연했던 불안이 현실화된 것 같은 느낌에 사로잡혔다. 만약 그런 첨단무기까지 동원할 정도라면 보통 상대가 아니다.
물론 순전한 착시일 수도 있다. 착시는 육체 조건의 불완전함, 또는 감정의 조절 실패로 인해 생긴다. 준희와 은서에 대한 센티멘털한 감정 때문에 밤하늘에서 엉뚱한 것을 보고 망상한 것인지도 모른다.
그러나 망상이라 치부하기에는 그 빛이 너무 또렷했다. 오랑의 원전 건설장은 윤곽 없는 전장, 보이지 않는 수많은 적들이 사방에서 눈을 번뜩이고 있는 곳이다. 언제 어디서 어떤 패턴으로 공격이 들어올지 알 수 없다. 파견 전부터 단단히 주의 받았던 임무 태세도 그러했다. 한시도 방심하지 마라. 모든 것을 의심하라. 가능성이 제로라도 일단은 준비하라.

강오는 자리에서 벌떡 일어나 모래색 제복을 벗고 검은 야간전투복으로 갈아입었다. 그리고 개인화기가 보관된 캐비닛을 열고 자동소총과 권총을 꺼냈다. 탄창에 총알을 매기고, 수류탄과 단검, 화생방도구까지 침상 옆에 가지런히 놓았다. 야전에서 하던 버릇대로 해 두지 않으면 안심이 될 것 같지 않았다.

불을 끄고 전투화를 신은 그대로 자리에 벌렁 드러누웠다. 그러나 한번 하얘져버린 머릿속은 좀처럼 까매지지가 않았다. 강오는 억지로라도 다른 생각을 하기로 했다. 한참을 그렇게 뒤척이다가 침대 맡의 스탠드를 켰다. 그러고는 호주머니를 뒤져 지갑을 꺼냈다. 다시 은서를 불러낼 생각이었다.

막 지갑을 펼치려는 순간, 요란한 폭발음과 함께 창문이 덜컹거렸다.

빌어먹을! 괜한 우려가 아니었어. 놈들이 왔다!

강오는 지갑을 쑤셔 넣고, 침상 옆에 두었던 무기와 방어구를 착용했다.

알람 사이렌이 엥엥거렸다. 1분도 지나지 않아 출동하는 비상대기조의 군화 소리가 복도를 뒤흔들었다. 잠시 후, 드르륵 하고 요란하게 갈겨대는 총소리가 멀리서 들려왔다. 강오는 총소리가 들려오는 방향으로 미루어 그곳이 W 쓰리 지역, 즉 공사차량이 주차된 창고지

대임을 짐작할 수 있었다.

복도로 나서려던 강오는 멈칫했다. 건물 안에서도 총소리가 울려 퍼진 것이다. 현관 쪽에서부터 시작된 총소리가 2층 복도의 계단 쪽으로 옮겨 오고 있었다. 그리고 퍽, 하는 소리와 함께 희미한 과일 냄새가 코를 간질였다. 신경가스다! 강오는 얼른 방독면을 뒤집어쓰고, 다시 방으로 들어와 벽에 기대어 섰다. 복도 벽을 총알이 훑어가고 있었다.

이 방 저 방에서 튀어나온 대원들이 응사를 시작했는지, 서로 다른 음향의 총성들이 교대로 울리며 귀청을 찢었다.

그때 문득 강오의 뇌리를 스치는 생각이 있었다. 이건 성동격서 작전이 아닐까? W 쓰리 지역을 친 것은 아군을 불러내려는 미끼인지도 모른다. 놈들의 목표는 당연히 센터 건물이고, 보란 듯이 현관을 치고 들어왔다. 그렇다면 틀림없이 후문도 칠 것이다. 한두 명이 겨우 드나들 정도로 좁은 데다 평소에 시건장치로 잠가놓는 후문이지만, 가능성은 있다. 게다가 제어실은 후문 쪽에서 더 가깝다.

강오는 포복 자세로 복도를 응시하다가 현관 반대쪽 계단을 향해 뛰어갔다. 그리고 계단 난간을 미끄럼 타듯 내려와, 후문 옆의 벽에 몸을 기대고 섰다.

그의 짐작대로 후문 손잡이가 덜컥거리더니 문이 벌컥 열렸다. 그리고 그림자들이 하나씩 튀어 들어왔다. 그들은 들어오자마자 곧장 제어실을 향해 뛰어갔다. 네 번째로 들어온 놈이 뒤를 돌아보았다. 그와 강오의 시선이 마주쳤다. 강오는 방아쇠에 힘을 주었다. 소총이 연발로 발사됐다.

그림자들이 퍽퍽 고꾸라졌다. 모두 넷이다.

순간, 강오의 발밑에 동그란 물체가 굴러왔다. 수류탄이다. 강오는 그것을 냅다 걷어차고 납작 엎드렸다. 폭발음과 함께 강오의 뒤쪽 벽에 무수한 구멍이 뚫렸다. 먹먹해진 강오의 귓속이 윙윙거렸다.

풀썩이는 먼지 사이로 또 한 놈이 출입구로 들어서려 하고 있었다. 강오는 그쪽을 향해 소총을 갈겼지만 철컥거리는 소리만 날 뿐 총알이 나가지 않았다. 탄창이 다 된 것이다. 놈으로부터 총알이 날아들었다. 강오는 몸을 데구루루 굴려 허리춤에 찬 권총을 빼내 사격했다. 그러자 안으로 한 발 내딛었던 상대가 도로 밖으로 빠져나갔다.

강오는 문 밖으로 슬라이딩을 했다. 어둠 속으로 한 사내가 후다닥 뛰어가고 있었다. 그의 모습이 1호기 뒤쪽으로 사라졌다.

강오는 그가 사라진 반대편으로 뛰어 역시 1호기 벽에 몸을 붙였다. 숨이 차 허파가 터질 것 같았다. 강오는 방독면을 벗어, 두 사람 사이 앞으로 휙 던졌다. 칠흑 같은 어둠 속에서 방독면은 무수한 총알을 맞고 수 미터 날아갔다.

이번에는 상대 쪽에서도 뭔가가 툭 날아왔다. 강오는 권총을 연사했다. 총알이 콘크리트 바닥에 튕길 때 나는 빛을 보고, 강오는 그것 역시 상대의 방독면이라는 것을 알아챘다. 저놈이나 나나 장님 신세인 건 마찬가지, 이제부턴 오로지 감각에 의한 승부다. 지척에서 놈이 가쁜 숨을 몰아쉬고 있는 장면이 그려졌다.

그러나 강오는 자신에게 치명적인 약점이 있다는 것을 깨달았다. 청각의 상실이다. 이렇게 웅웅거리는 귀로는 미세한 소리를 포착해 낼 수 없다. 강오는 대치하는 시간이 길어질수록 자신에게 불리하다는 결론을 내렸다. 믿을 것은 야간에 잘 적응된 시력과 순발력뿐이다. 게다가 총알도 다 떨어졌다. 강오는 결심했다. 그리고 방향을 틀어 돔 벽을 따라 전속력으로 달렸다.

상대의 그림자가 눈앞에 나타났다. 눈에 보이진 않아도 상대의 어정쩡한 동작으로 보아 강오의 갑작스런 돌진에 그가 당황했음을 알 수 있었다. 강오는 그의 팔을 힘껏 걷어찼다. 총이 저만치 날아갔다.

상대도 이내 격투자세를 취했다. 둘 사이에서 주먹과 다리가 어지럽게 오갔다. 엉기고 떨어지기를 수차례 반복하는 동안, 강오는 상대가 근거리 공격에 매우 능하다는 것을 깨달았다. 놈은 눈과 낭심, 명치와 관자놀이 등 오로지 급소만을 가격해왔다. 전형적인 크라브 마가(Krav Maga) 파이터다. 크라브 마가는 이스라엘 특공무술로, 미국의 CIA나 SWAT 요원들이 필수적으로 마스터해야 하는 실전무술이었다.

크라브 마가라면 강오도 최강 수준이다. 상대도 강오의 레벨을 가늠했는지, 잠시 거리를 두는 기색이었다. 떨어져서 싸운다면 강오로서는 더욱 유리하다. 강오는 가볍게 스텝을 밟으며 빈틈을 노렸다.

왼쪽으로 돌던 상대의 무릎이 미세하게 벌어졌다. 이때다! 강오는 그의 낭심을 향해 비호처럼 오른발을 날렸다. 그러나 발이 낭심을 채 올려 차기 전에 상대가 두 다리를 꽉 오므렸다. 마치 쥐덫처럼 강오의 다리가 그의 양 사타구니에 갇힌 꼴이 되었다.

강오는 남은 다리로 균형을 잡은 채, 갇힌 다리를 빼내기 위해 힘을 썼다. 그러자 상대는 강오의 끌어당기는 힘을 역이용하여 두 다리를 푸는 동시에 강오에게로 와락 달려들었다. 그의 체중을 받고 강오의 몸이 돔 벽에 세게 부딪혔다. 상대는 팔로 강오의 목을 세게 밀어붙였다.

그때, 강오의 옆구리에 격렬한 통증이 전해져왔다. 찌릿한 전류가 등골을 타고 내린다. 어느새 놈이 칼을 끄집어냈던 것이다. 강오는 왼손으로는 목을 눌러오는 상대의 오른손을 잡고, 오른손으로는 자신의 옆구리를 파고드는 그의 왼팔목을 움켜쥐었다. 옆구리에 점점 깊이 박혀오던 칼끝이 제자리에서 부들부들 떨었다. 강오는 오른손에, 상대는 왼손에 온힘을 실었다.

"으아아!"

강오는 비명에 가까운 기합을 질렀다. 그러고는 힘이 한쪽으로 쏠린 것을 이용하여 몸을 오른쪽으로 틀었다. 이젠 상대의 등이 돔 벽에 붙고, 강오가 그를 미는 형세가 되었다. 하지만 여전히 강오의 옆구리에는 칼끝이 박혀 있다. 쿨럭쿨럭 쏟아져 나오는 피가 둘의 손을 흠뻑 적셨다.

강오는 급격히 힘이 빠지는 것을 느꼈다. 머릿속이 어찔했다. 이렇게 죽는 건가! 강오는 정신을 추스르기 위해 다시 한 번 악을 썼다.

"으아아!"

그 순간 강렬한 빛이 두 사람을 향해 쏟아졌다. 센터건물 위의 헤드라이트가 이쪽을 비춘 것이다. 갑작스런 빛 세례에 상대가 눈을 질끈 감았고, 그 때문에 칼을 쥔 그의 왼손에 힘이 빠졌다. 강오는 그의 왼손목을 거머쥔 채로 위로 들어 올려, 있는 힘껏 목에 박았다. 헤드라이트에 비친 상대의 눈이 놀라움으로 크게 벌어졌다.

강오는 온몸에서 힘이 급격히 빠져나가는 것을 느꼈다. 무릎이 절로 구부러졌다. 강오는 털썩 주저앉았다가 뒤로 벌렁 넘어졌다.

희미한 밤하늘에 준희와 은서의 얼굴이 떠올랐다가 가물가물 사라졌다. 강오의 하얗던 머릿속이 점점 까매졌다.

그의 뺨에 선선한 북아프리카의 밤바람이 부딪쳐왔다.

나 홀로 길을 건네

2년 전, 대한민국 부산

　백인 남자는 고급스런 쥐색 코트 차림에 역시 쥐색의 중절모를 눌러 썼다. 짙은 선글라스를 끼고 천천히 주변을 돌아보는 얼굴에는 구레나룻과 턱수염이 풍성하다. 은빛 수염이 절반쯤 섞여 있고 배가 적당히 나와 있어, 50대 전후의 여유로운 사업가처럼 보였다. 그런 사람에게 딱 어울리다싶은 액세서리가 그의 옆으로 다가왔다. 햇빛에 튕겨 반짝이는 갈색머리가 늘씬한 허리에서 출렁거린다. 조각처럼 섬세한 얼굴에 함박웃음을 머금은 여자는 백화점을 나서자마자 정문 앞에 서 있던 그에게 찰싹 달라붙어 팔짱을 꼈다. 남자는 그녀의 귀에 대고 뭐라고 하며 사람 좋은 미소를 띠고 있다.
　많이 변했다. 아니, 바뀌었다고 해야 할까.
　어떻게 저런 미소를 지을 수 있을까? 아무리 모습을 바꾸었어도 그런 얼굴은 생경하기만 했다. 사샤는 지금 남자의 눈동자가 어떠할지 몹시 궁금했다. 생각 같아선 당장 달려가 남자의 선글라스를 벗겨 확인해보고 싶었다.

남자의 흔적을 좇아 달려온 게 벌써 몇 달째인가. 모스크바에서 시베리아 구석구석까지, 그러다가 카자흐스탄의 아나스타로, 독일 프랑크푸르트로, 그리고 이곳 부산까지 장장 다섯 달 이상이 걸렸다. 물어물어 꼬리를 잡았다 싶으면 남자는 이미 다른 곳으로 떠난 뒤였다.

지나온 도시들마다 남자는 호텔 직원들에게 전혀 다른 이미지로 기억되고 있었다. 나이도 널뛰듯 해서, 40대의 단정한 비즈니스맨이었다가, 뒤로 쪽머리를 튼 예술가 타입의 30대였다가, 오늘은 스무 살이 갓 넘어 보이는 아름다운 여자에게 쇼핑백을 한 아름 안겨주는 넉살스런 50대의 사업가로 모습을 드러냈다.

하마터면 몰라볼 뻔했다. 마음만 먹으면 지구에서 얼마든지 증발할 수 있는 사람이다.

그가 그러지 못하는 이유는 단 하나, 저 빛나는 액세서리 때문이다. 니키타 수히노바. TV에 딱 한 번 출연했을 뿐이지만, 그 짧은 시간 동안 화면을 지켜보던 사내들의 가슴을 사로잡아버린 여자. 하지만 그 후로 아무리 리모컨을 돌려봐도 그녀는 두 번 다시 모습을 드러내지 않았다. 애가 탄 남성 시청자들의 빗발치는 요구에 방송국 관계자들이 사방으로 수소문해보았지만 그녀의 존재는 오리무중이었다. 마치 연기처럼 흩어져, 나중에는 그녀가 실재했는지조차 의심될 정도였다.

원래 금발이었던 여자는 지금 사샤의 눈앞에서 갈색머리로 서 있다. 남자가 인생의 목적으로 삼은 여자, 그래서 감추기 힘든 꼬리가 되어버린 여자. 사샤가 금세 끊어질 듯한 추적의 실타래를 놓치지 않을 수 있었던 것은 바로 이 꼬리 덕분이었다.

사샤는 충분히 그럴 수 있겠다고 생각했다. 지금 저기에 있는 여자는 신화 속의 존재다.

사샤는 두 남녀의 뒤를 눈으로 좇으며, 4년 전의 기억을 떠올렸다.
이런 생각에 젖으면 자기도 모르게 뺨에 손이 간다. 아직 흉터가 여드름 자국처럼 남아 있다. 남들에겐 희미한 보조개로 보일지도 모르지만, 그것은 명예훈장 같은 것이다.

스페츠나츠의 악명 높은 훈련을 하나둘 마치고 송곳으로 자신의 뺨을 뚫어야 할 때가 왔을 때, 사샤는 조금도 망설이지 않았다. 인간 병기로 거듭나기 위한 통과의례 아니던가. 자신의 뺨도 뚫지 못한다면 남도 죽일 수 없다는 철칙이 훈련병들에게 주어져 있었다.

하지만 그 뒤에도 지독한 마지막 관문이 버티고 있었다. 여섯 명의 동료들과 녹다운될 때까지 싸워야 하는 미션. 한때 격투기 세계를 평정했던 표도르도 이 혹독한 스페츠나츠의 훈련을 거쳤다.

죽이지 않으면 죽는다. 일단 싸움판에 서면, 인간의 모든 감정은 독이 된다. 상대에 대한 연민은 물론이고, 분노도 버려야 한다. 짐승을 죽이는 백정처럼, 그저 쓰러뜨리는 일에만 몰두해야 한다. 교관은 그렇게 일장훈시를 한 다음, 움푹 파인 둥그런 모래판 위에 훈련병들을 거침없이 밀어 넣었다.

이제는 적이 되어버린 동료가 아찔한 통증을 가해와도 사샤는 아무 감정이 일지 않았다. 다만 매처럼 날카로운 눈초리로, 상대의 빈틈을 보며 주먹과 발길질을 날리는 데만 집중했다. 한 명, 두 명, 마침내 여섯 번째의 동료가 널브러졌다. 시신처럼 뻗어버린 동료들을 보면서도, 사샤의 머릿속엔 사시나무처럼 후들거리는 다리를 어떻게든 곧추세워야 한다는 생각만 들어 있었다.

"그만 됐다, 워리어."

뒤에서 굵은 목소리가 들려왔다. 사샤는 비칠비칠 몸을 돌려, 퉁퉁 부어 흐릿해진 눈으로 목소리의 주인공을 올려다보았다. 이바노프 대위였다. 유리알처럼 투명한 그의 눈동자가 흐늘흐늘한 자신의 몸을 쓱 훑어보고 있었다.

"쉬도록 해."

그 한마디를 남기고 이바노프 대위는 등을 돌렸다. '워리어(warrior).' 이 소리를 듣기 위해 지옥 같은 1년을 보냈다.

"워리어……" 사샤는 비틀거리는 몸을 애써 바로잡으며 중얼거렸다. "나도 이젠 전사가 된 겁니까?"

사샤는 대위의 등을 향해 쥐어짜듯 말했다. 사샤의 입에서 우물거리는 그 소리가 밖으로 들릴 리 없었지만, 대위는 걷던 발길을 멈추고 뒤를 돌아보았다. 그러고는 거의 표 나지 않게 고개를 끄덕였다.

비로소 사샤는 무릎을 꺾었다. 안도감이 물을 빨아들이는 솜처럼 온몸을 적셨다. 세상에서 유일하게 자신의 존재를 인정받고 싶은 사람이 고개를 끄덕여준 것이다.

그 1년 전, 열아홉 나이의 사샤는 밤거리를 헤매는 승냥이였다. 그때 이미 전과자의 별을 셋이나 단 사샤는 밤마다 사냥을 나가곤 했다. 처음에는 알코올과 코카인 살 돈이 궁해서였지만, 나중에는 심심함을 달래주는 소일거리가 되어버렸다. 가만히 방 안에 처박혀 있으면, 지루한 삶을 도저히 견디기 힘들 것 같았다.

해가 기울면, 인파가 붐비는 곳을 어정거리다 부티 나는 남자들을 물색했다. 여자들에겐 흥미가 없었다. 기껏해야 비명을 지르다가 이내 지갑을 던지고 달아나버리는 여자는 그의 사냥감이 될 수 없었다. 돈만이 아니라 뜨겁게 솟아오르는 아드레날린을 잠재우기 위해선 반드시 남자, 그것도 힘깨나 쓸 것처럼 보이는 남자가 필요했다. 가끔, 자존심을 세운답시고 덤벼드는 놈들이라도 만나면 더 바랄 게 없었다. 그럴 때면 실컷 패주거나, 아니면 적당히 칼침을 놔주면 그만이었다. 자신만만해 보이던 사내들의 얼굴이 뭉개지고 일그러지는 모습을 보는 게 여간 재미있지 않았다.

그날도 모스크바 역 주변을 맴돌다가 고급 세단에서 내린 한 남자를 점찍었다. 말끔한 신사복에 감추어진 체구가 제법 단단해 보이는 남자였다. 마땅한 대상을 발견한 만족감에 사샤는 군침을 삼켰다.

고층 빌딩 사이로 접어드는 어두컴컴한 골목길에 이르자 사샤는 잰걸음을 놀렸다. 보도블록을 울리는 구두 소리가 빨라진 것을 눈치챘는지, 남자가 발걸음을 멈추고 뒤를 돌아보았다. 그러고는 잠시 사샤의 위아래를 무표정하게 훑어보더니, 다시 발걸음을 옮겼다.

사샤는 자신의 존재가 안중에도 없다는 듯 쉽게 등을 보이는 남자에게 더욱 구미가 당겼다. 보폭을 크게 하여 그의 뒤에 바짝 따라붙었다. 그러나 남자는 걷는 속도를 바꿀 생각이 전혀 없는 듯했다.

사샤는 헛기침을 두세 번 하는 것으로 남자에게 신호를 보냈다.

마침내 남자가 멈추어 섰다. 사샤의 눈에 그의 등이 긴장으로 굳어 있는 것처럼 보였다.

남자가 천천히 상체를 돌렸다. 사샤는 주머니에 넣어두었던 한 손을 꺼내 그의 앞에 내밀었다.

"아저씨, 지갑 좀 빌릴까?"

빌딩 벽의 그림자에 갇혀 남자의 표정이 보이지 않았다. 사샤는 사냥감의 표정 변화를 읽는 재미를 맛볼 수 없다는 게 못내 아쉬웠다.

"장난하지 말고 그냥 가지 그래?"

남자의 입에서 지독한 저음이 터져 나왔다.

사냥감의 매뉴얼에 들어 있지 않은 대답이다. 사샤는 뜻밖의 반응에 약간 움찔했지만, 이내 흥분감에 온몸이 짜릿해지는 것을 느꼈다.

"장난? 배짱이 제법 두둑한 아저씨네? 이봐, 내가 장난하는 사람처럼 보이나?"

사샤는 한 걸음 더 다가가 남자의 넥타이를 툭툭 건드렸다. 남자는 사샤의 행위를 잠자코 지켜보고 있다가 조용히 입을 열었다.

"자네 입에서 냄새가 나는군."

그 말에 사샤는 자기도 모르게 입으로 손을 가져갔다.

"젖비린내!"

흥분에 분노가 더해졌다. 아드레날린이 머리로, 주먹으로 번져갔다. 이렇게 허세 부리는 놈일수록 망가지는 꼴이 재미있다. 사샤는 남자의 관자놀이를 향해 강력한 훅을 날렸다.

그러나 주먹은 헛된 바람 소리만 내며 허공을 갈랐다. 상체가 한

바퀴 빙그르르 돌았다.

사샤는 멋쩍게 틀어져버린 몸의 균형을 잡고 피식 웃었다.

"오라, 덤벼보시겠다?"

사샤는 빠르게 오른발을 날렸다. 그러나 이번에도 타격감이 없다. 남자는 상체를 옆으로 살짝 틀어 발길질을 피하고는, 오뚝이처럼 똑바로 섰다.

사샤의 얼굴에서 웃음기가 가셨다. 단 두 차례의 공격뿐이었지만, 상대의 민첩성을 감지할 수 있었다. 게다가 남자의 체구가 생각보다 훨씬 크다는 느낌이 들었다. 단단한 벽처럼, 쑤시고 들어갈 구멍이 보이지 않는다. 한 번도 만나지 못한 적수였다.

간단히 주먹다짐으로 끝낼 상대가 아니다. 사샤는 코끝에 피 냄새가 맴도는 것을 느꼈다.

주머니에 손을 집어넣었다. 손에 쥐어지는 할로(Halo) 나이프가 가늘게 떨었다. 칼질이라면 누구에게도 뒤지지 않을 자신이 있다.

사샤는 레버를 눌러 칼날을 비출(飛出)시켰다. 거무스름한 금속 광채가 답답한 칼집에서 나오기를 기다렸다는 듯 섬뜩한 빛을 튕겼다.

"꼬마, 실수하는 거야."

남자가 상체를 약간 숙이며 말했다.

"아저씨야말로 실수하는 거지. 지갑 따위에 목숨을 걸다니 말이야."

사샤는 장기를 유감없이 발휘하여 나이프를 휘둘렀다. 휘휘 하고 몇 차례 바람을 가르던 직삼각형 모양의 검은 칼끝이 남자의 옷을 긁었다. 사각, 하고 천을 베는 느낌이 사샤의 손끝에 전해졌다. 하지만 그뿐이었다.

어느 순간, 가로로 세로로 팔을 젖던 사샤는 기대했던 살 베는 느낌 없이 팔이 제멋대로 놀고 있다는 생각을 했다. 칼이 옳게 닿았다 싶으면 상대는 마치 자석의 상극처럼 근소한 거리로 멀어지고 있었다.

사샤의 머리에 당혹감이 자리 잡는 것과 동시에, 손목에 전기가 오는 듯 묵직한 통증이 왔다. 손에서 나이프가 어이없게 떨어졌다. 사샤는 떨어진 나이프를 바라보다가 남자에게로 시선을 돌렸다. 어느덧 남자의 손에 가느다란 막대가 들려 있었다. 그것의 정체를 알아본 사샤는 입을 벌렸다. 지휘봉이다.

남자는 주문이라도 거는 것처럼 지휘봉을 까닥까닥 흔들어 보였다. 사샤가 그의 동작을 채 이해하기도 전에, 번개처럼 빠른 발길이 사샤의 복부에 꽂혔다. 사샤는 그대로 무릎을 꿇었다. 이어 왼발이 턱으로 날아왔다. 사샤는 뒤로 벌렁 넘어졌다.

사샤는 영문을 알 수가 없었다. 저 작은 지휘봉에서 어떻게 그런 강력한 충격이 올 수 있을까? 하지만 머리가 받아들이기 전에 엄청난 고통이 밀려왔다. 남자가 목 위에 발을 올려놓고 조금씩 힘을 주기 시작한 것이다. 사샤는 그의 발목을 두 손으로 쥔 채 캑캑거렸다.

"꼬마, 넌 쌈박질깨나 한다고 생각했겠지?"

꼬마라니, 빌어먹을! 하지만 그것도 잠시, 수치심보다 더한 공포가 등골을 타고 내렸다. 남자의 다리를 비껴내려 발버둥 쳤지만 그것은 묵직한 바위처럼 꼼짝도 하지 않았다.

"싸움이란 그렇게 하는 게 아냐. 네가 하는 건 양아치들이나 하는 드잡이질이지."

남자의 눈동자가 얼음처럼 반짝였다. 반면, 사샤의 충혈된 눈동자는 튀어나올 듯 커져갔다. 남자는 자신의 옷깃을 내려다보더니, 칼질에 베어진 자국을 더듬었다.

"하지만 영 소질이 없는 건 아니었어. 이 명품 양복에 흠집을 내다니."

사샤는 거의 숨이 멎을 지경이었다. 이제는 오로지 남자가 발을 거두어주길 바랄 뿐이었다. 남자가 다시 지휘봉을 까닥거렸다.

"꼬마, 자네의 할로를 떨어뜨린 게 뭔지 궁금하지 않나? 이런 지휘봉 하나만 있으면 자네의 손목 따위는 단번에 부러뜨릴 수 있지."

그러나 사샤는 남자의 강의를 들어줄 상태가 아니었다. 이미 흙빛으로 변해버린 낯빛에 가래 끓는 소리만 새어나오고 있었다. 남자는 그런 사샤의 얼굴을 무심히 바라보더니 발을 거두었다.

"에스크리마란 무술이야. 전사들은 용을 쓰며 싸우는 게 아니라 이런저런 기술로 싸운다네."

사샤는 목을 쓰다듬으며 막혀 있던 숨을 한꺼번에 내쉬었다. 그런 사샤를 향해 남자가 주머니에서 작은 종이쪽지를 꺼내 던졌다.

"꼬마, 진짜 전사가 되고 싶다면 이리 오도록 해. 뒷골목 양아치로 썩히기엔 재주가 아까워서 하는 말이야."

그리고 남자는 아무 일 없었던 것처럼 뒤돌아서서 뚜벅뚜벅 걸어갔다. 잠시 후 사샤는 정신을 차리고 종이쪽지를 주워들었다. 명함이었다.

난생 처음으로 보는 진짜 강한 남자다.

며칠 후, 사샤는 남자가 남긴 명함을 따라 스페츠나츠의 교장에 들어섰고, 1년이 지난 스무 살 나이에 빨간 베레모를 썼다.

그로부터 3년 반 후, 그러니까 지금으로부터 6개월 전, 이바노프 대위가 홀연히 사라졌다. 그리고 오늘, 50대 사업가로 변신한 모습으로 여자와 함께 벤츠에 몸을 싣는 중이었다.

사샤는 차에 시동을 걸고 천천히 벤츠의 뒤를 쫓았다. 늦가을 오후의 햇빛이 먹구름 속에 숨어버리고, 바람이 불기 시작했다. 눈처럼 휘날리는 가로수의 노란 은행잎들이 차 지붕 위에 얹혔다가는 곧 거리로 나뒹굴었다.

사샤가 뒤쫓고 있는 이바노프는 이미 스페츠나츠의 장교가 아니다. 사샤 역시 지금은 스페츠나츠의 대원 신분이 아니었다. 어떤 일이 있어도 수명(受命)한 타깃을 제거해야 할, 조직의 전문 킬러였다.

사샤처럼 발군의 실력에다, 어두운 세계에 쉽게 동화할 수 있는 배경의 대원들에게는 은밀하게 조직의 스카우트 제의가 들어왔다. 그 절차는 은밀하면서도 공공연했다.

어느 날 마피아의 거점을 습격하라는 명령이 떨어졌다. 작전의 요체는 도륙이다. 체포하거나 항복을 받는 따위가 아니라 말 그대로 깡그리 없애버리라는 명령이었다. 작전부대가 휩쓸고 지나간 마피아의 아지트는 그야말로 아수라장이었다. 매캐한 화약 냄새가 풍기는 속에서 팔다리가 잘려나간 마피아들의 사체가 여기저기 뒹굴고 있었고, 그때까지 숨이 붙어 있는 자들의 이마에는 자동소총이 발사되었다.

그리고 며칠 후, 대원들을 위한 위로의 파티가 다운타운의 환락가에 자리한 클럽에서 열렸다. 사이키 조명을 받은 전라의 무희들이 분위기를 야릇하게 달구었다. 대원들은 군인의 신분을 벗고 야수처럼 홀 안을 돌며 광란의 상태를 즐겼다.

이런 분위기가 마뜩치 않아 일부러 구석진 자리에 앉아 보드카를 홀짝이고 있던 사샤가 거나해졌을 때쯤, 웨이터가 다가와 메모지를 건넸다.

"사샤 씨죠? 뵙자는 분이 계십니다. 저를 따라오시겠습니까?"

의아한 눈길로 웨이터를 바라보던 사샤는 자리에서 일어나 그의 뒤를 따라갔다. 사샤가 안내된 곳은 클럽 2층의 사무실이었다. 한눈에 보기에도 고급스러운 가구들이 배치돼 있었다. 푹신한 일인용 소파에 시가를 문 비대한 체구의 중년 남자가 앉아 있고, 그 옆의 긴 소파에는 중년 남자와 대비되어 실제보다 훨씬 더 빈약해 보이는 안경 쓴 남자가, 그리고 소파 뒤로 세 명의 건장한 사내들이 기립해 있었다.

"이리 와 앉게."

남자가 사샤를 보며 고개를 끄덕였다. 하지만 사샤는 선뜻 앉을 수가 없었다. 먼저 세 명의 사내를 훑어보며, 그들의 자세에 공격 의사가 없는지부터 확인했다.

"당신, 누구요? 날 보자고 한 이유는?"

남자가 껄껄거리며 웃었다. "듣던 대로 꽤 까칠한 친구로군." 그러면서 손가락을 두 번 퉁겼다.

그러자 사무실 옆쪽 문이 열리며 한 남자가 들어왔다. 사샤의 눈이 크게 떠졌다. 이바노프 대위였다. 이바노프는 말없이 걸어오더니 안경 쓴 남자가 앉은 긴 소파의 옆에 엉덩이를 실었다.

"이바노프 대위가 자넬 추천했지. 자, 서 있지만 말고 이리 오게나."

사샤는 술기운이 확 달아나는 것을 느꼈다. 하늘같은 상관 앞에서 군기 빠진 모습을 보여서는 안 된다. 절도 있는 동작으로 걸어가 그들의 앞에 놓인 소파에 앉고는 허리를 곧추세웠다. 그 모습을 지켜보는 이바노프의 얼굴에 희미한 미소가 걸렸다가 금방 사라졌다.

"여기 이바노프 대위가, 아니지, 이바노프 동지가 그러는데, 자네가 우리 패밀리에 꽤 도움이 될 거라고 하더구만."

사샤는 이바노프와 중년남자를 눈동자만 돌려 번갈아 보았다. 중년남자가 시가를 재떨이에 비벼 끄며 일어섰다.

"이바노프, 우린 나가서 술이나 한잔 하세. 비센코, 자네가 잘 설명해주도록 하게나."

안경 쓴 남자가 고개를 끄덕이자, 중년남자와 이바노프는 옆쪽 문을 통해 사무실을 빠져나갔다.

삼십 분 뒤, 스페츠나츠의 숙소로 돌아오던 사샤는 뿌듯함과 당혹감에 머릿속이 복잡해졌다. 몇몇 대원들 사이에 은연중에 떠돌던 패밀리의 손길이 마침내 자신에게도 뻗쳐온 것은 기뻤다. 스페츠나츠의 공식적인 수입으로는 폼 나게 살아볼 생각은 꿈도 꾸지 못한다. 얇은 월급봉투를 받을 때마다 한숨부터 쉬게 되는 대원들에게 마피아 조직이 제공하는 미끼는 거부하기 힘든 유혹이었고, 자신이 선택되었다는 일종의 선민의식마저 느끼게 하는 자랑거리였다.

그러나 우상이나 마찬가지인 이바노프 대위가 조직의 일원이었다는 것에 대해서는 어안이 벙벙했다. 사샤의 눈에 비친 이바노프는 흑막이 절대 있을 수 없는, 최고의 군인이었던 것이다.

'사람이란 모를 일이야.'

그러고 보니 처음 조우하던 날, 그가 고급 세단을 타고 명품 양복을 입고 있었다는 사실이 떠올랐다. 그런 물건들은 스페츠나츠의 장교에게 어울리는 것들이 아니다.

'오히려 잘된 거야.'

조직의 제의는 리크루트 대상에게 좋고 싫고의 판단을 요구하는 것이 아니다. 당연히 받아들여야 하는 것이고, 만일 거부한다면 이후로는 늘 등 뒤를 신경 쓰며 살지 않으면 안 된다. 사샤는 그렇게 살고 싶은 생각이 티끌만큼도 없었다. 그리고 이왕 검은 세계에 몸을 담게 된 바엔, 이바노프와 함께 할 수 있다는 것이 나을지도 몰랐다. 더구나 그가 자신을 추천했다고 하지 않는가.

사샤는 스페츠나츠에서 마스터해온 것들을 생각했다. 근거리전투기술, 응용폭파 기술, 감시회피술, 속사술(速射術), 최소 일주일 이상 타깃을 기다렸다가 잡을 수 있는 스나이퍼술, 오토바이부터 비행기에 이르기까지 기름으로 돌아갈 수 있는 것이라면 무엇이든 움직일 수 있는 운전기술, 전술낙하, 대검술, 맨손 격투술, 비밀통신술 등등. 게다가 승부욕이라면 누구에게도 뒤지지 않는다. 패밀리가, 아니 이바노프 대위가 자신을 점찍은 이유일 것이다.

그날부터 사샤의 이중생활이 시작되었다. 스페츠나츠의 대원인 동시에 조직의 킬러로서 미션을 매끈하게 수행해냈다. 그의 손에 묻은 피가 늘어날수록 통장의 숫자도 불어갔다. 하지만 사샤를 만족시키는 것은 돈이라는 유형의 대가가 아니었다. 미션 자체였다. 일을 눈앞에 두면 기분이 치솟는다. 그리고 상대의 이마를 총알로 박살낼 때, 군용 나이프로 목을 그을 때면, 다른 무엇에서도 느낄 수 없는 짜릿한 희열을 맛볼 수 있었다.

사샤는 어느 시점부터 이바노프가 더 이상 자신의 우상이 아니라는 것을 깨달았다. 한껏 물오른 실력은 이바노프에 견주어 조금도 뒤지지 않는다. 하지만 급수는 달랐다. 스페츠나츠에서도, 패밀리에서도 이바노프는 여전히 그의 위에 있었다. 그런 생각을 하면 과거의 상처받았던 자존심과 승부욕이 동시에 꿈틀거렸다.

이바노프가 한 장의 사직서만 남기고 스페츠나츠에서 사라졌을 때, 사샤는 그가 잠수를 타는 거라고 생각했다. 이중생활은 꼬리가 길면 잡히게 마련이다. 어느 정도 기간이 지나면, 공식 제복을 벗기는 것이 조직의 원칙이었다. 몇 개월 뒤면 '전직'이라는 꼬리표를 단 이바노프가 조직의 어딘가에서 똬리를 틀 것이다.

스페츠나츠라는 밝은 무대에서 그와 실력을 겨뤄볼 수 없다는 것이 사샤로서는 유감이었다. 하지만 그가 살아 있는 한, 맨주먹이든 지휘봉이든 나이프든, 언젠가 그와 승부를 가릴 날이 꼭 올 것이다.

그러나 한 달 뒤, 이바노프가 패밀리에서도 증발해버렸다는 것을 알았다. 호출 명령을 받고 조직의 사무실에 들어섰을 때, 창가를 향한 보리스는 이쪽을 쳐다볼 기미도 보이지 않은 채 한참을 그렇게 서 있었다. 이렇게 독대하기는 처음이다. 그의 육중한 몸집만큼이나 사무실 안의 공기도 잔뜩 가라앉아 있었다.

"사샤, 자네가 아는 건 없나?"

갑자기 상체를 휙 돌린 보리스의 눈이 매섭게 번뜩였다. 늘 쥐고 다니던 시가도 지금은 그의 손에 없다. 보통의 자리와는 분위기가 사뭇 달랐다.

사샤는 그의 질문이 무엇을 가리키는지 헤아리기 위해 잠시 머리를 굴렸다. 그러나 딱히 떠오르는 게 없었다.

"무슨 말씀이신지……."

"흐음!"

날카로운 눈매로 사샤의 얼굴을 유심히 살피던 보리스가 한숨을 길게 내쉬었다. 그와 함께 눈초리도 평소의 느긋함을 되찾았다.

"하긴, 자네가 알고 있다면 말하지 않았을 리 없지."

보리스는 소파로 걸어가 앉더니 상자에서 시가를 하나 꺼내들어, 시가커터로 끝을 잘랐다.

"하나 피우겠나?"

"전 담배 끊은 지 오래 됐습니다."

"그렇군." 보리스는 탁상용 라이터로 시가에 불을 붙였다. "앉게나."

사샤가 앉자 보리스는 길게 연기를 내뿜었다.

"이바노프와 이야기는 자주 나누는 편인가?"

"대위님은 말씀이 없는 분이십니다. 위는 모르겠지만, 저희 같은 아랫사람하고는 농담 한 번 하지 않습니다."

"입이 지독히 무거운 사람이지, 이바노프는." 보리스는 서너 차례 고개를 끄덕이고는 말을 이었다. "스페츠나츠를 그만둔 건 알고 있을 테고, 그 이유가 뭔지는 알고 있나?"

"조직에서 시킨 것 아닙니까?"

"맞아, 옷을 벗는 데까진 그랬지. 헌데……."

보리스는 고개를 젓다가 시가 연기에 사래가 들렸는지 연방 기침을 해댔다. 잠시 후 "흐음, 흐음" 하고 목을 가볍게 문지른 뒤, 그가 다시 입을 열었다.

"문제는 그 다음부터야. 제멋대로 연락을 끊어버렸네. 한 달이 지나도록 일언반구 연락이 없어."

사샤는 적잖게 놀랐다. 물론 이바노프 정도의 고위급 간부라면 며칠간 자리를 비울 수도 있다. 하지만 그런 경우라도 사후에 귀찮은 해명의 과정을 거쳐야 하기 때문에, 간단한 연락이나마 취하는 게 상례다. 그런데 며칠도 아닌 한 달씩이나 무소식이라니, 이는 쉽게 넘길 문제가 아니었다.

"자네는 여자가 있나?"

보리스가 뜬금없는 질문을 했다. 사샤는 이 남자의 두툼한 입술에서 무슨 말이 흘러나올지 짐작해보려다가 그만두었다. 40대 후반의 나이에 전국구 패밀리의 다섯 손가락 안에 들었다는 것은 그만큼 출중한 능력의 소유자라는 것을 방증한다. 무기 밀매 등의 불법적인 사업에서 에너지 수출입과 같은 합법적인 비즈니스에 이르기까지 그가 관장하는 사업의 범위도 넓고, 그런 만큼 당연히 비밀도 많다. 이런 거물의 의중을 사샤가 헤아린다는 것은 거의 불가능에 가까웠다. 하지만 실제 나이보다 훨씬 처져 보이는 보리스의 눈 아랫살이 미세하게 떨리는 것을 사샤는 놓치지 않았다.

"가질 생각도 없습니다."

"아직 짝을 못 만난 거야. 나이가 들면 생각이 바뀔 걸세. 패밀리 입장에서도 유능한 동지가 가정을 꾸리는 건 좋은 일이네. 왜냐? ……가정이란 게 족쇄거든. 그걸 딱 채워놓아야 거친 늑대가 딴 생각

안 하고 얌전해질 게 아닌가."

보리스는 껄껄 웃다가 이내 웃음을 거두고는 이맛살을 좁혔다. "이바노프도 얼마 전까진 자네와 같았어."

보리스는 탁자 위에 놓인 봉투에서 뭔가를 꺼내어 사샤 앞으로 밀었다. 여자 사진이다. 눈에 번쩍 뜨이는 금발 미녀가 환하게 웃고 있었다.

"그 여자가 누군지 알겠나?"

"모르겠습니다."

"니키타 수히노바." 보리스는 새끼손가락을 치켜세워 좌우로 흔들었다. "회장님의 이거였네."

회장님이란 패밀리의 넘버 원, 바실리를 가리키는 호칭이다. 예순을 넘은 남자를 홀릴 만큼 사진 속의 여자는 충분히 매력적이었다.

"클럽 신인가수인데, 회장님 눈에 띄었어. 물론 우리가 먼저 손을 써서 그 아가씨와 접촉했지. 하지만 다른 패밀리는 말할 것도 없고, 정치권에서도 눈독을 들인 놈들이 한둘이 아니었어. 하나같이 쟁쟁한 자들이야. 그런데 유독 회장님께서 고집을 피우시더군. 당신보다 일찍 세상을 뜬 딸이 생각나서 지켜주고 싶으시다는 거야. 그래서 내가 이바노프에게 부탁했네. 연막 좀 치라고 말야. 그 일을 하기엔 이바노프가 딱이었거든. 실력도 실력이지만, 여자를 목석처럼 보는 친구였으니까."

사샤의 머릿속에 유리알처럼 차가운 이바노프의 눈동자가 떠올랐다. 그러고 보니 이바노프의 얼굴에 감정이 실린 것을 한 번도 본 적이 없다. 기껏해야 보일 듯 말 듯한 미소를 보내는 게 전부였다.

"한 달 전쯤, 세 건의 살인사건이 있었던 건 자네도 알 거야. 미첸코 하원의원, 그리고 유크트 파 한 놈, 아림 파 한 놈이 서로 다른 방식으로 세상을 떴지. 미첸코는 자필 유서까지 남기고 아파트에서 추락했으니까 자살로 정리됐지만, 그 게걸스런 정치꾼이 자살할 이유가 없다는 건 웬만큼 정치에 무관심한 사람이 아니면 다 알 걸세. 유크트 파 놈은 대로에서 눈알에 총을 맞아 죽었고, 아림 파 킬러는 뒷골목에서 목이 잘려나간 채로 발견되었지. 그러니 세 건이 각각 다른 사건으로 보일밖에. 이바노프다운 뒤처리였어."

그 말을 듣자, 자신이야말로 웬만큼 무관심한 사람이었다는 반성이 가슴을 쿡쿡 찔렀다. 모스크바에서 마피아가 죽어나가는 것은 그리 드문 일이 아니고, 게다가 정치가의 자살 따위에 관심을 둘 이유는 별로 없다. 하지만 그것이 모두 이바노프의 작품이었다니, 사샤는 자신이 아직 풋내기라는 생각이 들었다.

"수히노바가 없어진 것도 바로 그날이었네. 아무리 찾아봐도 세 사람의 죽음을 이어줄 공통분모가 종적을 감추었으니, 뽀대만 내는 경찰이 뭘 할 수 있겠나. 하루라도 빨리 별건으로 덮어버리는 게 상수지. 이바노프의 잠수는 완벽했어."

보리스는 말을 끊었다. 사샤가 다음 말을 기다리며 지켜보는 동안, 보리스의 얼굴이 조금씩 벌게지기 시작했다.

"아니, 완벽했다고 생각한 거지. 빌어먹을, 착각한 거야. ······내가 천거한 그놈이 감히 나한테도 좆을 내리라고는 상상도 못 했어. 그놈이 배신하리라고는 꿈도 꾸지 않았어."

보리스는 탁자를 세차게 내리쳤다. 험악해진 얼굴에 볼살이 물결

치듯 실룩거렸다.

"거두절미하고 내가 오늘 자네를 부른 이유를 말하지. 내 사전에 누군가에게 당한다는 건 있을 수 없다. 이바노프가 아니라 아무리 신이라도 날 엿 먹일 순 없어."

사샤는 긴장했다. 보리스의 눈이 형형하게 빛났다.

"그놈이 연락을 끊은 뒤로 러시아 구석구석을 안 뒤져본 곳이 없다. 벌써 다섯 번째야. 좋게 끝내려다 좆같이 당한 거다."

보리스는 감정을 추스르려는 듯 심호흡을 했다. 이것도 오늘 처음 보는 모습이다.

"사샤. 그놈을 네가 끝장내야겠다. 지금까지는 여자를 빼내오는 데 신경을 썼지만 그게 실착이었던 같아. 애들이 당한 게 다 그 때문이었어. 그 창녀 년은 어떻게 돼도 좋다. 무조건 놈을 죽여."

보리스는 주머니에서 꺼낸 두둑한 봉투와 휴대폰을 사샤 앞으로 던졌다.

"당분간의 경비다. 앞으로도 얼마든 써도 좋으니까 이 휴대폰으로 연락해. 다시 한 번 말하지만 너의 임무는 단 하나, 무조건 놈을 없애는 거다. 오직 그뿐이야."

사샤는 봉투와 휴대폰을 주머니에 집어넣고 벌떡 일어섰다. 바라던 명령이다. 기분이 나쁘지 않았다.

벤츠가 초량동의 이면도로에 있는 고급 바 앞에 섰다. 사샤는 미등의 빨간 불빛을 보다가 시선을 위로 올렸다. 하늘은 젖은 먹구름을 힘겹게 싣고 있었고, 거리에는 이미 땅거미가 내려앉았다.

종종걸음으로 벤츠에 다가간 이십 대의 웨이터가 차 안을 한 번 훑어보고는, 허리를 구십 도로 굽히며 조수석 문부터 열었다. 먼저 내린 여자가 이어서 내린 남자의 팔짱을 꼈다. 둘의 모습이 바 안으로 사라졌다.

그들이 해운대의 호텔에 묵고 있음은 이미 파악해놓았다. 하지만 일을 치르기엔 저 바도 괜찮아 보였다. 한바탕 소란이야 일겠지만, 호텔 방에 잠입해야 하는 수고를 덜 수 있다.

사샤는 손목시계를 쳐다보았다. 한 시간만 더 기다리기로 하자. 휴대폰의 알람 기능을 누르고 시동을 껐다. 그때쯤이면 새로 들어오는 손님을 의심하지 않을 것이다. 더구나 이바노프가 자신을 알아볼 염려는 없다. 거의 페이스오프에 가깝게, 완벽한 변장을 했으니까.

그동안 눈을 붙이기로 했다. 사샤는 운전석 문을 살짝 내리고, 오버코트를 끌어올려 얼굴을 가렸다. 11월 날씨지만, 이 정도 한기쯤이야 모스크바에 비하면 아무것도 아니다.

깜박 잠이 들었을까, 귀청을 찢는 천둥소리에 화들짝 놀라 깼다. 후둑, 후둑. 굵은 물방울이 한두 방울 차창을 때리기 시작했다. 사샤는 창문을 올렸다. 잠시 눈을 감고 있는데, 코트 속 재킷의 안주머니에 넣어둔 휴대폰이 부르르 떨었다. 벌써 한 시간이 지났나? 사샤는 머리를 두어 번 흔들고는 손을 뻗어 알람 정지 버튼을 누르고 차 문을 열었다.

비를 피해 오버코트 깃을 머리 위로 끌어 올리고 바 앞에 다가가니, 웨이터가 조심스레 위아래를 훑어본다. 러시아인만을 골라 들이겠다는 눈치다.

"도브르 베쩨르(안녕)!"

사샤가 인사말을 건네자 웨이터가 활짝 웃으며 문을 열었다.

그가 막 들어서는 순간, 열 개 남짓한 테이블들에서 박수가 터져나왔다. 손님 테이블에 있던 한 여자가 막 작은 무대에 오르는 중이었다.

여자는 오른팔을 배에 가져다대며 우아하게 상체를 숙였다. 다시 박수가 터지고, 소규모 밴드의 통통 튀는 전주 소리가 울려 퍼졌다. 갈색 머리의 여자가 허리를 가볍게 흔들며 노래를 부르기 시작했다. 안드레이 보즈네센스키의 시(詩), '백만송이 붉은 장미(Миллион алых роз)'. 여배우를 향한 무명화가의 순정을 그린 것으로, 벌써 30년도 더 된 노래다. 하지만 젊은 여자에게서 나오는 풍부한 중저음은 취객들을 먼 옛날, 먼 땅으로 부드럽게 데려다주었다. 홀 안이 러시아의 축축한 분위기로 젖어갔다.

그러나 사샤만은 그런 분위기에 젖을 수가 없었다. 머리가 번쩍 깨는 듯한 느낌이었다. 사샤는 무대에 선 여자를 노려보았다. 바로 그 여자, 수히노바였다!

구석 자리에 앉자마자 사샤는 웨이터가 내민 메뉴판의 맨 위쪽을 주저 없이 찍었다. 짜르스카야 졸로타야, '짜르의 황금'이라는 뜻으로 사샤가 즐기는 보드카다.

사샤는 홀 안을 훑었다. 중간쯤의 자리에 이바노프가 앉아 수히노바에게서 한시도 눈을 떼지 않고 있었다. 사샤도 무대 쪽으로 고개를 돌렸다. 갈색 머리의 여신이 무대를 황홀한 빛으로 채우고 있었다.

한 화가가 살았네.

가진 것이라곤 집과 캔버스뿐인 남자가.

화가는 꽃을 사랑하는 여배우를 사랑했다네.

집을 팔고, 그림과 피를 팔아

바다도 덮을 만큼 장미꽃을 샀다네.

백만 송이 검붉은 장미를

그대는 창가에서 보겠지.

사랑에 빠진 누군가가

자신의 인생과 바꿔놓은 꽃을.

아침에 깨어난 그대는 넋이 나갈지도 몰라.

꿈에서 깨어나지 못한 것으로 생각할 거야.

광장에 가득 찬 꽃을 보고는.

하지만 정신을 차리면 생각하겠지,

어떤 부호가 여기에 꽃을 두었을까.

그대의 창 밑에 가난한 화가가

숨을 죽이고 서 있다는 건 꿈에도 생각 못하고.

만남은 너무 짧았고

밤기차가 그녀를 멀리 데려가 버렸어.

하지만 그녀의 삶에는 황홀한 장미의 노래가 함께 했다네.

화가는 홀로 아주 외롭게 살았지만
그의 삶에도 꽃으로 가득찬 광장이 함께 했다네.

노래가 끝나고 여자가 인사를 했다. 손님들은 일제히 박수를 치며 앙코르를 외쳤다. 수히노바는 난처한 듯 애매한 미소를 지으며, 자신의 자리 쪽을 쳐다보았다. 사샤는 그녀의 시선을 따라 고개를 돌렸다. 이바노프가 환하게 웃으며 손을 흔들고 있었다. 수히노바도 활짝 웃으며 마주 손을 흔들었다. 그리고는 뒤를 돌아 밴드 마스터와 몇 마디 주고받았다.

이윽고 악사가 현란한 손놀림으로 발랄라이카를 퉁기자, 홀 안은 숨소리 하나 없는 적막에 잠겼다. 수히노바의 아름다운 입술에서 우수 어린 가락이 흘러나왔다. 서정시인 레르몬또프의 시에 곡을 붙인 '나 홀로 길을 걷네(Выхожу один я на дорогу)'였다.

나는 지금 홀로 길을 가네.
돌투성이 길은 안개 속에서 어렴풋이 빛나고
사막의 밤은 적막하여 신의 소리마저 들릴 듯한데
별들은 다른 별들에게 말을 걸고 있네.

무엇이 그리 힘들고 고통스러운가.
무엇을 기다리고,
무엇을 후회하고 있는가.
나는 삶에서 아무것도 바라지 않고,

지난 세월에도 한 점 후회가 없다네.

그저 자유와 평화를 찾아

모두 잊고 잠들고 싶을 뿐.

사샤는 웨이터가 가져온 보드카를 따라 한입에 들이켰다. 이바노프와 수히노바를 번갈아보는 동안, 머리에 묻어 있던 빗방울이 주르륵 흘러내려 속눈썹에 매달렸다. 두 사람의 모습이 뿌예졌다.

늦가을의 멜랑콜리가 희뿌연 담배 연기를 타고 사람들 사이사이를 누비고 있었다.

먼 이국땅에서 이런 분위기를 만날 줄은 몰랐다. 사샤는 이런 끈적끈적한 분위기가 질색이었다. 빌어먹을 러시아! 사샤는 다시 한 잔 들이킨 다음, 지폐를 몇 장 테이블 위에 두고는 자리에서 일어섰다.

밖으로 나오니 굵은 빗줄기가 아스콘 길바닥을 두드리고 있었다. 사샤는 처마 밑에 잠시 서 있었다.

"손님, 우산 챙겨드릴까요?"

처마 밑에서 비를 피하고 있던 웨이터가 물었다.

사샤는 고개를 젓고는, 10달러짜리를 내밀었다. 웨이터가 얼른 고개를 숙인다.

사샤는 자신의 차 쪽으로 천천히 걸어갔다. 웨이터의 의아한 눈길이 그의 등에 달라붙어 떨어지지 않았다.

사샤는 시동을 걸지 않은 채, 뒷머리에 깍지를 끼고 시트에 기댔다. 차창에 떨어진 물방울들이 서로를 끌어당겼다가 앞 유리를 타고 한꺼번에 흘러내릴 때면 시야가 가려졌다. 그리고 다시 함께 뭉칠 상대를 찾아 기다리는 동안에는 앞이 트였다.

그들을 서로 끌어당기게 한 것은 무엇일까? 무엇이 위험한 모험을 하게 했을까? 그 와중에도 저렇게 따스한 미소를 주고받을 수 있게 한 것은 무엇일까?

사랑? 사샤의 입가에 씁쓸한 미소가 걸렸다.

그 무엇에도 흔들릴 것 같지 않던, 그야말로 냉혈한의 화신이었던 이바노프가 수천 킬로미터나 떨어진 이곳까지 사랑의 도피행이라니.

갑자기 속이 거북해졌다. 쓸데없는 생각이 비위를 상하게 했다.

'이바노프, 당신은 '워리어'여야 해. 적어도 내 앞에서는 말야.'

사샤는 시동을 걸었다. 자동으로 세팅해놓은 와이퍼가 요란하게 돌아가기 시작했다. 이곳을 먼저 떠야 할 것 같았다. 아무래도 일은 호텔에서 치러야 할 모양이다.

막 액셀러레이터를 밟으려는 순간, 바 문이 열리고 두 사람이 모습을 드러냈다. 이바노프와 수히노바였다. 웨이터가 손짓으로 신호를 보내자, 주차돼 있던 벤츠가 그들 쪽으로 다가갔다. 뒷문이 열리고 두 사람은 차 안으로 빨려 들어갔다.

밤 시간의 빗길이라 그런지 정체가 심했다. 사샤는 벤츠의 미등을 놓치지 않기 위해 신경을 쓰며 차를 몰았다.

수십 분을 달리자, 광안대교 표지판이 보인다. 이제 벤츠는 제 속도를 내며 바다 위의 도로를 거침없이 달려갔다. 미리 숙지해둔 머릿속 지도가 그들이 호텔로 향하고 있음을 알려주었다.

바다도 하늘도 온통 시커메서 분간이 되지 않는다. 검은 캔버스

위에 가로등 조명을 받은 도로만이 반짝이고 있는 듯했다.

광안대로가 끝나고, 우회전을 한 차가 십여 분 달리자 호텔 건물들이 나타났다. 밀려오는 파도 위에서 인공조명이 어른거렸다.

호텔을 100여 미터 앞두고 벤츠의 브레이크 등이 켜졌다. 운전사가 뛰어내려 트렁크 문을 열고는 큼직한 우산을 꺼내 활짝 폈다. 그러고는 뒷문을 열어 두 사람이 내리기를 기다렸다.

사샤는 헤드라이트를 껐다.

이바노프가 뭐라고 말을 하자, 운전사는 고개를 꾸벅 숙이고는 차 안으로 들어갔다. 벤츠가 호텔을 향해 미끄러져갔다.

해변에는 인적이 없다. 이바노프는 한손으로 우산을 들고, 한손으로는 수히노바의 어깨를 안은 채 모래사장으로 내려갔다.

밤의 바닷가를 산책하는 두 연인의 모습이 가뭇해질 때까지 사샤는 가만히 앉아 있었다.

잠시 후, 콘솔박스를 열고 권총을 끄집어냈다. 소음기를 장착하고 코트 호주머니에 집어넣었다.

사샤는 트렁크에서 우산을 꺼내 폈다. 비와 바다의 비릿한 냄새가 코끝에 확 와 닿았다.

빗방울에 튕긴 모래가 구두에 부딪쳤다.

걸음을 약간 빨리 했다. 빗줄기 속에서 두 사람의 실루엣이 점점 확대되었다.

불현 듯, 그와 처음 조우하던 날의 광경이 오버랩되었다. 그날 골목길을 울리던 구두소리가 지금은 우산을 두들기는 빗소리로 바뀌어 있었다.

10여 미터 앞에 그가 걷고 있었다. 그를 세우기 위해 지금은 헛기침을 보낼 필요도 없다. 아무도 없는 백사장에서 두 개의 우산이 튕겨내는 빗소리가 신호를 대신하고 있었으니까.

이바노프가 발걸음을 멈추었다. 잠시 그대로 서 있다가, 말없이 우산을 수히노바에게 건네더니 뒤돌아섰다.

사샤는 천천히 걸어가 다섯 걸음의 간격을 두고 그들 앞에 섰다. 호주머니에 꽂은 손은 빼내지 않았다.

1분가량, 서로를 탐색하는 시간이 흘러갔다.

"누구예요?"

수히노바가 얼어붙은 목소리로 이바노프에게 묻는다. 그러나 이바노프는 입을 열지 않았다.

침묵의 시간이 길게 이어졌다. 후드득, 후드득. 철썩, 철썩. 자연의 소리만 요란한 소음을 내고 있다.

"대위 님, 오랜 만입니다." 먼저 입을 연 것은 사샤였다.

"자네로군." 예의 지독한 저음이 새어나왔다. "먼 길을 왔군."

늦가을의 비보다 더 차가운, 두 사내가 뿜어내는 냉기에 수히노바가 몸을 부르르 떨었다.

이바노프의 눈이 앞으로 볼록 나온 사샤의 호주머니에 머물렀다가 다시 얼굴로 향했다. 하지만 표정에는 아무 변화가 없다.

"자네도 보리스가 보낸 거겠지?"

이바노프는 팔을 젓는 제스처를 취하며 말했다.

순간, 사샤의 호주머니에 구멍이 뚫렸다. 이바노프가 무릎을 꿇고, 수히노바는 비명을 질렀다.

사샤는 밖으로 꺼낸 소음총으로 수히노바의 이마를 겨냥했다.

"조용히 해. 예쁜 입 날아가기 전에."

수히노바가 벌어진 입을 손으로 가렸다. 그러자 사샤는 총구를 이바노프에게로 돌렸다. 배를 움켜쥔 이바노프의 팔목에서 권총이 툭 떨어졌다. 사샤는 그 권총을 발로 멀리 차 보냈다.

"말씀하실 때 제스처가 없다는 건 이미 알고 있었습니다."

"사샤, 눈썰미가 제법이군. 모르는 놈들 같았으면 벌써 황천길로 갔을 텐데."

이바노프가 가늘게 신음소리를 흘렸다. 수히노바는 무릎을 꿇고, 그의 상의를 밑에서부터 걷어 올리더니, 배가 나와 보이기 위해 감아둔 복대를 떼어냈다. 드러난 맨살의 구멍에서 피가 울컥울컥 솟아 오르고 있었다. 수히노바는 스카프를 풀어 그것을 틀어막았다.

사샤는 그들의 모습을 가만히 지켜보다가 입을 열었다.

"이유가 뭡니까? 목숨이 붙어 있는 한 지구 어디에서도 편히 살 수 없다는 걸 알면서도 배신한 이유가……고작 여자 하나 때문에?"

이바노프는 대답 대신, 수히노바를 향해 조용히 말했다. "그만 됐어, 수히노바."

울먹이는 수히노바를 달래듯 등을 몇 번 토닥이더니, 그가 고개를 들었다.

"힘들군, 자네에게 어떻게 설명해야 할지……다만, 세상일이란 게 그렇게 간단하지 않다는 것만 알아두게, 사샤. 난 배신하지 않았어. 배신자로 만들어진 것뿐이지."

"조직에서 보낸 사람을 다섯이나 죽였다고 들었습니다."

"그들이 날 죽이려고 했으니까……그리고……."

이미 스카프도 피 걸레가 되었다. 수히노바가 눈물로 범벅된 얼굴을 들어 말했다.

"제발 치료받게 놔주세요. 이대로 가면 죽어요."

이바노프는 그녀를 제지하듯 가볍게 팔을 두드렸다. "괜찮아, 릅카(애인의 러시아식 호칭)." 그러고는 다시 사샤를 향해 말했다. "수히노바는 내게 고작 한 여자가 아닐세."

"보스의 여자로 그냥 놔두어야 하지 않았나요?" 사샤가 물었다.

"내가 보스의 여자라구요?" 수히노바가 고개를 홱 돌리며 소리를 질렀다. 사샤는 얼떨떨했다.

"자네나 그들이나 다들 그렇게 알고 왔을 거야." 이바노프가 설명했다. "사샤, 자넨 아직 세상물정을 잘 모르겠지만, 그리고 보리스 놈은 내가 이렇게 많은 말을 할 줄은 생각도 못 하겠지만, 일단은 들어보게. 보스든 누구든, 수히노바는 다른 사람의 여자였던 적이 한 번도 없어."

사샤의 미간이 좁혀졌다. 이건 무슨 개수작인가. 천하의 이바노프도 죽음을 앞에 두면 이렇게 말이 많아지는 걸까?

이바노프의 설명은 계속 이어졌다.

"수히노바를 블라디보스토크에서 모스크바로 데려온 것은 나였네. 극동의 양아치 조직을 손보러 갔다가, 그놈들한테 잡혀 있는 소녀를 발견했지. 예쁘고, 노래도 잘하고, 생각도 통하고, 뭐라고 표현해야 할지 모르겠지만, 도저히 그냥 놔둘 수가 없었어. 암튼 사랑스러웠어."

이바노프는 말을 끊고 여자에게로 고개를 돌렸다. 수히노바는 흑흑거리며 애타는 눈초리로 그를 바라보고 있었다.

"애초부터 실수는 보리스에게 수히노바를 보인 거였네. 그자가 수히노바를 이렇게 이용할 줄은 몰랐지. 처음 소개시키던 날, 내가 부탁했고, 그가 약속했어. 극동 양아치놈들로부터 수히노바를 지켜주겠다고 했지. 패밀리는 가족을 챙길 의무가 있다면서 말야. 더구나 원한다면 수히노바를 클럽에 데뷔시키고, TV에도 출연시키겠다고 했어. 그의 능력이라면 충분히 가능한 일이었지."

그의 목소리 힘이 많이 줄어들었다. 사샤는 그의 숨이 다해가고 있음을 알았다. 되돌릴 수 없는 치명상이다. 상해버린 내장은 더 이상 되돌릴 수 없다.

"하지만 보리스가 날 죽여야 할 이유가 생겼다네. 그의 비밀을 내가 알게 되었거든."

힘겹게 말을 이어가던 이바노프는 수히노바에게로 고개를 돌렸다.

"내가 여자에게 빠진 것을 보고 놈은 쾌재를 불렀겠지. 수히노바는 인질이었어. 날 제거할 공식적인 빌미를 잡은 거야. 그래서 놈은 수히노바를 보스의 여자로 둔갑시켰지."

순간, 수히노바가 벌떡 일어섰다. 사샤를 쳐다보는 수히노바의 눈은 간절함을 넘어서 있었다. 한 시간 전만 해도 환한 미소로 부드럽게 허리를 돌리던 그녀가 아니었다.

"부탁이에요. 제발 나도 끝내주세요."

수히노바는 떨리는 손을 앞으로 내밀었다. 사샤는 소음총을 돌려 그녀의 이마로 향했다. 여자의 호수처럼 큰, 그러나 텅 빈 눈망울은 이미 삶을 체념하고 있었다.

"사샤," 가래침을 뱉듯, 이바노프가 안간힘을 다해 쥐어짜는 소리로 말했다. "넌 옛날의 나야. 난 개였고, 너도 개가 되어가고 있어. 우리 운명은 개처럼 살도록 되어 있는지도 몰라. 하지만 사샤, 내가 자네처럼 젊어질 수 있다면, 다시 살 수 있다면, 이런 삶은 싫어."

이바노프는 말을 그치고 기침을 했다. 입에서도 피가 한 움큼 뿜어져 나온다.

사샤는 찜찜했다. 그와의 승부가 싱겁게, 더럽게 끝나가고 있었다.

"보리스가……날 죽여야 했던 이유를 알고 싶다면……블라디보스토크로 가보게. 그리고……불쌍한 릅카는……너무 힘든 삶을 살았어……. 부탁이지만 우리가 스스로 가도록 놔주게."

수히노바가 오열한다.

더 이상 할 일은 없었다. 사샤는 뒤돌아서서 걸었다. 귀를 막고 싶었다. 맹렬하게 쏟아지는 빗소리도 끊어졌다 이어졌다를 반복하는 여인의 울음소리를 가리지는 못했다.

젖은 모래가 안 그래도 무거운 사샤의 발걸음을 더욱 더디게 했다.

타앙! 타앙!

비명처럼 두 발의 총소리가 울렸다.

사샤는 고개를 획 돌렸다.

날개 떨어진 새처럼, 수히노바의 몸이 이바노프에게로 겹쳐지고 있었다.

우산을 던지고 차를 향해 맹렬히 뛰었다.

총알처럼 세찬 빗줄기가 그의 눈을 때렸다.

심심한 똥개

대한민국 서울

'제기랄, 뭐하자는 거야?'

양손으로 푸시업을 하다가, 헤아리던 숫자도 잊어버렸다. 늘 그렇듯 100번 이상을 넘으면 숫자가 헷갈린다. 하나, 둘로 시작한 숫자는 60을 넘어 예순하나, 예순둘로 이어갈라치면 음절이 길어져 귀찮아진다. 그래서 육십셋, 육십넷으로 갔다가 다시 육십오로 갔다가, 나중에는 아예 숫자 세기를 포기해버린다. 그 다음부터는 팔뚝에게 맡겨버린다. 이놈이 후들거리면 대충 200번이라고 보면 된다. 하긴, 그것도 어디까지나 대충일 뿐이고, 정확한 숫자는 모른다.

언제 한번 구내식당 '누나'를 옆에 불러다놓고 세봐 달라고 부탁해야 할까보다. 예순이 넘은 나이에 배식장(配食長) 일을 하는 아줌마는 정우가 "누나" 하고 부르면, 그전까지 험악한 인상을 쓰고 다른 직원들에게 고래고래 소리 지르다가도, 언제 그랬냐는 듯 함박웃음을 지었다.

"동상 왔어? 그란디 워째 그리 야위었단가?"

그러면서 정우의 식판 아래에 그녀가 감춰둔 특별식을 몰래 깔아준다. 젓가락으로 살살 헤쳐보면, 예컨대 깜짝메뉴로 홍어회가 나오는 날이라면, 그 정력에 좋다는 '홍어×'이 살포시 자태를 드러내는 식이다. 정우가 감사의 표시로 보낼 것은 따로 없다. 그저 한 눈을 찡긋 감아주면, '누나'는 온 얼굴에 만족스런 웃음을 띠며 '어여 먹으라'는 뜻으로 손을 휘휘 저어 보였다.

오늘은 양손 팔굽혀펴기도 재미가 없다. 무뚝뚝한 팔은 후들거리는 감흥을 보낼 생각이 별로 없는 듯했다. 정우는 한 손 푸시업으로 바꾸었다. 오른손 왼손을 번갈아 상체를 굽혔다 펴기를 수십 번, 비로소 이마에 땀이 배기 시작한다. 그 뒤로도 한참을 푸시업 하다가, 정우는 체육관 바닥에 배를 깔고 엎어졌다.

'날 이렇게 짱박아 둬도 괜찮은 거야? 그러려면 뭣 하러 그런 개고생을 시켰담?'

아무리 생각해도 '내 젊은 날의 초상화'가 이런 게 아니지 싶었다. NTS(National counter-Terror Service) 작전요원? 이름이야 근사하다. 그러나 산 넘고 물 건너고 피똥 싸는 훈련을 매우 우수한 성적으로 마친 자신에게 기껏 서류 작성 따위나 맡기다니, 이건 숫제 좌판만 그럴 듯하게 꾸며놓고 팔 물건을 내주지 않는 꼴 아닌가. 나 같은, 대한민국에 하나 있을까 말까 한 국보급 요원을 창고에 처박아둔 고물처럼 방기하다니, 국장이고 부국장이고 다 무릎 꿇고 반성문 써야 한다.

정우는 몸을 발랑 뒤집었다. 높다란 천장 위의 형광등이 한일자로 입을 벌리고 비웃고 있다.

'씨발. 확 옷 벗을까보다.'

정우는 눈을 감았다.

휘휘 갈긴 사직서를 부국장의 얼굴 앞에 획 던지는 모습이 상상되었다.

"이정우, 자네 왜 이래?"

사색이 된 얼굴로 자리에서 벌떡 일어선 남동식 부국장이 정우의 팔을 붙잡았다.

"나, 시골 가서 농사나 지을랍니다."

"농사라니, 마른하늘에 날벼락도 유분수지, 그게 뭔 소린가. 자네에게 투자한 돈이 얼만데. 게다가 필기 점수는 좀 그랬어도, 성깔로나 몸으로나 자네가 짱 아닌가? 안 되네. 자네 같은 럭셔리 멤버를 그만두게 한다는 건 대한민국의 어마어마한 손실이야."

"아부하지 마세요, 부국장님. 심심하고 더러워서 더 이상 못 해먹겠습니다."

불독으로 소문난 부국장의 성을 건드렸다가는 무슨 일이 벌어질지 안 봐도 훤하다. 하지만 이미 뜨기로 한 몸, 이판사판이다. 정우는 따귀라도 한 대 맞을 것을 각오하면서 눈을 질끈 감았다. 하지만 씩씩거리는 숨소리만 들릴 뿐, 아무 반응이 없다. 슬며시 눈을 뜨니, 부국장은 붉으락푸르락, 칠면조처럼 얼굴색을 바꾸는 중이었다. 그래 봐야, 어쩔 거야? 아무리 하늘같은 부국장이라도, 지금 사제인간 일보 직전인 나에게 폭력을 가할 권리는 없다.

그러나 역시 부국장이다. 관록에 걸맞게, 즉자적인 반응을 자제하고는 명상을 시작한다. 파르르 떨리는 눈을 감더니 단전호흡을 하듯 몇 차례 길게 숨을 내쉬었다. 잠시 후, 눈을 뜬 부국장은 세상에서 가장 불쌍한 표정을 지었다.

"정우, 그러지 말고 날 봐서라도 한 번만 참게. 난들 자네를 심심하게 만들고 싶어서 그렇게 놔두었겠나? 그놈의 테러리스트들이 다 어디 가서 자빠져 있는지 코빼기도 뵈지 않는 걸 어떡하겠나? 좀만 기다려보게. 곧 일이 터질 거야. 그때가 되면 자네가 훨훨 날게 해줌세."

"그 자빠져 있는 놈들을 찾아야 할 거 아닙니까? 놈들이 꼭 사고를 쳐야 움직이겠다니, 그게 대한민국 NTS의 부국장이 할 말입니까? 없으면 만들어서라도 해야 할 거 아닙니까?"

"흠흠."

부국장은 헛기침만 하며 아무 대꾸도 하지 못했다. 정우의 말에 정곡을 찔린 것이다. 정우는 고양이 앞의 쥐처럼 쩔쩔 매는 부국장의 모습을 보면서 흐뭇해했다. 역시 뻗대길 잘했어. 이 정도면 부국장에게 나의 존재감을 확실히 심어준 것 같군. 정우의 입가에 미소가 걸렸다.

"썩을 놈. 근무시간에 이런 데 와서 퍼질러 자다니."

누군가 엉덩이를 발로 툭툭 건드렸다.

"누구야, 씨!"

정우는 벌떡 상체를 일으켰다. 박성철 팀장이 한심한 똥개를 보는 듯한 눈으로 자신을 내려다보고 있었다.

"아 놔, 안 그래도 성질 뻗치는데 왜 툭툭 차고 그래요?" 정우는 엉덩이를 손으로 털며 툴툴거렸다.

"아쭈, 인자 상관이고 뭐고 눈에 뵈는 게 없으시다? 완전히 군기 쌈 싸먹었구만."

정우는 미적미적 일어서며 성철을 흘겨보았다. 그를 볼 때마다, 군살이 붙어 늘어진 허리께부터 눈이 간다. 저런 몸으로 대 테러 팀장을 맡다니, 테러리스트가 설치는 건 먼 나라 일인 게 분명했다.

"째리지 말고 퍼뜩 옷 갈아입고 따라온나. 작전 나가게."

"작전이라니, 무슨 작전이요?" 멀뚱한 표정으로 정우가 물었다.

"가보면 알아. 주차장에 있을 테니까 빨랑 오기나 해."

가리봉 조선족타운은 아직도 88년 풍경이다. 중국어 간자와 한글 간판들이 어지럽게 매달린 거리에, 서울내기와는 달라 보이는 사람들이 분주히 오가고 있었다. 코리안 드림을 좇아 바다를 건너온 사람들에겐 그들 특유의 결기가 엿보인다. 한 세대 전, 가족을 놔둔 채 서독으로 사우디아라비아로 떠나야 했던 우리의 어버이들도 저런 눈을 했을 것이다.

정우는 갑자기 붉어진 거리 풍경을 보며, 서울에 이런 데도 있었나 하고 생각했다. 처음 와보는 곳이다.

그런데 이곳엔 왜 온 것일까?

"팀장님, 무슨 작전입니까?"

반걸음 앞서 걷는 성철의 등을 툭툭 치며 정우가 물었다. 차를 타고 오는 도중에도 몇 번 물어봤지만, 성철은 그저 "가보면 알아"라고 대답했을 뿐이다.

성철이 뒤돌아서며 히죽 웃었다. 왠지 약간은 비열해 보이는 웃음이다.

"아, 그동안 비밀로 부치고 있었지만, 내가 단독으로 하던 작전이 있어. 탈북자 관리지."

"탈북자 관리요? 그건 국정원에서 담당하는 거 아니에요?"

"물론 탈북 일반에 관한 거는 그쪽이 맡지. 난, 테러와 연관된 소스를 관리하고 있네."

"소스라면, 망이 있다 이겁니까?"

"망? ……맞아, 바로 그거야. 나만의 망을 심어두었지. 이게 다 테러리스트 잡자고 하는 일이니까, 지금 우리가 만나는 놈을 보고 괜히 이상한 생각은 말게. 내가 그렇게 하라고 시킨 거니까."

팀원에게도 공개하지 않은 그만의 망이 있다고? 아무리 봐도 그런 폼 나는 비밀이 있을 것 같지 않은 사람이다. 또 다른 비밀이 있다면 몰라도…….

성철은 회색 벽타일이 덕지덕지 떨어져나간 허름한 3층 건물 앞에서 걸음을 멈추었다.

"여기야. 낯선 놈들이 흰수작을 부릴지도 모르니까 조심하게."

성철은 경계하듯 사방을 두리번거리다가, 먼저 지하 계단으로 내려간다. 지저분한 계단을 내려서자, 지린내인지 곰팡내인지 모를 야릇한 냄새가 확 풍겨왔다.

지하실에는 빗장 걸린 철문이 하나 있고, 그 앞에 놓인 낡은 의자에 덩치 하나가 앉아 있었다. 사내는 천천히 일어서더니, 내려오는 두 사람을 꼬나보았다.

성철은 거침없이 다가가, 마치 친숙한 사람을 만난 듯 그의 어깨를 툭툭 두드렸다.

"아우, 안에 있지?"

그러나 사내는 성철을 전혀 알아보지 못하는 표정이다. 그는 영문을 모르겠다는 듯 눈만 몇 번 껌벅이더니, 천천히 입을 열었다.

"연변에는 4월에도 눈이 오고 있갔지요?"

엉뚱한 대답에, 정우는 사내의 얼굴을 쳐다보다가 성철에게로 고개를 돌렸다. 성철의 입가가 실룩거렸다.

"간만에 왔더니 못 보던 친구가 있네? 이봐, 그게 뭔 소린가 모르겠다만, 대충 하고 안에다 연락 터보게. 기수한테 형님 왔다고 전하면 돼."

사내는 이쪽의 정체를 가늠하려는지 힐끔거리다가, 여전히 같은 말을, 이번에는 좀 더 큰 소리로 되풀이했다.

"연변에는 4월에도 눈이 오고 있갔지요?"

"아, 거기야 북쪽이니까 올 수도 있겠지. 가끔은 충청도에서도 오는데 뭘."

성철은 사내와 농지거리를 하듯 다시 한 번 그의 어깨를 두드리며 말했다. 그러나 사내는 요지부동, 앵무새처럼 같은 말만 조아렸다.

"연변에는 4월에도 눈이……"

순간, 열이 확 달아오른 성철이 사내의 멱살을 쥐었다.

"씨발놈아, 내가 연변에 눈이 오는지 안 오는지 알게 뭐야? 난 바쁜 몸이니까, 헛소리 말고 빨리 가서 기수나 나오라고 해."

"이런 니미럴. 니가 누군데 보자마자 개지랄이야, 개지랄이."

사내가 성철의 멱살을 맞잡았다.

둘이 서로의 멱살을 잡은 채 밀치락달치락 하는 모습을 지켜보고 있을 때, 쇠문에서 덜컹거리는 소리가 나더니 문이 빠끔 열렸다.

"어이, 민구. 그 손 후딱 치워라."

소리의 주인공을 쳐다본 사내가 멱살 쥔 손을 풀었다. 성철은 여전히 씩씩거리며 사내를 벽에 몰아붙이고 있었다.

"아이고 형님, 이 벌건 대낮에 뭔 일이래요?"

문에서 나온 남자가 히죽 웃으며 고개를 숙였다. 희멀건 얼굴빛에 갸름한 체구다. 남자는 성철을 보며 비위 좋은 웃음을 웃다가 민구라고 부른 사내를 째려보았다.

민구는 멀뚱한 눈으로 남자의 눈치를 보더니, 곧 사태를 짐작했는지 정색을 하며 성철을 향해 손바닥을 비볐다.

"죄, 죄송합니다."

성철은 멱살 쥔 손을 풀며 희멀건 남자에게로 얼굴을 돌렸다.

"기수, 이 새끼 뭐야?"

"아, 새로 온 앱니다. 이쪽으로 나온 지 삼 개월밖에 안 돼서, 뭘 몰라요. 이해하십시오."

"아무리 초짜를 세웠어도 그렇지, 내가 문자 줬으면 이런저런 분이 오실 테니 준비해라, 그런 교육쯤은 시켰을 거 아냐?"

"아, 당연히 시켰지요. 잘생긴 분이 한 분 오실 테니 알아서 모시라고……." 말을 멈추고, 기수라고 불린 남자는 민구를 매서운 눈초리로 노려보았다. "새꺄, 저렇게 폼 나게 생긴 분이 오시면 바로 연락하고 했어, 안 했어?"

민구가 손사래를 쳤다.

"그건 알지만, 영 폼이, 헉!"

민구는 말을 끝내지 못하고, 종아리를 움켜쥔 채 깡충깡충 뛰었다. 기수가 종아리를 냅다 걷어찬 것이다.

"썩 꺼지지 못해?"

기수가 소리치자 민구는 비루먹은 강아지처럼 엉덩이를 집어넣으며 안으로 들어가버렸다.

"제가 교육이야 제대로 시켰지만 저렇게 누굴 달고 오시면……." 기수가 정우 쪽을 힐끔 쳐다보며 말했다.

"저 친구는 좀 있다 알게 될 거고……근데 연변 4월의 눈이 어쩌고저쩌고는 대체 뭐야?" 성철이 자신의 점퍼를 툭툭 털며 말했다.

"아, 암구호입니다. 답은 '보리나 밟아줘야갔지요'고요. 하도 단속이 심해서 좀 난해한 대사를 골랐습니다." 정장 차림의 기수가 진지한 표정으로 말했다.

이건 완전히 개그콘서트로군. 정우는 속으로 실소했다.

"그나저나 뭔 일로다가?" 기수는 새삼 영문 모르겠다는 얼굴을 하더니, 왼팔로 문 안을 가리켰다. "일단은 들어오시지요."

철문을 들어서니 짧은 복도가 나왔다. 그 끝에 문이 또 하나 버티고 있었다. 그 문이 마저 열리자 정우는 자신의 예상이 적중했음을 직감했다. 방 안은 정우가 상상한 풍경 그대로였다. 포커판이 두 개, 마작판이 두 개, 총 네 개의 테이블을 꽉 채운 사내들이 눈을 붉히며 패를 들여다보고 있었다. 뽀얀 담배연기 속에서 백열등 빛을 받아 번

들거리는 얼굴에 눈알을 희번덕거리고 있는 사내들. 정우는 비위가 상했다.

"다이! 씨발, 좆같네."

포커판에서 걸걸한 목소리가 들려왔다. 험악한 인상의 한 사내가 패를 엎더니, 뒤로 몸을 재끼며 방금 들어온 두 사람을 힐끗 쳐다보았다. 그는 키가 크고 멀쑥하게 생긴 정우를 손가락으로 가리키며 말했다.

"야, 새꺄, 너 가서 마오타이 한 병 가져와!"

성철이 어리벙벙해 있다가 뭐라고 한마디 하려고 하자, 기수가 손으로 제지했다. "형님, 제가 알아서 하겠습니다. 최 사장이라고, 가리봉 떡메 하면 다 아는 사람인데 워낙 다혈질이라."

기수가 앞으로 나서려는데, 정우가 왼팔로 그의 가슴을 막았다. 그러더니 앞으로 뚜벅뚜벅 걸어갔다.

"어, 어?"

기수는 뭐라고 말도 못 하고 성철의 얼굴과 정우의 등을 번갈아 보았다.

정우는 술병이 진열돼 있는 홈 바로 갔다. 상표를 유심히 살피다가 마오타이 한 병을 집어 들었다. 그러고는 곧바로 험악한 인상의 사내에게 다가갔다.

새로 돌려지는 패를 받아보고 그중 하나를 연 다음, 최 사장은 눈을 들어 자기 앞에 선 정우를 보았다. 정우가 능글맞게 웃었다.

"최 사징님, 이번엔 패 좀 괜찮게 나왔어요?"

최 사장은 정우의 위아래를 훑어보다가 히든패를 엎어놓더니 말없이 잔을 내밀었다.

"따라봐!"

정우는 마오타이 병뚜껑을 따고 어깨 위로 들어올렸다. 그리고 주르륵 최 사장의 무릎에 술을 쏟아 부었다.

"아, 죄송합니다. 제가 제대로 겨냥을 못 했네요. 다시 따를까요?"

같은 테이블의 노름 패거리들이 놀란 눈으로 일제히 정우를 쳐다보았다. 최 사장은 어이가 없다는 듯 잠시 멍하니 있다가 좌중을 향해 썩은 미소를 날렸다.

"오늘 어째 일진이 좀 그렇다 했더니, 나중엔 별 새끼까지 염병지랄을 하네."

그는 의자를 뒤로 빼며 자리에서 천천히 일어섰다. 그러고는 정우의 턱을 두 번 쿡쿡 찔렀다.

"애기야. 너 방금 죽을 죄 지은 거다. 하지만 내, 김 사장 체면을 봐서 한 번 봐주마. 그러니 술병 놓고 저리 가서 찌그러져 있을래?"

정우가 그의 집게손가락을 꽉 쥐며 말했다.

"모르긴 왜 몰라요? 떡메라고 가리봉에 돼먹지 않은 양아치가 있다면서요?"

최 사장이 주먹을 뻗었다. 그러나 주먹은 정우의 얼굴을 비껴가고, 잡혀 있던 그의 손가락이 뒤로 꺾였다.

"아악!"

최 사장의 입에서 비명이 터져 나오는 동시에 그의 머리에서 병이 깨졌다. 터진 이마에서 피가 흘렀다.

"어? 저 새끼 뭐야?

맞은편에 앉은 짝패들이 일제히 일어섰고, 그중 몇 놈은 품에서 나이프를 꺼내들었다. 정우는 테이블을 와락 뒤집으며, 바로 옆에 있던 놈들부터 가격했다.

방 안은 순식간에 아수라장이 되었다. 다른 테이블에 있던 사내들도 몽둥이든 병이든 손에 들 수 있는 것이면 닥치는 대로 집어 들고 싸움판에 끼어들었다.

싸움에 소질이 없어 보이는 샌님처럼 생긴 몇몇은 밖으로 나가려 했지만, 문을 따줄 사람도 이미 싸움판에 끼어든 뒤였다. 할 수 없이 그들은 홈 바의 구석진 곳에 몸을 숨기고 덜덜 떨고 있었다.

퍽퍽 하는 소리와 비명소리가 연달아 들리고, 십여 명이 훨씬 넘는 사내들이 하나둘 패대기쳐지기 시작했다.

문가에서 이 광경을 지켜보던 기수가 발을 동동 굴리며, 성철을 향해 삿대질하듯 말했다.

"뭡니까? 형님, 저 자식 뭐예요?"

"흐미, 환장하겠네. ……뭐긴 뭐야. 똥개지!" 성철도 어쩌지 못하고 소리만 질렀다. "야, 이정우! 너 그만 안 할래?"

"아니, 뭔 똥개가 저렇게 쌈을 잘한대요?"

"심심한 똥개니까 저러지! 정우 저 새끼, 완전히 살판 만났구만."

20분은 족히 흘렀을 것이다. 기수는 초토화되다시피 한 자신의 사업장을 실성한 눈으로 쳐다보았다.

홈 바의 구석 쪽에 널브러진 사내들이 한데 엉킨 채 신음을 흘리고 있었다. 그 앞에 의자를 놓고, 정우가 앉았다. 그는 아무 말 없이 야구 방망이로 애꿎은 바닥만 툭툭 치고 있었다.

성철이 그들 앞으로 다가가 사내들을 쓱 훑어보았다.

"니들 말야, 오늘 이 정도로 끝낸 걸 다행으로 알아라. 그러게 왜 가만히 있는 똥개를 건드리고 그래?"

성철은 옆에 앉은 정우를 한 번 보고는 말을 이었다. "앞으로는 요렇게 멍 때리게 생긴 놈 만나면 아예 못 본 체하거나 그냥 피하는 게 나을 것이다. 그리고 오늘 이 자리에서 있었던 일은 일체 없었던 걸로 한다, 알겠나!"

그러나 겁에 질린 사내들은 누구 하나 입을 열지 않았다.

"이 새끼들이 아직 정신을 못 차렸구만. 어이, 그 방망이 이리 줘봐."

성철이 인상을 잔뜩 쓰며 정우에게로 손을 내밀었다. 그러자 여기저기서 "알겠습니다"며 고함치는 소리가 들렸다.

성철은 다시 그들을 향해 소리를 질렀다.

"알겠나!"

"네!"

이마에 피를 흘리거나 퉁퉁 부은 얼굴로, 서로 몸을 기대고 있던 사내들이 일제히 대답했다.

"자, 지금부터 열을 세겠다. 그 후에도 내 눈에 띄는 놈 있으면 아작이다. 출발!"

그의 말이 떨어지기 무섭게 사내들은 서로를 부축한 채 잽싸게 방을 빠져나갔다.

멍하니 서서 깨진 술병이며 부러진 가구들을 넋 나간 표정으로 둘러보던 기수가 잠시 후 성철에게로 다가왔다. 그의 얼굴은 바람 빠진 풍선처럼 쪼그라들어 있었다.

"형님, 제가 형님한테 뭐 섭섭하게 한 거 있습니까?"

"아니, 뭐 꼭 그런 건 아니고." 성철이 고개를 저었다.

"근데 왜 저런 똥개 같은 자식을 데려와 가지고 이 난장판을 만듭니까, 난장판을."

"뭐 똥개?"

정우가 눈을 부릅뜨며 일어서려 했다. 성철은 서둘러 손을 휘휘 저으며 그들 사이를 막았다.

"자, 자. 그렇게 원수 보듯 하지 말고, 어이 동생, 자네도 이리 와 앉게."

기수는 분을 삭이지 못하겠다는 듯 부들부들 떨다가 성철의 옆으로 와 앉았다.

"기수, 아까 말했지만 이 친구는 내 부하, 아니지, 요새 말로 파트너라고 하는 게 좀 근사하게 들리겠네만, 암튼 이정우라고 나와 같은 팀에 있네. 그리고 여기는 김기수, 전직이 북한 35호실 요원이었던 몸이라네."

"35호실이면 대외정보조사부? 아니, 그런 일을 했던 놈이 고작 여기서 마작방 양아치나 하고 있단 말예요?"

"뭐, 양아치?"

기수가 벌떡 일어섰다.

"어허, 어허. 왜이래. 동생, 참게 참아. 이 친구는 성깔머리가 원래 이렇게 생겨먹었으니까, 어진 자네가 참게나."

성철은 씩씩거리는 기수의 어깨를 두드렸다. 둘은 입을 다문 채로 한참동안 서로를 노려보고 있었다. 정우가 먼저 입을 열었다.

"팀장님이 말한 망이란 게 이 자였습니까?"

"어? 아, 아, 그렇지. 내가 망이라고 했지. 망, 맞아." 성철이 허둥지둥했다.

"망이요?" 기수가 성철을 도끼눈으로 쳐다보았다. "아니, 형님. 형님을 먹여 살리려고 애쓰는 제가 스폰서만 스폰서지, 망이 다 뭡니까?"

"아, 내 말은 꼭 그런 뜻이 아니고. ……그리고 망이든 멍이든 뭐 말이 그렇게 중요하겠나. 안 그런가, 동생?" 성철이 비굴한 웃음을 흘렸다.

"좋아, 팀장님 망이면 내 망이기도 하다. 오늘부터 널 내 망으로 임명하겠다. 알았어?" 정우가 말했다.

"이 새끼가." 기수가 발끈했다.

"너도 아까 걔들처럼 졸라 맞아볼래?" 정우가 오른손 주먹을 왼손바닥으로 탁탁 치며 말했다.

잠시 정우를 노려보던 기수가 눈을 내리깔았다. 저 똥개 놈의 부아를 돋우면 뼈마디가 성치 못할 것이다. 미친 똥개는 일단 피하고 보는 게 상수다.

"자, 쓸 만한 정보 하나 내놔봐."

정우가 손바닥을 기수 앞으로 내밀었다.

"무슨 정보?"

기수는 그렇게 되묻고는 눈치를 살피듯이 성철을 쳐다보았다. 그러나 성철은 아무 말 없이 구두 끝으로 바닥만 긁고 있다.

"그리고 너 좋은 말할 때, 이 형님께 말끝 줄이지 마라. 보아하니

나보다 한참 어린 놈 같은데, 앞으로 한 번만 반말 비스무리하게 했다간 죽는 줄 알아." 정우가 윽박질렀다.

정말 재수 없는 날이다. 하필이면 저런 똥개한테 걸려들다니. 기수는 괜히 남조선으로 내려왔다는 생각이 처음으로 들었다. 하지만 어쩌랴. 훗날을 도모하기로 하고, 일단은 자존심을 살짝 접기로 했다.

"무슨 정보가 있다고 그러세요?"

"북에서 왔으니까 그쪽 정보가 있을 거 아냐."

"지금은 없어요."

"그래? 그럼 오늘은 신고식 날이니까 됐고, 앞으로 일주일 후, 그리고 매 일주일마다 니가 갖고 있는 정보를 바치도록 해. 북한이든, 중국이든, 러시아든, 어느 쪽이든 좋아. 덕분에 몸 좀 풀어보자. 내가 여간 심심한 게 아니거든. 만약 꼼수를 부리거나 내 입맛에 맞지 않는 정보를 줬다간 알아서 하고."

씨발, 씨발, 씨발. 기수는 속으로 그 말만 수십 번 곱씹었다.

"자, 그만 일어나도록 하지." 성철이 일어서며 정우에게 말했다.

정우가 먼저 밖으로 나가자, 성철이 기수를 돌아보며 말했다. "그리고 동생, 이번 달 내 통장이 텅텅 비었네. 기러기 아빠 노릇 하기가 장난이 아닌 건 자네도 잘 알지?"

윙크를 남기고 그도 사라졌다.

씨발, 씨발, 씨발. 기수는 성철을 향해서도 그 말을 몇 십 번 되뇌었다.

취조실은 늘 썰렁하다. NTS에 들어온 후로 누군가를 취조했던 경험이 한 번도 없다. 정우는 그 방의 이름을 바꾸기로 했다. 수면실이다. 아무도 들어오지 않고, 또 들어오기를 반기지도 않는 그 방은 오전 잠을 자기엔 그만이었다.

탁자 위에 발을 올리고, 옆방에서 끌어다놓은 푹신한 의자에 등을 파묻고, 얇은 군용담요를 뒤집어쓴 채 정우는 꿈속에 빠져 있었다. 가끔씩 그의 다리를 덮은 담요가 이리저리 움직였다. 누군가를 신나게 패주거나, 누군가를 추적하거나, 아슬아슬 탈출하여 열나게 도망가고 있는 중일 것이었다.

두 발이 꼬였다. 아마 덤불에 걸렸을 것이다. 그의 관자놀이에 힘줄이 돋아났다.

그때 바지 주머니가 부르르 떨었다. 몇 차례 진동이 있고 나서야 정우는 정신이 들었다. 손을 뻗어 휴대폰을 꺼냈다. 눈을 부비고 송신자를 확인한다. 박성철이었다.

속으로 구시렁대며, 정우는 통화 버튼을 눌렀다.

"여보세요." 잠이 덜 깬 소리로 말했다.

— 야, 너, 어디 있어?

"왜요?"

— 오늘 신임 국장님 첫 출근 날인 거 몰라서 그래?

"그게 어쨌는데요?"

— 너, 임마. 전처럼 대충 뭉갰다가는 완전 작살이다. 신임 국장님이 누군 줄 알아?

"누군데요?"

— 권용관 씨야.

정우는 담요를 걷어붙이고 탁자에서 발을 내렸다.
"권용관 씨가 새 국장님이라고요?"
— 그래. 국정원의 전설적인 케이스 오피서 말야.
"그분 그만두지 않으셨나요?"
— 이 년 전에 사직하셨는데, 이번에 대통령께서 특별히 발탁하셨나봐. 왠지 분위기가 심상치 않은걸?

권용관이라면, 정우가 국정원에 처음 발을 디딜 때부터 소문이 짜한 사람이다. 강직한 의리맨, 각종 무술의 고단자, 공사 구별이 뚜렷한 청렴결백한 사람 등등, 육체적으로나 정신적으로나 그는 신입 요원들이 닮고 싶어 하는 롤 모델이었다.

그랬던 그가 한 작전을 완벽히 수행하지 못한 데 대한 책임을 지고 물러났다고 한다. 결과적으로 작전이 실패로 끝난 것은 아니었지만, 그는 당시 잃은 부하들로 인해 죄책감을 느끼며, 그것은 모두 자신의 능력과 자질 부족 때문이라는 이유를 대며 끝내 사직의 뜻을 굽히지 않았다.

그런 사람이 NTS의 신임 수장으로 정보세계에 컴백했다는 것이다.
— 당장 니 자리로 돌아가. 지금 각 방마다 돌아볼 생각이라시는데, 딴 데서 어영부영하고 있는 꼴을 보였다가는 당장 모가지야.

성철은 그 말을 끝으로 전화를 끊었다.

사표? 사직? 그 말을 입가에 담자 체육관에서 그려보던 장면이 다시 떠올랐다. 상상 속에서 남동식 부국장은 자신의 바짓가랑이를 붙잡고 늘어졌었다. 하지만 현실에서는 절대로 그런 일이 없을 것이다. 그리고 사직서를 던지며 떠나는 것과, 다른 방에서 졸다가 모가지가 잘리는 것과는 분명한 차이가 있다.

정우는 벌떡 일어섰다.

"그래도 취임식은 하는 게 낫지 않겠습니까? NTS의 분위기 쇄신을 위해서라도 말입니다."

남동식은 앞에서 걷는 신임 국장의 등에 대고 말했다. 그러나 권용관은 정문을 향해 묵묵히 걸어가기만 했다.

"지금이라도 늦지 않았으니까, 강당에 전원 소집할까요?"

권용관은 걸음을 멈추지 않은 채 말했다. "부국장, 내가 어제 전화로 말하지 않았소? 난 그런 거 체질에 안 맞는다고. 모양새를 위한 형식 따위는 필요 없어요. 현장부터 살펴봅시다."

"아, 예."

남동식은 쑥스럽게 대답하며 권용관의 등을 쳐다보았다. 쉰둘. 그러나 여전히 실팍한 체격이다. 현장 작전요원으로 잔뼈가 굵은 사람답게 그에게서는 관료 출신이 결코 흉내 낼 수 없는 포스가 느껴진다.

남동식은 몇 걸음 앞서 가서 회의실 문을 열었다. "간부들은 소집해 놓았습니다."

권용관이 고개를 끄덕였다.

남동식에 이어 권용관이 들어서자 회의실의 긴 테이블에 앉아 있던 간부들이 일제히 일어섰다.

"다들 앉으세요."

안에 들어서자마자 권용관이 손을 위아래로 까닥이며 말했다. 간부들이 쭈뼛쭈뼛 서 있자, 권용관은 계속 앉으라는 신호를 보냈다.

간부들이 하나둘 의자에 몸을 실었다.

권용관은 여전히 선 채로 좌중을 향해 머리를 숙였다.

"NTS에 오게 된 신임 국장 권용관입니다. 나이는 제법 들었지만, 여러분에 비해 신입인 것은 사실입니다. 앞으로 잘 부탁하겠습니다."

서로 눈치를 보다가 간부 하나가 박수를 치자 다들 그의 뒤를 따랐다. 권용관은 다시 한 번 고개를 숙이고는 자리에 앉았다.

남동식이 일어섰다. "그러면 제가 먼저 보고를 드리겠습니다."

남동식이 고개를 끄덕이자 정면의 대형 화면에 NTS 마크와 연혁이 떴다.

"2014년 역사적인 남북 정상회담의 결과 한반도의 통일이 점차 윤곽을 잡아나가기 시작했고, 이에 따라 대한민국의 위상이 점차 높아지게 되었습니다. 2015년 헌법 개정이 있었고, 2016년 대선을 통해 조명호 대통령께서 연임하시게 되었습니다. 대통령께서는 무엇보다도 화해와 상생이라는 남북 관계 발전의 원칙을 흔들림 없이 추진하고자 하셨습니다. 그러나 복잡다단한 통일의 과정 속에서 수많은 문제들이 제기되어 왔고, 그중에서도 가장 절박한 것은 날이 갈수록 교묘해지고 있는 테러와 그에 따른 국가위기의 방지라는 문제였습니다. 또한 에너지 강국의 선두 대열에 선 지금, 대한민국은 사방이 적으로 둘러싸이게 되었습니다. 이에 정부는 국회의 승인을 얻어 테러에 효과적이고도 능동적으로 대응하기 위한 조직을 창설하게 되었습니다. NTS가 바로 그……."

"잠깐, 부국장." 권용관이 손을 들어 부국장의 보고를 멈추었다. "나는 물론이고 여기에 외부 사람은 아무도 없습니다. 게다가 다들 바쁜 사람들이니 배경 등등은 거두절미하고 본론으로 들어가기로 합시다."

"알겠습니다." 남동식이 다시 신호를 보내자, 화면이 바뀌어 조직도가 나타났다. "그럼 NTS의 세부 조직 구성에 대해 말씀드리겠습니다."

"그것도 이미 서면으로 보고 받았으니까 됐어요. 일하는 사람들부터 만나봅시다. 자, 다들 자기 자리로 돌아가요. 부국장하고 안철환 작전실장은 나와 동행하고."

권용관이 일어서서 밖으로 나섰다. 신임 국장의 직선적인 스타일에 잠시 멀뚱해 있던 간부들은 곧 우르르 회의실 밖으로 빠져 나갔다.

복도를 걷는 동안 남동식이 입을 열었다. "NTS는 세계 최고의 시설과 시스템을 갖추고 있다고 자부합니다. 우주공학에 기반한 첨단 기술을 이용하여……."

"막대한 예산을 쏟아 부었는데 그야 당연한 것 아니겠소? 시설이나 시스템은 돈만 들이면 만들어지는 것이고 문제는 사람이지."

국장이 자꾸만 자신의 말을 끊자 남동식은 무안하기도 하고 슬며시 부아가 치밀기도 했다. 하지만 어쩔 수 있나. 이게 다 아랫사람의 설움인걸. 오랜 관료생활에 익숙할 대로 익숙해진 남동식은 이런 일로 스트레스를 받지 말자고 스스로 다짐했다.

"물론 사람이 중요하지요. NTS의 멤버들은 기존의 정보기관과 특수부대 등에서 차출한 최정예 인력들로만 구성되었습니다. 그런 만큼 어디에 내놔도 손색이 없는……."

"그건 당신 생각이고."

또다시 말을 끊는다. 남동식은 성질이 머리끝까지 뻗쳤지만 꾹 참았다. 묻는 것에만 대답하자. 괜히 시키지도 않은 말을 주저리주저리 늘어놓았다가 이런 식으로 무안당하면 오늘밤 고주망태가 되어도 잠이 오지 않을 것 같다.

"여기가 종합상황실입니다. 말하자면 NTS의 말단 신경구조를 관장하는 브레인인 셈이죠."

남동식은 또다시 쓸데없는 설명을 곁들였다고 후회했지만, 이번에는 의외로 국장이 고개를 끄덕였다.

국장 일행이 들어서자 상황실에 있던 사람들이 모두 일어섰다. 권용관은 이맛살을 찌푸리더니, 모두가 들리게 큰 소리로 말했다.

"다들 잘 들으세요. 오자마자 이런 잔소리하는 게 좀 그렇지만, 앞으로는 누가 들어오든 자기 일과 직접적인 상관이 없는 사람일 때는 절대로 자리에서 일어서지 마세요. 내가 아니라 대통령 할아버지가 와도 그렇습니다. 우리는 권위 때문에 일하는 게 아니라, 나라에 대한 충성과 직분에 대한 자부심으로 움직이는 사람들입니다. 알겠지요?"

그때 구석자리에 앉은 누군가가 만세를 부르듯 소리 없이 두 손을 치켜들었다가는 얼른 손을 내렸다.

상황실장이 앞으로 나와 고개를 숙였다.

"정보수집과 분석업무를 담당하는 I&A실 박석호 실장입니다."

권용관이 손을 내밀었다. "그래요. 앞으로 잘 해봅시다."

박석호는 그 손을 잡고는 연신 허리를 숙였다. "명성으로만 듣던 국장님을 이렇게 직접 모시게 되어 영광입니다."

권용관은 손을 빼내자마자 뒤돌아서서, 아까 구석자리에서 만세를 부르던 직원이 있는 곳으로 갔다.

모니터에 시선을 박고 있던 캐주얼 차림의 젊은이가 국장이 다가온 것을 보고는 자리에서 일어섰다.

"그냥 앉아 있게." 젊은이가 자리에 앉자 국장이 물었다. "자네는 무슨 일을 하나? 이름은?"

"예. 적의 행동과 예상 추이를 분석하여 작전실을 지원하는 임무를 담당하고 있습니다. 이름은 김준호라고 합니다."

"흠, 그렇구만. 근데 왜 아까 만세를 불렀지?"

준호는 뒷머리를 긁적이더니 입을 열었다.

"국장님 말씀이 반가워서 그랬습니다. 한창 일하다가도 주변을 신경 써야 하는 게 귀찮았거든요."

권용관은 살짝 웃었다.

"알았네. 앞으로는 그런 일 없을 걸세. 수고하게."

뒤돌아선 국장을 향해 준호는 다시 한 번 만세를 불렀고, 그 모습을 보던 다른 직원들도 미소를 지었다.

"전술보급실입니다."

남동식이 문을 열자, 함께 모여 앉아 뭔가를 하고 있던 사람들이 놀라 뒤돌아보았다. 그때 작은 벌레 하나가 날아와 막 들어선 국장의 넥타이 매듭에 달라붙었다.

"윽, 저런!"

그중에 한 사람이 짧게 소리를 질렀다.

권용관은 자신의 넥타이에 붙은 것을 떼어내 들여다보았다. 그것은 살아 있는 곤충이 아니라 검은 광택의 플라스틱 벌레였다.

"이게 뭐죠?"

권용관이 묻자 소리를 질렀던 남자가 고개를 숙였다.

"죄, 죄송합니다. 일부러 그런 건 아니고……."

그를 대신해 여자가 앞으로 나서며 말했다.

"이번에 개발한 정찰 유닛입니다. 프로토 타입이라 아직 손볼 게 많습니다."

"전술보급실 오숙경 실장입니다." 옆에 있던 남동식이 그녀를 소개했다. "작전용 장비 개발을 담당하고 있습니다."

권용관은 고개를 끄덕였다.

"흥미롭군요. 완성되면 다시 한 번 내게 쏴주도록 해요."

"알겠습니다, 국장님." 오숙경이 환하게 웃으며 대답했다.

이어서 과학수사실과 CS(Cyber Security)팀, SRT(Special Response Team) 등을 돌아보고 국장 일행은 마지막으로 작전실을 방문했다.

"옵니다, 와."

성철이 시키는 대로 국장이 오는지 망을 보고 있던 유동훈이 말하자 모두 일어서서 차려 자세를 취했다. 그러나 정우는 여전히 심드렁한 표정으로 앉아 있다.

성철이 그의 엉덩이를 발로 툭툭 찼다.

"야, 빨리 안 일어나?"

"들어오면, 그때 일어나면 되지, 왜 미리부터 수선을 펴요?"

"이 새끼가 뒤질라고. 너가 그러고 있으면, 우리가 몽땅 군기 빠진 걸로 알잖아."

"우씨, 군기 빠진 건 사실이면서."

정우가 입을 삐죽 내밀며 굼뜨게 일어섰다.

작전실에 들어선 권용관은 다른 곳에서와 달리 앉으라는 신호를 보내지 않았다. 그 대신 부동자세로 서 있는 요원들을 하나하나 뜯어보았다. 케이스 오피서 출신인 그에게 작전요원들은 직속 후배들이나 마찬가지였다.

남동식이 소개했다. "현장에서 작전을 수행하는 요원들입니다. NTS의 심장이지요." 권용관이 고개를 끄덕이는 것을 보고 남동식은 설명을 이어갔다. "현장 전술은 팀 단위로 운용합니다. 그리고 조직도상 부국장 직속 체계로 되어 있습니다."

권용관은 말없이 자신의 뒤를 따르고 있던 안철환에게 시선을 돌렸다. "작전실장, 그동안 운용해본 결과 애로사항은 없었어요?"

"아직까지 별다른 문제점은 발견 못 했습니다."

권용관은 대원들을 향해 말했다. "알지 모르겠지만, 나 역시 여러분과 같은 출신이다. 그래서 누가 여러분의 고충을 아느냐고 묻는다면, 대충 그렇다라고 대답할 것이다. 하지만 작전 환경이 바뀐 만큼, 내가 모르는 부분도 많을 줄 안다. NTS는 현장이 생명이다. 아무리 분석을 잘 짜고 설계를 잘해도, 현장에서 실패하면 대 테러고 뭐고 없다. 여러분의 임무수행에 필요한 일이라면 뭐든 돕겠다. 그러니 내가 해줄 게 있다면 이 자리에서 말해도 좋다."

그러나 입을 여는 요원들은 없었다.

"정말 없나? 지금 생각나는 게 없다면 나중에라도……."

이때 정우가 손을 들었다. "저, 부탁드릴 게 있습니다."

권용관의 시선이 정우에게 꽂히는 것을 보고, 성철은 불안했다. 하여튼 저놈은 언제 터질지 모르는 시한폭탄이다.

"말해보게."

정우는 잠시 망설이는 표정을 짓다가 결심했다는 듯 입을 열었다.

"국정원 출신 이정우입니다. 다시 국정원으로 복귀시켜 주십시오."

드디어 폭탄이 터지고야 말았다! 성철은 눈을 질끈 감았다. 우, 저 미친놈!

안철환 실장은 물론, 다른 요원들도 깜짝 놀라기는 마찬가지였다.

국장은 무표정한 얼굴로 정우를 쳐다보더니, 잠시 후 물었다. "국정원으로 가겠다는 이유가 뭔가?"

"지겨워서 그렇습니다."

"지겹다니, 뭐가?"

"제가 국정원에서 4년을 근무하는 동안 총 21건의 미션을 수행했습니다. 거기에다 다른 팀을 지원한 것까지 합하면 횟수가 훨씬 늘어납니다."

"그런데?"

"그런데 NTS에 차출되고 난 후, 제가 수행한 미션은," 정우는 안철환 실장과 박성철 팀장, 그리고 동료들을 미안해하는 눈으로 빙 둘러본 후 말을 이었다. "하나도 아니고 둘도 아니고……제롭니다. 2년 동안 제가 한 일이라곤 아무것도 없습니다."

"없긴 왜 없어?" 남동식이 버럭 소리를 질렀다. "자네가 해온 대 테러 업무는 뭔가?"

"서류 정리가 전부였습니다."

"대 테러 업무가 꼭 치고받는 일만이라고 생각하는 거야?"

"가만 있어봐요!" 벌게진 얼굴로 정우를 나무라고 있는 남동식을 권용관이 손을 들어 제지했다.

"부국장 말대로 서류 정리가 필요하면 그 일을 하고, 현장에 나가 테러범 잡을 일이 있으면 그 일을 하면 되는 게 요원의 업무 아닌가?"

"그건 알지만, 이렇게 가만히 들어앉아 있는 게 전 생리적으로 싫습니다."

"생리적으로 싫다?"

"예. 심심해서 미칠 것 같습니다. 국정원에서 이곳으로 차출될 때 진짜 내가 할 일을 만난 것 같아 무척 기뻤는데 막상 와보니……."

"알겠네. 정 그렇다면 자네가 원하는 대로 해주지."

정우가 거수경례를 올려 부쳤다.

"감사합니다, 국장님!"

국장 일행이 나가자 성철은 다짜고짜 정우의 배에 주먹을 박았다.

"그래, 원하는 대로 돼서 시원하냐, 이 미친놈아?"

한참동안 죽는 시늉을 하며 엄살을 떨던 정우가 씩 웃었다.

"야, 저 양반, 역시 듣던 대로 화끈하긴 하네요. 어쨌든 난 돌아갈 테니 팀장님은 여기서 잘 먹고 잘살아보슈,"

작전실을 빠져나가는 정우의 등을 향해 성철이 고래고래 소리를 질렀다.

"야, 이 똥개야. 너 비겁하게 정말 이럴 거야?"

국장실로 돌아오자마자, 권용관이 안철환에게 물었다.
"이정우, 그놈 어때?"
"최곱니다. 현장 요원 중에서는요."
"어떤 의미에서?"
"안 해서 그렇지 못하는 게 없습니다. 사실 서류상의 분석 업무도 꽤 잘하는 편인데, 다만 상상력이 좀 지나친 게 흠이지요."
"상상력? 그게 무슨 소린가?"
"그냥 데이터에 근거해서 결론만 내리면 되는데, 이 친구는 거기에다 소설을 써놓는 경향이 있습니다. 가상의 시뮬레이션이라고나 할까요? 있지도 않고, 있을 것 같지도 않은 일들을 죽 늘어놓고 그에 대한 해결책으론 이런저런 일을 해야 한다고 적어놓으니, 안 그래도 서류에 치인 사람들은 달가워할 리가 없지요."
"재미있는 친구로군. 다른 분야는 어때?"
"실전 훈련에서 몸이나 근성으로 하는 거라면 단연 이거였습니다." 안철환이 엄지손가락을 치켜들며 말했다.
"거, 갑자기 아까운 생각이 드는걸?"
"그렇지요? 지금이라도 승낙을 철회하시는 게……."
"됐어." 국장은 씩 웃었다. "그냥 놔두게. 우리 안에 가둬놓으면 뛰쳐나갈 놈이니까, 붙잡아도 소용이 없어."
권용관은 오랫동안 선후배 사이로 지내온 안철환을 유심히 바라보았다.

안철환이 궁금한 표정으로 물었다. "저한테 무슨 하실 말씀이라도……."

"안 실장, 내가 제 발로 걸어 나간 이쪽 세계에 다시 돌아올 생각을 한 이유가 뭔지 아는가? NTS였기 때문이네. 지금 조용한 것은 결코 조용한 게 아닐세. 우리나라가 폭풍의 전야에 놓여 있어. 과거와는 비할 수도 없는 큰 적들이 우리를 노려보고 있네. 하루빨리 NTS를 바로 세워야 해."

안철환이 침을 꿀꺽 삼켰다.

"그놈은 반드시 돌아올 게야." 국장은 차창 밖으로 시선을 돌리며 말했다.

구름 한 점 없이 맑은 하늘에 풀어진 털실 모양의 직선이 그어져 있었다. 높은 고도로 나는 비행기가 뿌린 연막탄 흔적이다.

"내가 돌아오래서, 다른 누군가가 불러서 오는 건 아니야." 국장의 시선이 다시 안철환에게 고정되었다. "앞으로 벌어질 상황이 반드시 그를 불러들일 걸세. 두고 봐."

그때 두 사람 사이의 가라앉은 분위기를 깨기라도 하듯 전화벨이 요란스럽게 울렸다.

그날에 있었던 일

2년 전, 러시아 블라디보스토크

모스크바에서 블라디보스토크 공항에 오기까지 열 시간 가까이 걸렸다. 인천공항에서 오는 것보다 거의 네 배나 많은 시간이다.

활주로 바닥을 긋던 비행기가 급속히 속도를 줄였다. 낡은 러시아 항공기는 트림을 하듯 몇 번 꺽꺽거리더니 바퀴를 세웠다.

트랩에 발을 딛자, 매운 바깥바람이 볼을 때렸다. 12월의 러시아 하늘은 불퉁한 표정으로 이방인을 대하고 있었다. 잔뜩 찌푸린 게 한바탕 퍼부을 기세다.

제설작업을 한 활주로를 빼고 넓은 공항 부지는 요 며칠 사이 내린 눈에 온통 파묻혀 있다.

셔틀버스가 청사를 향해 느릿느릿 움직이기 시작하자 재희는 뒤창으로 밖을 내다보았다. 하역 작업을 하는 인부들의 모습이 마치 하얀 캔버스에 뿌려놓은 점들 같았다.

재희는 배낭을 단단히 여미고 털모자를 깊숙이 눌러쓰고는 청사를 나왔다.

정류장에는 빈 택시들이 긴 꼬리를 물고 늘어서 있었다. 택시 밖으로 나와 담배를 피거나 커피를 마시던 운전사들은 공항에서 막 빠져나온 사람들을 기대에 찬 눈으로 바라보고 있었다.

재희가 다가가자 오십대 중반의 남자가 종이컵을 구겨 휴지통에 던져 넣고 부랴부랴 운전석에 올라탔다.

"어서 오십시오." 서툰 영어지만 반가움이 묻어 있다. "어디로 모실까요?"

재희는 종이쪽지를 내밀었다.

"이곳으로 가줄 수 있나요?"

운전사는 종이를 한참 들여다보더니 머리를 갸웃했다.

"내항(內港) 쪽 근방이네요. 가는 거야 문제없지만 길이 이래서 시간은 좀 걸릴 텐데, 괜찮겠어요?"

재희는 고개를 끄덕였다. "어쩔 수 없죠, 뭐. 근데 얼마나 걸릴까요?"

"글쎄요. 아마 두 시간은 넘게 걸릴 겁니다."

차가 움직이자 재희는 눈을 감고 시트에 등을 기댔다. 잠을 청해볼 생각이었다. 이틀 전 모스크바로 날아갔고, 그 하루 뒤 블라디보스토크로 왔다. 어지간한 강행군이다. 피곤이 몰려왔다.

무거운 눈꺼풀 안으로, 병실에 누워 있던 여대생의 얼굴이 떠올랐다. 한쪽 눈과 입만 빼고 온 몸을 붕대로 친친 감은 그 학생은 떠듬떠듬 자신이 겪은 참상을 이야기했다. 여학생은 함께 있던 남자 친구의 안부를 물었다. 하지만 차마 대답해줄 수가 없었다. 이미 그녀의 남자 친구는 한국으로 돌아갔다. 차가운 시신이 된 채로.

슬라브 우월주의자들이 한국인을 공격한 게 올해 들어와 벌써 다섯 번째다. 비상이 걸린 영사관에서는 유학생들에게 일몰 후 가급적 외출을 삼갈 것을 당부했다.

피해자 중에는 다른 동양인도 있지만, 유독 한국인의 숫자가 많았다. 국정원 소속의 재희가 러시아에 온 이유는 거기에 있었다. 스킨헤드의 단순한 폭력을 넘어 무슨 이상한 조짐은 없는지 철저히 조사해라, 동양인에 대한 무차별 폭력으로 보기엔 한국인 피해자의 비율이 비정상적으로 높다, 만일 어떤 반한(反韓) 조직이 개입돼 있는 거라면 단순한 폭력 사고로 넘길 문제가 아니다, 과장은 그렇게 주문했다.

꼬박 하루를 피해자와 가족, 교우들, 그 밖의 관계자들을 만나는 데 소비했다. 하지만 별다른 조짐은 발견되지 않았다.

내일부터는 밤거리를 돌아봐야겠다. 그 동안의 피해 양상을 보면, 사고는 야간에 일어났다. 다행히 총기 피격은 없었다. 몽둥이나 그 밖의 둔기들에 의한 폭력들이다. 그렇다면 미끼가 되어보는 것도 괜찮을 성싶었다. 한둘, 뭐 다섯까지도 괜찮다. 웬만큼 많은 숫자가 아니라면, 당해낼 자신이 있었다. 그중에 한 놈이라도 잡아들이면, 배후를 캐낼 수 있을 것이다.

그러나 계획을 수정해야 했다. 과장이 급히 전화를 걸어 지금 당장 블라디보스토크로 가라고 지시했다. 그곳에 탈북자가 하나 있는데, 그를 보호하라는 것이었다.

대상이 누구냐고 물었지만 과장은 다짜고짜 시키는 대로만 하라고 했다. 그리고 24시간 안에 본국에서 호송요원들이 파견될 것인데, 그들에게 인계할 때까지 잘 은신해 있으라는 명령을 내렸다.

국정원 팀까지 나서서 보호할 정도라면 예사 인물이 아니다. 입사한 후 처음으로 일다운 일이 맡겨진 셈이다. 재희는 긴장한 탓인지, 그날 밤 잠을 이루지 못했다. 항공기 안에서도 그랬다. 머리는 잔뜩 무거운데 도무지 눈을 붙일 수가 없었다.

택시 창밖으로, 블라디보스토크 항구까지 40킬로미터라는 입간판이 보였다. 앞으로 어떤 험한 일이 기다리고 있을지 모른다. 어떻게든 컨디션을 회복해야 했다. 재희는 복식호흡을 시작했다.

부우우!

시간이 얼마나 흘렀을까. 헛바퀴가 도는 소리에 재희는 퍼뜩 눈을 떴다. 복식호흡을 하는 사이 자신도 모르게 잠이 들었던 모양이다.

차는 어느덧 항구 부근에 들어와 있었다. 건물들이 빽빽이 들어서 있고, 길도 꽤 복잡했다. 중고 일제 차를 개조한 택시는 신호등에 걸렸다가 출발할 때마다 두툼히 쌓인 눈길 위에서 어김없이 헛바퀴를 돌렸다. 운전사가 뒷좌석의 재희를 향해 억센 러시아어로 뭐라고 중얼거렸다.

저 소리는 푸념일까, 변명일까. 하지만 그의 얼굴에는 딱히 미안한 표정이 없다. 재희는 어설프게 배운 러시아어 지식을 되살려 그의 말뜻을 헤아려보려다가 그만두었다. 행선지는 말해두었으니까, 시간이 얼마 걸리든 도착이야 할 것이다.

재희는 대답 대신, 괜찮다는 표시로 어정쩡한 웃음을 날렸다.

새삼 운전사의 얼굴이 눈에 들어왔다. 피부는 하얗지만 약간 넓적

한 얼굴이다. 틀림없이 그의 조상 중에 몽골 계통의 사람이 있었을 것이다.

재희는 배낭에서 태블릿을 꺼내 전원을 켰다. 전화로 짤막한 지시만 하면, 그 다음의 보충 내용은 비밀 코드명의 메시지로 전하는 게 보통이다.

"어디서 왔어요?"

운전사가 거친 악센트의 영어로 말을 걸어왔다. 그의 눈이 호기심으로 반짝인다. 배낭족 차림의 동양인 여자가 혼자 몸으로 이곳에 온 것이 궁금했던 모양이다.

재희는 룸미러를 향해 희미한 미소를 지어 보였다.

"코리아에서 왔어요."

"어느 쪽 코리아요?"

"남쪽이요."

"내 그럴 줄 알았지요."

운전사는 큼큼거리는 소리를 내더니 말을 끊었다. 그러고는 한동안 핸들 돌리는 일에만 집중했다.

재희는 그가 말을 더 붙여오지 않는 게 고마웠다. 눈을 아래로 내리고, 왼손바닥 위에 올려놓은 태블릿의 화면을 터치했다. 비밀번호를 찍자 화면 색깔이 푸르게 변했다. 다시 코드 넘버를 입력했다. 잠시 후 접근을 허락한다는 신호가 뜨고, '새로운 메시지 1개'라는 표시가 깜박거렸다.

아이콘 위에 손가락을 대자 메시지가 떴다.

'번지수는 1811-5, 체스크 빌딩 211호. 문을 오삼(5-3)의 순서로,

10초 간격으로 두 번 반복해서 노크할 것. 타깃의 이름은 김명국. 신장은 170 정도이며 말랐음. 타깃의 신병을 확보하면 즉시 연락할 것. 노출이 되지 않도록 절대로 주의할 것.'

"어제는 북쪽 코리언을 태웠었죠."

메시지의 내용을 머릿속에 집어넣고 있는데, 다시 운전사의 목소리가 들린다.

재희는 삭제키를 누르고 고개를 들었다.

운전사가 룸미러로 그녀의 동작을 살피더니, 이제는 말을 걸어도 되겠다고 생각했는지 입을 열었다.

"잘 차려입은 중년신사였어요. 북쪽 사람답지 않게요."

재희는 태블릿의 전원을 끄고 배낭 속에 도로 집어넣었다.

"그래요?"

'북쪽 사람'이라는 말이 그녀의 주의를 끌었다. 메시지는 기억해두었다. 나머지 시간 동안 그와 이야기를 주고받는 것도 괜찮을 것 같았다.

"그 사람이 그러던가요? 자기가 북쪽 사람이라고?"

"아뇨. 눈치로 때려잡았습니다. 코리언들을 제법 태우다보니까, 북인지 남인지 대강 알아보겠더라고요."

"흠."

그녀가 짤막하게 감탄사를 흘렸다. 불현듯, 어디선가 읽은 기사 내용이 떠올랐다. 오랜 분단으로 인해 남한 사람과 북한 사람이 인상뿐 아니라 골격도 달라지고 있다는 연구 결과였다. 운전사도 그런 점을 본 것일까?

"뭐가 다를까?" 재희는 고개를 한 번 갸우뚱하고는 말을 이었다. "마르고 살찌고의 차이, 뭐 그런 건가요?"

운전사는 고개를 저었다. 사거리에 이르자, 운전사는 핸들을 크게 돌려 좌회전했다.

"러시아인의 눈으로 보면야, 동양인은 다 같은 동양인일 뿐이지요. 옷을 잘 입고 못 입은 사람, 뚱뚱하고 마른 사람으로 구별을 할 수 있나요? 더구나 한국어를 아는 것도 아닌데, 사투리니 뭐니 하는 걸로 알아볼 수도 없는 노릇이고요."

"하긴 그래요. 나도 러시아 사람과 체코 사람을 잘 구별 못 하니까요. 언어를 들어보기 전엔 말예요. 그럼, 어떤 점이 다르게 보이던가요?"

"글쎄요. 뭐랄까, 딱 꼬집어 말할 순 없지만 느낌이란 게 있어요."

"느낌이요?"

"그래요, 느낌."

운전사의 다음 말이 기다려졌다. 남한 사람과 북한 사람을 구별하는 그의 기준이 궁금했다.

"재밌네요. 그 느낌이 뭔지 말해줄래요?"

"언젠가 〈까레이스키〉라는 남쪽 드라마를 봤지요. 그걸 보니 옛날 우리 아버지가 해준 말이 생각나더군요. 아버지의 어릴 적 기억으로, 바로 이웃에 까레이스키들이 여럿 살았는데 아주 선한 사람들이었대요. 부지런하고, 순박하고, 정이 많고, 자존심도 강하고……하지만 겁이 많다고나 할까, 앞으로 나서는 법은 별로 없었답니다. 좋게 말하면 신중하거나 조심성이 많다고 할 수 있겠지요. 늘 쫓겨 다니다가 머나

먼 이국땅까지 밀려와 생존하려다 보니 그런 습성이 배었을 거예요. 암튼 아버지는 그런 까레이스키들이 좋았던가 봐요. 어느 날 그들이 모두 사라져버린 게 아쉽다고, 돌아가실 때까지 늘 말하셨지요."

"스탈린의 강제이주 정책 때문에?"

"예." 운전사가 고개를 끄덕였다.

차가 멈추었다. 길게 꼬리를 이은 차들 앞으로 붉은 등이 켜져 있었다.

"안된 일이에요." 재희가 가볍게 대꾸했다.

"북쪽 사람들은 아버지가 말하던 까레이스키를 많이 닮았어요. 하지만 남쪽 사람들에게선 그런 느낌이 나지 않아요. 아, 저런 저런……" 운전사가 혀를 끌끌 찼다.

신호가 바뀌고 차들이 막 출발하려는데, 횡단보도를 건너는 사람이 있었다. 다른 차들에서 클랙슨 소리가 연방 터져 나왔다. 굉음에 질겁했는지, 중년 여인이 잠시 멈칫하다가는 서둘러 길을 건너갔다.

운전사는 말을 이었다. "어제 그 신사를 보니 오랜만에 까레이스키가 생각나더군요. 단호하고 자존심이 센 얼굴이었어요. 하지만 왠지 겁에 질려 보였죠. 꼭 뭔가에 쫓기는 사람처럼요. 겉모습은 말쑥한데, 아무리 봐도 여유 있는 여행객의 얼굴이 아니었어요."

운전사는 룸미러로 재희의 얼굴을 다시 힐끗 보았다. "비단 그 사람만이 아니에요. 간혹 태우는 북쪽 사람들은 대개 비슷한 느낌을 풍깁디다."

"그 사람과 말을 나눠봤어요? 행선지는 어디던가요?"

"손님처럼 내항 부근이었어요. 물론 말이야 걸어봤지요. 차 안에 다른 사람이 없는데도 아타셰케이스를 꽉 붙들고 있는 게 영 이상해 보였거든요. 나는 좀 망설이다가 '손님 코리언 아니세요?' 하고 물었어요. 대답을 안 하더군요. 그래서 지레짐작으로 '노스 코리아에서 오셨군요?' 했죠. 그랬더니, 갑자기 불안을 표정을 지으며 가방을 더 꽉 끌어안더군요."

"아무 말도 하지 않고요?"

재희가 물었지만 운전사는 대답하지 않았다. 그는 브레이크를 서서히 밟으며 차의 속도를 줄였다.

"손님, 이제 거의 다 온 것 같은데요?"

창밖으로 눈 덮인 항구의 풍경이 을씨년스럽게 펼쳐져 있었다. 눈발이 흩날리기 시작했다.

"혹시 체스크 빌딩이 어딘지 아세요?" 재희가 물었다.

"글쎄요. 빌딩들이 많은데다가, 여기는 내 영업 무대가 아니라서. 내리셔서 이곳 택시로 갈아타는 게……."

낡은 도요타 택시에 내비게이션 같은 것은 없었다. 택시를 갈아타는 게 귀찮긴 했지만, 첩보요원의 동선(動線) 운용수칙으로 보자면 오히려 잘된 일이다.

"그러죠." 재희는 웃으며 고개를 끄덕였다. 지폐를 내밀자, 운전사의 입이 벌어졌다.

재희는 차에서 내렸다.

점점 거세어지는 눈발이 북쪽으로 멀어져가는 차를 집어삼켰.

브러시를 작동시켰다. 창문에 부딪치던 커다란 눈송이가 브러시를 맞고는 가루로 부서져나갔다. 그러나 더 많은 눈송이들이 브러시가 지나간 빈자리에 내려앉는다. 시야가 자꾸만 가려졌다.

사샤는 브러시의 회전 속도를 올렸다.

드드득, 드드득!

앞 유리를 긁는 소리가 신경을 건드렸다. 눈발을 제대로 후려치지도 못하면서, 브러시는 요란한 소음만 내고 있었다. 게다가 체인을 단 바퀴도 지지 않고 끽끽거린다. 어떤 놈이 이 따위 차를 렌트했을까? 사샤는 책상에 앉아 전화를 돌리고 있는 무신경한 서무계의 모습을 상상하면서 자기도 모르게 주먹을 쥐었다.

열을 식히려고 창문을 열었다. 삭풍에 코끝이 금세 시뻘게졌다. 몸을 부르르 떨며 사샤는 창문을 내렸다. 하필 이렇게 눈보라가 몰아치는 날, 블라디보스토크 항구를 찾게 될 게 뭐람.

해운대를 떠난 이후로 이바노프의 말이 쇠파리처럼 귓전을 앵앵거리는 바람에 안 그래도 조만간 블라디보스토크에 가볼 생각이었다. 하지만 그날이 이렇게 빨리 오게 될 줄은 몰랐다.

보리스의 명령이었다.

사샤의 머릿속에, 어제 귀국했을 때의 사무실 장면이 떠올랐다.

그때 보리스는 늘 그렇듯 시가를 손에 쥐고 있었다. 그는 방 안으로 들어온 사샤를 보며 환하게 웃었다.

"수고했어. 한국 신문들에서는 난리가 났더군. 극동 마피아들이 부산을 무법천지로 만들고 있다고 말이야."

보리스는 손가락으로 소파를 가리켰다. 앉으라는 신호였다.

사샤가 앉자 그의 얼굴에서 웃음기가 사라졌다.

"이바노프가 무슨 말을 하지는 않던가?" 그는 선 채로 물었다.

"말할 새고 뭐고 없었습니다."

보리스는 사샤의 얼굴을 뚫어져라 쳐다보았다. 눈 아랫살이 실룩거린다. 사샤는 그 표정이 무엇을 의미하는지 알고 있었다.

"여자는?"

"마찬가지입니다."

"흐음!"

보리스는 신음을 하듯 한숨을 내쉬고는 시가에 불을 댕겼다.

"앞으로 자네가 할 일이 많아질 것이네." 담배 연기를 몇 차례 뻐끔뻐끔 내뿜다가 보리스가 말했다. "이번에 솜씨를 제대로 보여줬어. 골칫덩이를 깨끗이 청소해준 것에 보스도 만족을 표하셨다네. 그래서 자네를 좀 더 귀한 일에 쓰라고 하시더군."

"고마운 말씀입니다." 사샤가 대답했다.

"자네에게 선물을 주셨어."

보리스는 고급 포장지에 싸인 가늘고 긴 상자를 사샤에게 내밀었다.

사샤는 그것을 받아 자기 앞에 가만히 놓았다.

"펴보게." 보리스가 채근하듯 말했다. "어서 펴봐."

포장지를 뜯자 고급 융단으로 마감된 상자가 나왔다. 사샤는 천천히 상자를 열었다. 번뜩거리는 광채가 먼저 삐져나왔다.

나이프였다. 세심하게 연마된 칼날이 유리처럼 서늘한 빛을 튕겼다. 칼자루 끝에는 붉은 보석이 박혀 있다. 사샤는 그 보석을 조심스레 쓰다듬었다.

"가넷이야." 보리스가 말했다. "그 보석의 의미를 알고 있나?"

"모릅니다."

"충성과 헌신."

"이걸 제게 주신 건 그러니까……."

보리스가 머리를 주억거렸다. "패밀리 안에서도 이 나이프를 가진 사람은 몇 안 돼. 그게 무슨 뜻인 줄 알겠나?"

사샤는 자리에서 일어나 상체를 굽혔다.

보리스가 미소를 지었다. "이젠 자네도 패밀리의 핵심 멤버가 된 거네. 당연히 우리의 사업에 대해 알 자격이 생긴 거지."

사샤는 자기도 모르게 주먹을 불끈 쥐었다. 마침내 자신에게도 기회가 온 것이다!

"하지만 자넨 아직 지역구나 회사를 맡는 게 어울리지 않아. 그러니 지금처럼 별동대로 움직이면서 경험을 쌓도록 하게."

"알겠습니다."

별동대는 청소부를 의미한다. 사업에 장애가 되는 자들을 쥐도 새도 모르게 제거하는 킬러를 패밀리에서는 그렇게 불렀다.

"자네가 당장 해줄 일이 있어."

보리스의 말에 사샤는 긴장했다. 그 말은 바로 움직여야 한다는 뜻이다.

"이번엔 누굴 죽이는 일이 아니라 데려오는 일이야." 보리스가 말했다. "그전에 물어볼 게 있는데, 자네가 한국말을 할 줄 안다고 들었는데, 사실인가?"

스페츠나츠에 입교할 때 원서의 특기란에 '한국말 가능'이라고 쓴 적이 있다. 아마도 그 사실은 이바노프가 알려줬을 것이다.

"친구 중에 까레이스키가 있습니다. 어릴 적에 중앙아시아에서 이사 온 친군데, 그 집에서 거의 살다시피 했습니다. 재미로 몇 마디 따라하던 게 나중엔 친구 부모님과 대화할 정도까지 되었죠. 덕분에, 부산에 있을 때도 큰 어려움은 없었습니다."

"그래, 잘됐어. 말이 통하면 훨씬 쉽지. 그래서 자네를 귀국하자마자 부른 걸세."

보리스가 만족스런 표정을 지으며 고개를 끄덕였다. 그러고는 시가를 툭툭 털더니 말을 이었다. "자네가 데려올 사람은 조선인이네. 무기 사업과 관련된 사람인데, 우리 패밀리에겐 아주 중요한 인물이야. 그가 블라디보스토크로 간다는 정보가 들어왔네. 우리가 먹여 살리고 있는 노스 코리아의 간부가 알려온 사실이니까 틀림이 없어. 과학자야. 반드시 살려서 데려와야 하네. 일단 그를 잡으면 시내에 있는 아지트로 가게. 주소는 여기 있어."

보리스가 쪽지를 건넸다.

사샤는 쪽지를 일별한 후 호주머니에 집어넣었다.

그날 사샤는 바로 출발했고, 지금 블라디보스토크에 와 있다.

이 고물 차를 몬 지도 벌써 두 시간이 지났다.

드드득, 드드득.

— 목적지에 도착했습니다.

브러시의 소음을 비집고, 내비게이션의 안내 멘트가 흘러나왔다.

항구 뒤쪽 경사진 언덕바지에 5층짜리 건물이 옆으로 길게 뻗어 있었다.

체스크 빌딩.

사샤는 차를 세웠다.

콘솔박스를 열고, 소음기 권총을 꺼내 탄창을 매겼다. 물론 보스가 하사한 나이프를 허리춤에 끼워두는 것도 잊지 않았다.

외투에 달린 모자를 뒤집어쓰고, 코까지 머플러로 감았다.

마지막으로 강철절단기를 집어 들고는 차 문을 열었다.

밖으로 나서자 바다를 얼리고 달려온 해풍이 사정없이 쏘아댔다.

똑똑똑똑똑, 똑똑똑.

다섯 번, 세 번. 노크를 하고 잠시 기다렸다. 그러나 아무 소리도 나지 않는다.

재희는 모자를 벗어 눈을 툭툭 털어내고는, 다시 문을 두드렸다.

똑똑똑똑똑, 똑똑똑.

역시 반응이 없다. 재희는 문 앞에 바짝 몸을 붙이고 안의 동정을 살폈다.

그때 계단 쪽에서 또각거리는 하이힐 소리가 났다. 재희는 문에서 떨어져 시선을 딴 데로 두었다. 계단을 올라와 긴 복도를 일정한 리듬으로 울리던 구두소리가 어느 순간 그쳤다. 재희는 소리의 주인공에게로 고개를 돌렸다. 금발 여성이, 낯선 동양 여자를 의아한 눈으로 쳐다보고 있었다. 재희가 배시시 웃었다. 그러자 그녀는 곧 호기심을 거두고, 가던 발걸음을 계속 놀려 복도 끝으로 갔다. 그러고는 다시 한 번 뒤를 돌아본 다음, 열쇠를 꽂아 넣었다.

그녀가 방 안으로 완전히 사라진 것을 확인하고, 재희는 다시 문 앞으로 돌아와 숫자를 보았다. 211호. 틀림이 없다. 재희는 한 번 더

노크를 하려다가 그만두었다. 약속된 신호가 아니기 때문이다.

1분가량을 기다려도 기척이 없었다. 재희는 문손잡이를 잡고, 잠시 망설이다가 돌렸다. 그러나 잠긴 문손잡이는 돌아가지 않았다.

손목시계를 보았다. 혹시 내가 늦은 걸까? 하지만 메시지에는 시간이 따로 정해져 있지 않았다.

타깃이 잠시 외출했을 수도 있다. 그러나 이렇게 마냥 복도에서 기다릴 수도 없는 노릇이었다. 더구나 그녀는 다른 사람의 눈에 띄기 쉬운 동양인이 아닌가.

재희는 배낭 앞에 달린 작은 지퍼를 열어 가느다란 쇠를 꺼냈다. 훈련 때 터득해둔 만능열쇠를 이용할 생각이었다. 재희는 주저 없이 문손잡이의 열쇠구멍에 쇠를 꽂았다.

덜컥!

그녀가 쇠를 막 돌리려는 순간, 손잡이가 저절로 돌아가며 문이 빠끔 열렸다. 안전고리를 벗기지 않은 채, 남자가 손잡이를 잡고 서 있었다. 그는 의심스런 눈으로 재희를 훑어보았다.

그러고 보니 암호 같은 것도 없다. 낭패였다. 자신의 존재를 알릴 아무런 방법이 없었다. 다만 남자의 이름은 알고 있다. 좀 위험한 방법이긴 했지만, 그 이름을 대기로 했다.

"김명국 씨?"

남자는 기다 아니다 말이 없었다. 이건 긍정의 표시다.

"전 남쪽에서……."

남자가 조용하라는 듯 집게손가락을 자신의 입에 가져다댔다. 그러고는 체인을 벗기고 문을 열더니, 들어오라는 표시로 턱을 까닥했다. 재희가 들어서자 남자는 다시 안전고리를 채우고 문을 잠갔다.

방 안은 컴컴했다. 외광(外光)을 차단한 커튼에다 실내등마저 켜 있지 않아, 재희는 시력을 회복하기 위해 잠시 우두커니 서 있어야 했다.

이윽고 조금씩 방 안의 풍경이 분간되기 시작하고, 맨 먼저 작은 식탁이 눈에 들어왔다. 그 위에는 아타셰케이스가 놓여 있었다.

그것을 보자 운전사의 말이 떠올랐다. 아타셰케이스를 꼭 끌어안고 있었다던 북한 남자.

"불은 켜지 않겠소." 남자가 말했다.

어둠속에서 재희는 남자의 모습을 살펴보기 위해 시력을 집중했다. 그러나 간신히 윤곽만 보일 뿐 표정은 보이지 않았다. 운전사가 말한 대로, 그가 겁에 질려 있는지, 자존심이 센 얼굴인지를 알아보기란 불가능했다. 아까 문이 빠끔 열렸을 때, 복도 불빛에 비친 얼굴을 본 게 전부였다. 다만 키가 170 정도이고 마른 체구인 것은 분명했다.

"김명국 씨 맞죠?" 재희가 물었다.

"그렇소."

남자의 목소리가 약간 갈라져 있다. 재희는 그 소리에서 곧 폭발할 것 같은 긴장을 감지할 수 있었다.

"저는 남쪽 국정원에서 파견된 한재희라고 합니다. 모스크바에서 날아왔습니다. 본대가 오기 전까지 선생님을 보호하라는 명을 받았습니다."

"그다음에는 어떻게 되는 거지요?"

"추후 일정에 대해서는 저도 모릅니다." 재희는 휴대폰을 꺼내들었다. "잠시 실례하겠습니다."

화장실로 간 재희는 버튼을 누르고 응답이 오기를 기다렸다.

— 여보세요.

"저예요."

— 만났나?

"방금 만났습니다."

— 좀 늦었군.

"눈이 많이 왔어요."

— 알고 있어. 일기 때문에 항공기가 연착한다더군. 원래보다 호송팀이 두 시간가량 늦게 도착할 거야. 거긴 지금 몇 시지?

"여기가 서울보다 한 시간 빠릅니다. 그리고 눈 때문에 차가 서행한다는 것도 염두에 두셔야 할 겁니다."

— 그럼 대충 밤 여덟 시쯤이겠군. 앞으로 세 시간을 버텨야 하는데, 잘할 수 있겠어?

"누굴 상대로 버텨야 하는지에 따라 다르겠지요."

— 만약 그곳을 떠나야 할 상황이 벌어진다면, 다음 갈 곳을 보낼 테니까 숙지하도록 해. 바로 보내지.

"알겠습니다. 그런데 김명국 씨가……."

— 김 박사라고 불러.

"예. 김 박사가 앞으로 어떻게 될 건지 물으시는데 뭐라고 말하죠?"

— 그냥 안심하시고, 우리에게 맡겨두라고 해.

"그러죠."

전화가 끊어졌다. 화장실을 나와서 보니, 김명국은 아까 그 자리에 그대로 앉아 있었다.

재희는 창가로 다가가 커튼 틈 사이로 바깥을 내다보았다. 들이붓듯 쏟아지는 눈에 가려, 가까운 건물과 가로등 빛도 잘 보이지 않았다.

테이블을 사이에 두고 김명국의 맞은편에 앉아 태블릿을 켰다. 액정 화면이 방 안에 희미한 조명을 드리웠다.

재희는 메시지 내용을 확인하고 전원을 껐다. 방 안은 다시 암흑 속으로 빠져들고, 그 암흑만큼이나 짙은 침묵이 흘렀다.

"여기서 얼마나 기다려야 하지요? 어디로 갈 건지는 알아냈소?"
김명국이 먼저 입을 열었다.

"앞으로 세 시간 정도면 도착할 겁니다, 김 박사님. 그리고 경로는 호송 팀이 알아서 한다고 하니까, 박사님께서는 안심하시고 맡겨주시면 고맙겠습니다."

김명국은 더 이상 묻지 않았다.

또 다시 침묵이 흘렀다.

재희는 그가 뭐하는 사람인지, 또 어떻게 여기로 오게 되었는지 몹시 궁금했다. 하지만 자신이 물어서는 안 될 질문을 하게 될 것 같아 그만두었다. 대신에 낮에 들었던 운전사의 말을 옮겨보기로 했다.

"혹시 어제 공항에서 택시를 타고 오셨나요?"

"그렇소만."

"오늘 저를 태워다준 기사가 그러더군요. 어제 북쪽 사람을 태운 적이 있다고."

"당신도 그 차를 타고 왔소? 그 기사양반 대개 말이 많더만. 하지만 난 내가 어디 사람이라고 말한 적이 없는데?"

"그냥 알아봤다더군요. 김 박사님이 북쪽이란 걸."

"어떻게?"

"느낌이 그랬답니다."

"허허." 김명국은 허탈하게 웃었다. "일부러 남조선 사람인 척했건만, 러시아 운전사도 알아볼 정도니 내 분장이 무척 서툴렀던 모양이오."

"모습이 아니라, 박사님이 쫓기는 것같이 보였다고 합니다."

"그렇다면 분장이 아니라 연기가 문제였군. 하긴 책상물림으로 살아온 내가……."

"쉿!"

재희가 손가락으로 입을 가렸다. 문에서 작은 소리가 들린 것 같았다.

"탁자 밑에 가만히 계세요."

재희는 속삭이듯 말하고, 발끝걸음으로 문에 다가갔다.

문손잡이가 살짝 움직이고 있었다. 재희는 문 뒤의 벽에 숨었다.

덜컥! 열쇠가 풀리는 것과 동시에 문이 살짝 열렸다. 문은 체인에 걸려 더 이상 벌어지지 않았다. 5초쯤 지나 강철절단기의 끝이 안으로 들어왔다. 그리고는 체인을 물어뜯었다.

재희의 가슴이 두근거리기 시작했다.

문이 활짝 열리면서 복도의 불빛이 안으로 쏟아져 들어왔다. 바닥에서 시작된 긴 그림자가 커튼에까지 이어졌다.

한 발, 두 발, 그림자가 조심스럽게 방 안에 들어섰다. 재희는 실루엣으로 그의 모습을 살폈다. 오른손에는 총, 왼손에는 강철절단기가 들려 있었다.

재희는 허전한 자신의 손이 원망스러웠다. 지금 그녀에겐 총기는커녕 썩은 막대기도 없다. 아무리 맨몸 격투에 자신이 있다고는 해도 뭔가를 들고 있지 않다는 건 무모하고도 위험한 일이었다.

믿을 것이라고는 오직 하나, 어둠뿐이다.

재희는 숨을 죽이고 기다렸다.

그가 완전히 방에 들어섰다. 먼저 그의 손에서 총을 제거해야 한다. 실수는 곧 죽음이다. 정확한 가격이 필요하다. 재희는 온 신경을 집중해, 총 든 손을 향해 발을 날렸다. 묵직한 타격감이 스니커즈를 신은 그녀의 발에 전해졌다. 총이 바닥에 굴렀다. 상대가 총 들었던 팔을 거두며 이쪽을 돌아보려는 순간, 재희는 뒷발차기로 문을 닫았다. 다시 방이 깜깜해졌다.

갑작스런 어둠에 동화하지 못한 침입자는 강철절단기를 무자비하게 휘둘렀다. 그러고는 일단 벽에 등을 붙였다.

재희는 얼른 침입자에게서 떨어졌다. 윤곽은 간신히 알아볼 수 있었지만, 공기를 휘휘 가르는 강철절단기가 그녀의 공격을 가로막았다. 섣불리 접근했다가는 어느 부위를 맞든 뼈가 으스러질 판이었다.

10초가 지났다. 앞으로 조금만 있으면 놈도 어둠을 뚫어볼 수 있을 것이다. 야간전투 훈련을 받은 사람이라면 일반 사람보다 훨씬 빨리 어둠에 적응할 줄 안다.

재희는 총이 굴러간 방향을 가늠해보았다. 문의 반대 방향으로 찼으니까 창가 쪽 어딘가에 떨어져 있을 것이다. 그것을 누가 빨리 쥐느냐가 목숨을 좌우한다.

슥슥.

벽을 더듬는 소리가 들려왔다. 놈이 벽의 어딘가에 붙어 있을 스위치를 찾는 소리일 것이다. 놈에게는 강철절단기가 있다. 만일 이 순간 불이 들어온다면 상당히 불리한 싸움이 된다.

재희는 몸을 굽힌 자세로 창가를 향해 쏜살같이 달려갔다. 그녀의 몸이 닿자 커튼이 가볍게 출렁거렸다. 바닥을 손으로 더듬었다. 그러나 손에 닿는 것은 없었다.

그때 탁, 하는 소리가 나며 형광등 스타터가 깜박이기 시작했다. 놈의 얼굴이 나타났다 사라졌다를 반복했다. 그리고 불이 들어왔다.

젊은 백인이 서 있었다.

재희는 미친 듯이 바닥을 살폈다. 그러나 총은 보이지 않았다.

사샤는 벽에 기댄 채로 불이 들어온 방 안을 쓱 돌아보았다. 테이블 밑에서 몸을 잔뜩 웅크리고 있는 남자 하나. 그리고 이제는 일어서서 창가에 몸을 기대고 있는 여자 하나.

테이블 밑의 남자는 경계하지 않아도 될 것 같았다. 한눈에 봐도 이쪽 세계와는 거리가 먼 사람이다. 오늘 그가 데려가야 할 표적이니까.

사샤는 여자에게로 시선을 고정시켰다. 아담한 체구의 동양 여자가 격투 자세를 취하고 있다. 어둠 속에서 단 한 번의 발길질로 총을 날릴 정도라면 전문 훈련을 받았을 것이다. 아무리 여자라도 방심할 수 없는 상대다.

다행히 여자는 빈손이었다. 사샤는 권총을 찾아 방바닥을 훑어보았다. 하지만 오픈된 바닥에는 없다. 아마 한쪽 벽에 나란히 붙어 있는 싱글침대나 소파의 밑으로 굴러갔을 것이다.

권총이 있었다면 훨씬 깔끔했을 텐데. 사샤는 여자를 상대로 둔기를 휘둘러야 한다는 게 마음에 들지 않았다.

그러나 어쨌든 일을 빨리 끝내고 아지트로 가야 한다.

사샤는 강철절단기를 앞으로 겨눈 채 여자에게로 한 걸음 다가섰다. 여자가 바짝 긴장한 얼굴로 더욱 자세를 웅크렸다.

휘잉, 휘잉!

여자를 향해 절단기를 휘두르기 시작했다. 한 방만 걸리면 끝이다. 그러나 여자는 미꾸라지처럼 발을 요리조리 움직이며 간발의 차이로 피했다. 사샤는 조금씩 그녀를 구석으로 몰아갔다. 마침내 여자의 몸이 귀퉁이에 박혔다.

벽 안에 든 쥐 꼴이었다. 사샤는 그녀의 정수리를 향해 일격을 날렸다. 그러나 퍽, 하고 벽을 때리는 소리만 났다. 여자는 몸을 동그랗게 말아 그의 옆으로 데구루루 굴러 뒤로 빠져나갔다.

역시 묵중한 둔기는 체질이 아냐. 사샤는 강철절단기를 침대 위로 내던지고, 허리춤에 꽂아둔 나이프를 꺼냈다. 손잡이 끝에 박힌 가넷에서 붉은 빛이 반짝했다.

여자와의 거리를 가늠해 각도를 계산했다. 이 정도 거리면 두 번의 스텝에 좌, 우, 중앙, 세 번의 휘검(揮劍)이면 충분하다. 촌각의 시간이면, 이 나이프는 처음으로 피 맛을 보게 될 것이다.

한 번의 스텝에 왼쪽 대각선 방향으로 그었다. 여자가 오른쪽으로 상체를 피한다. 숨 쉴 틈 없이 두 번째 스텝을 밟으며 오른쪽 대각선으로 긋자 여자의 몸이 사샤의 정면으로 왔다. 이제 마지막, 복부에 꽂아 넣을 타이밍이었다.

그 순간, 푸슝 하고 소음총의 소리가 났다. 사샤의 왼쪽어깨에 뜨끔한 통증이 왔다.

뒤를 돌아보니 남자가 권총을 겨누고 있었다.

"꼼짝 마!"

사샤는 오른손으로 어깨를 쥐고, 고개만 돌려 남자를 노려보았다. 총을 쥔 남자의 손이 벌벌 떨리고, 눈동자는 이리저리 흔들리고 있다.

자신의 총이다! 테이블 밑에 웅크린 남자가 총을 몰래 쥐었으리라고는 생각도 못 했다. 방심했다. 한 번도 아니고 두 번씩이나 실수하다니, 이 방에 들어올 때 일을 너무 만만히 본 게 착오였다. 사샤는 예상에 없던 시나리오에 머리가 혼란해졌다.

"칼을 놔!"

남자는 단호하게 말했지만, 흔들리는 총구가 자신이 아마추어임을 말해주고 있었다. 사샤는 머릿속을 정리했다. 일단 남자를 방심시키자. 그런 연후에 틈을 봐서 여자를 제거하면, 남자는 쉽게 무릎 꿇릴 수 있다.

사샤는 씩 웃었다. "아저씨, 그건 아무나 갖고 노는 장난감이 아닌데."

"칼 던지라니까!" 남자가 총을 앞으로 두어 번 흔들며 다시 한 번 소리쳤다.

사샤는 미소를 머금은 채, 두 손을 자신의 얼굴 앞으로 들고 주먹을 풀었다. 나이프가 바닥에 툭 떨어졌다.

"너, 넌 누구냐?" 남자가 물었다. 목이 잠긴 것처럼, 아주 탁한 목소리였다.

"나? 누군 누구야. 아저씨를 얌전히 모시러 온 사람이지."

"누가 보냈어?"

사샤는 여자와 한 걸음의 간격을 두고 옆으로 섰다. 사샤와 여자가, 권총 든 남자와 마주보는 삼각형 모양이 펼쳐졌다.

"모스크바. 당신을 몹시 필요로 하는 곳." 사샤가 대답했다.

"모스크바?"

사샤는 대답을 하지 않았다. 그러고 보니 자신도 궁금했다. 이 왜소한 남자는 누구일까? 보리스가 임무를 막 마치고 돌아온 자신을, 반나절의 휴식도 주지 않고 이 머나먼 블라디보스토크까지 파견할 만큼 중요한 인물일까? 무기 사업과 관련된 과학자라는 것 외에, 그에 대해 아는 바가 전혀 없었다.

"모스크바 어디냐고?" 남자가 목소리를 높였다. 금방이라도 쏠 것처럼, 총을 쥔 손이 까닥거렸다.

빌어먹을, 장난이 아니군. 마치 위험한 물건을 쥔 어린애처럼 남자의 자세가 불안해 보였다. 사샤의 얼굴에 난처한 기색이 흘렀다. 어쩔 수 없지만 말을 하지 않을 수 없었다. 틈이 생기기 전까지, 시간을 벌어야 한다.

"야스크라고 말하면 알아듣겠나?"

"음!" 남자가 신음했다.

그의 이마가 잔뜩 구겨졌다. 남자는 한국말로 중얼거렸다.

"역시 야스크였군. 이영호, 그놈이 밀통한 거였어."

"야스크는 뭐고, 이영호는 누구죠?" 옆에 있던 여자가 역시 한국어로 물었다. 그녀는 사샤에 대한 경계를 풀지 않고, 남자에게로 얼굴을 비스듬히 돌렸다.

"이영호는 조선 원자력총국 고위간부요. 연구자들을 관리하는 책임을 맡고 있었지. 비록 연구계통 출신은 아니지만, 우리를 꽤나 잘 이해해주던 사람이었소. 밤샘 작업으로 파김치가 되어 있는 연구자들을 성심성의껏 보살펴주었지. 더구나 상부에 대해 불만이 많은 점에서도 우리와 통하는 점이 많았어. 당연히 연구자들은 그를 환영할 밖에."

남자는 잠시 뜸을 들였다가 말을 이었다.

"어느 날인지 기억은 안 나지만, 그자가 지나가는 말로 야스크에 대해 두어 차례 얘기한 적이 있었소. 국가들을 상대로 무기 장사를 하는 러시아 패밀리인데, 원자력에도 손을 뻗었다더군. 소련과학아카데미 출신의 연구자들까지 여럿 확보했다고 들었소. 그들과 손을 잡으면 획기적인 연구 성과는 물론, 평생 부귀영화를 누릴 수 있지 않겠느냐고 귀뜸했지. 그땐 농담으로 알았어. 하지만 오늘 보니 그게 아니었군."

그들은 사샤가 알아듣고 있다는 사실을 모를 것이다. 사샤는 일부러 멍한 표정을 지었다.

자신의 패밀리가 하는 사업에 대해, 생판 모르는 동양인으로부터 설명 듣게 될 줄은 몰랐다. 사샤는 새삼 보리스에 대해 분노를 느꼈다. 이바노프 때도 그랬고, 지금도 그렇다. 그에게 자신은 킬러 이상도 이하도 아니다. 배경은 생략한 채, 그저 죽이거나 데려올 것만 명령했다. 시키면 시키는 대로 하는 것이 별동대의 원칙이라지만, 그래도 패밀리의 핵심 멤버가 된 마당에 언질은 주었어야 했다. 그랬다면 준비를 단단히 했을 테고, 이렇게 생뚱맞은 상황에 빠지지 않아도 되었을 것이다.

"여기를 그 이영호라는 사람도 알고 있어요?" 여자가 물었다.

"그건 모르겠소. 나도 여긴 처음이오. 하지만 여기에 오게 되기까지 이영호와는 아무 관계가 없어요."

말이 길어지면서, 남자의 긴장이 완화되고 있었다. 사샤는 지금의 상황이 조금 더 이어지기를 바랐다. 저 남자의 입에서 튀어나올 말들이 궁금했고, 한편으로는 지금의 곤란한 상황을 정리할 할 틈도 생길 거니까.

"분명한 것은," 남자가 눈초리에 힘을 주며 사샤를 쏘아보았다. "야스크에서 저런 놈을 파견했다면 중간에 스파이가 있다는 게 분명하다는 사실이오. 이영호가 개입돼 있을 거요."

여자가 눈으로 동의를 표시했다. 그러면서 살짝 턱짓을 했다.

"힘들겠지만 쏘세요, 아무 데나. 다리든 팔이든. 그다음엔 제가 알아서 할게요."

"한재희 씨, 난 이런 일 처음이오. 자신이 없어요." 남자가 떨리는 소리로 말했다.

"박사님, 굳게 마음먹으세요. 안 그러면 우리가 죽어요. 제발 방아쇠를 당겨요."

두 사람의 대화 내용을 모르는 척 겉으로는 모호한 표정을 지으며, 사샤는 자신의 동작을 1초의 수분의 1 단위로 쪼개기 위해 의식을 집중했다. 이대로 서 있다가 남자가 손가락을 움직이는 순간, 자신이 선택할 사양은 사라지고 만다.

남자는 망설이고 있었다. 이런 숨 막히는 상황이 처음일 것이고, 당연히 몇 초간은 자신이 취해야 할 행동에 대해 고민할 것이다.

잠시 후 남자의 눈썹이 꿈틀거렸다. 마침내 결심을 굳힌 표정이었다. 그러나 뇌에서 손가락으로 행동이 전달되기까지는 짬이 있다.

사샤는 그 순간을 놓치지 않고 몸을 홱 돌려 여자에게로 달려들었다. 여자가 몸을 뒤로 뺐지만 와락 달려드는 사샤를 완전히 뿌리치지는 못했다. 사샤는 여자의 팔을 잡고 한 바퀴 뱅그르르 돈 다음, 그녀를 남자에게로 밀었다. 당황한 남자는 총부리를 위로 올려 발사했고, 천장에서 시멘트 가루가 우수수 떨어졌다. 사샤는 공중으로 몸을 붕 띄우며 남자의 팔을 찼다. 총이 허공에서 휘휘 돌다가 침대 쪽으로 떨어졌다.

사샤와 여자가 침대를 향해 몸을 날린 것은 거의 동시였다. 그러나 사샤가 빨랐다. 침대 아래에 있던 권총이 그의 손에 닿았다. 이젠 상황 끝이다.

그 순간, 뒤통수에 묵직한 통증이 오며 머릿속이 아찔해졌다. 이어서 오른쪽 어깻죽지에도 타격이 가해졌다. 여자가 침대 위의 강철 절단기를 들고 자신을 향해 휘두르는 중이었다. 사샤는 총을 쥐지 못하고, 몸을 창가 쪽으로 굴렸다.

여자가 총을 집어 들기 위해 허리를 숙였다. 그녀의 손에 총이 쥐어진다면 자신은 벌집이 될 터였다. 사샤는 창을 향해 몸을 던졌다.

쨍그랑!

창이 깨지는 소리와 소음 권총의 소리가 동시에 울렸다.

사샤는 푹신하게 쌓인 눈 위로 발이 닿자 몸을 동그랗게 말아 몇 바퀴 굴렀다. 그리고 혼신의 힘을 다해 자신의 차가 있는 곳으로 달려갔다. 그의 발 뒤로 총알이 따라 붙었다.

운전석에 들어서서 몸을 낮추고 시동을 걸었다. 다시 한 번 총알이 날아와 차체를 두드렸다.

드드득, 드드득.

와이퍼가 돌아가기 시작했다.

그러나 고물 와이퍼를 비웃듯 엄청나게 쏟아지는 눈발은 시야를 온통 하얀색 일색으로 만들어놓았다. 도로가 어디인지 가늠이 되지 않았다.

사샤는 일단 액셀러레이터를 밟았다. 체인을 단 바퀴가 몇 차례 헛돌다가 언덕바지 아래로 굴러가기 시작했다. 땀처럼, 뒷머리에서 흘러나온 피가 목 뒤를 타고 내렸다. 어깨가 쑤셨다.

또 다시 총알이 차를 긁었다.

사샤는 오른발을 힘껏 눌렀다. 경사진 길을 따라 차가 롤러코스터처럼 빠르게 내려갔다.

"박사님, 여기 가만히 계세요!."

그 말을 남기고 재희는 방에서 뛰어나갔다. 계단을 전속력으로 내려와 현관문을 박차고 밖으로 나섰다.

저놈을 그냥 보내서는 안 된다. 상처를 입었으니 얼마 못 갈 것이다.

호송 팀에게 넘길 사람은 김 박사만이 아니라는 판단이 들었다. 과장은 말해주지 않았지만, 김 박사가 원자력에 관한 매우 중요한 인물이라는 건 이미 파악했다. 그러나 러시아의 마피아까지 개입할 정도라면, 박사의 탈북 사실은 더 이상 비밀이 아니다. 본부에서는 아직 이 사실을 모르는 눈치다. 재희는 본능적으로 상황이 심각하다는 사실을 깨달았다. 저 자를 잡아 더 많은 사실을 알아내야 한다.

차의 미등이 희미하게 보였다. 붉은 점이 언덕바지 아래로 빠르게 내려가고 있었다. 재희는 그것을 향해 방아쇠를 당겼다.

철컥! 철컥!

몇 발을 발사하자 총에서 빈 공이를 때리는 소리가 났다. 총알이 다 된 것이다. 붉은 점은 이제 시야에서 사라지고 없었다. 재희는 발을 동동 굴렀다.

잠시 후, 굉음과 함께 빨간 섬광이 언덕 아래에서 일어났다. 차가 폭발하는 소리였다. 하지만 재희는 그곳으로 갈 수 없었다. 사람들이 몰릴 테니까.

재희는 2층을 올려다보았다. 깨진 유리창으로 커튼이 펄럭이고 있었다. 이제는 박사를 안가로 데려가야 한다.

재희는 체스크 빌딩을 향해 뛰어가기 시작했다.

세레나데를 위한 전주곡

대한민국 서울

'잘 있었냐?'

역시 구관(舊館)이 명관(名館)이었어. 그 동안 심심해 죽는 줄 알았다니까?

정우는 표지석을 쓰다듬으며 헤벌쭉 웃었다.

〈자유와 진리를 향한 무명의 헌신〉

커다란 돌덩이에 쓰인 이 말이 오늘따라 장엄해 보였다. 바로 그거야. 그러려고 내가 다시 왔잖아.

국정원 부지에 들어서는 정우의 마음은 4월의 봄 햇살만큼이나 밝았다. 본관 건물을 앞에 두고, 정우는 우뚝 멈추어 서서 만세를 부르듯이 기지개를 켰다.

오랜 만의 친정나들이다. 아니지, 아예 친정으로 들어와 사는 거지.

정우는 자신이 근무할 작전부서부터 찾아가기로 했다. 사무실에 들어서니 예전에 같이 근무했던 동료들이 여럿 눈에 띄었다.
"여, 반갑습니다."
정우는 손을 흔들며 큰 소리로 인사를 했다. 조용히 컴퓨터에 눈을 박고 있던 사람들이 일제히 고개를 돌려 문 쪽을 바라보았다. 맨 안쪽 자리에 앉아 있던 과장도 머리를 들었다. 정우는 그의 자리로 뚜벅뚜벅 걸어갔다.
"과장님, 그동안 잘 계셨지요?"
"자네가 여긴 웬일인가?" 애매모호한 표정으로 과장이 물었다.
"웬일은요? 일하려고 왔지요."
"NTS 사람이 여기서 일한다고? 지금 무슨 소리 하는 건가?"
"아직 연락 못 받으셨어요? 제가 복직한다는 걸."
"금시초문인데?"
"이게 문제라니까." 정우는 사무실 안을 한 차례 빙 둘러본 다음, 말을 이었다. "발령이 나도 벌써 났을 텐데 아직도 전달이 안 됐다니, 역시 소통이 문제야. 큰 문제라고. 안 그래요, 과장님?"
"지랄하지 말고, 뭣 땜에 왔는지나 말해."
"진짜 여기서 근무한다니까요?"
"누구 맘대로."
"허, 참." 정우는 답답하다는 듯 턱을 위로 치켜세웠다. "내 말이 안 믿기면 인사과에 연락해보시든가요."
"신난다고 뛰쳐나가던 놈이 느닷없이 쳐들어와서는 뭐, 근무가 어쩌고 저째?" 과장은 정우를 노려보다가 전화기를 들었다. "좋아. 일단 연락은 해보지."

과장은 내선 번호를 눌렀다.

"인사과죠? 혹시 이정우라고, 전에 여기서 근무했던 놈이 있는데 무슨 연락 받은 거 있어요?"

"아니, 과장님은 좋은 이름 놔두고 왜 만날 놈놈 하세요?" 정우가 구시렁거렸다.

"너 조용히 안 할래?" 과장은 수화기를 손바닥으로 막고 정우를 향해 인상을 쓰더니, 다시 귀에 가져다댔다.

"아, 예. 그렇게 전하지요."

10초가량 고개를 끄덕이며 듣고만 있던 과장이 수화기를 내려놓았다. 그러고는 정우를 향해 썩은 미소를 날렸다.

"이정우 요원님, 축하해요. 국정원으로 다시 복귀하신 거 맞다네요." 과장이 아양 떠는 목소리로 말했다.

"그것 보세요. 제 말이 맞잖습니까?" 정우는 히죽 웃었다. "근데 제 자리는 어디죠?"

"무슨 자리?" 과장이 엉뚱한 표정으로 되물었다.

"아 참, 지금 전달받았으니까 자리 준비가 아직이겠군요. 그렇다면 임시로," 정우는 또 다시 사무실 안을 휘 둘러보다가 손가락으로 한쪽을 가리켰다. "저쪽 김기태 옆에 앉으면 될까요?"

"누구 맘대로?" 과장이 아까와 똑같은 말을 반복하고는 정우를 째려보았다.

"예?"

"넌 하여튼 기본을 깔아뭉갠 놈이야. 여기서 미친 짓 그만하고 실장님한테 가서 신고부터 해."

얼마 후, 실장 방을 나오는 정우는 똥 씹은 표정을 짓고 있었다.

'뭐, 홍보직?'

생각할수록 기가 차고 코가 막히는 일이다.

'나더러 안보전시관에서 가이드 보조를 하라고? 이 유능한 현장요원을 그딴 식으로 물 먹이겠다?'

본관 건물 밖으로 나와서도 얼굴이 칠면조처럼 붉으락푸르락했다.

실장으로부터 그 말을 듣는 순간, 정우는 큰 소리로 대꾸했다.

"그건 저한테 옷 벗으라는 거 아닙니까? 지금껏 현장요원으로 살아온 사람에게 그게 말이나 되는 겁니까?"

그러자 실장이 이맛살을 늘리며 말했다.

"너 말 잘했다. 맞아, 바로 그거야. 지금 니가 할 수 있는 선택은 옷을 홀라당 벗든지, 아니면 발령 난 데로 가서 조용히 찌그러져 있는 거야. 국정원이 그렇게 만만해 보이냐? 니가 가고 싶으면 가고, 오고 싶으면 오는 데야?"

'으, 씨발, 완전 먹통이야, 먹통. 게다가 좁쌀영감이고.'

깡통은커녕 작은 돌멩이 하나 없이 말끔하게 치워져 있는 국정원의 마당이 원망스러웠다. 그런 거라도 있으면 발로 냅다 차줄 텐데.

'이대로 쌩 나가서 낮술이나 실컷 퍼마시고 말아?'

그렇게 생각하며 걷는데, 들어올 때 보았던 표지석이 나타났다.

'아까 말한 거 취소다. 아니지, 한자를 변경하기로 한다. 구관(舊官)은 절대로 명관(名官) 아니다.'

관광버스 두 대가 천천히 가고 있었다. 그 뒤를 좇아 시력을 줄인

하자, 안보전시관 건물이 보였다. 버스가 서고, 양쪽 버스에서 사람들이 우르르 내렸다. 모두 할머니, 할아버지들이다. 차림새로 보아 농사짓는 사람들 같았다.

건물 안에서 한 여자가 나왔다. 감색 제복에 머리를 위로 틀어 올렸다. 그녀는 사람들이 대충 모이자 허리를 굽혀 인사했다. 가이드인 모양이다.

건물에 다가갈수록 여자의 모습이 확대되었다. 그리고 정우의 눈동자도 확대되었다.

정우는 마치 관람객인 양 할머니들 사이에 섞여 서서, 유니폼 여자를 정신없이 쳐다보았다.

'와, 이쁘다!' 정우는 속으로 감탄성을 연방 내질렀다.

넋을 잃고 서 있는 정우를 한 할머니가 힐끔 보더니 옆구리를 툭툭 쳤다. 정우가 할머니를 향해 씩 웃자 할머니도 웃었다.

정우는 다시 유니폼 여자에게로 고개를 돌렸다. 인사말을 하는 그녀를 보고 있자니, 또 다시 얼이 빠지기 시작했다.

'어쩜 저렇게 목소리도 좋냐! 와 웃는 거 봐! 허걱! 살인미소야!'

할머니가 또 정우의 옆구리를 툭툭 쳤다.

"총각은 워디 마을에서 왔대유?"

정우는 게슴츠레해진 눈을 할머니에게로 돌렸다. 할머니가 궁금한 얼굴로 그를 올려다보고 있었다.

"예? 아, 저 저기." 정우는 건성으로 본관이 있는 쪽을 손으로 가리켰다.

할머니는 정우가 가리키는 방향을 쓱 쳐다보고는, 다시 말했다.

"근디 요기가 뭐하는 데래유? 김씨 아저씨하고 청원댁 말로는 재미가 영판 없다는디."

"재미요? 나도 모르겠어요, 첨이라서."

"밥은 원제 줄까유? 끼니때가 돼가는디."

정우는 손목시계를 보았다. 10시 40분이다.

"아직 열두 시도 안 된걸요?"

할머니는 자신의 배를 탁탁 두드렸다. "요 밥통은 아주 정확하단 말유. 인자 모 심을 철이 다가오니께, 새참 내노라고 안 그러요? 쪼륵쪼륵 난리가 아니네, 난리가."

"아, 예." 정우는 속으로 흐흐흐, 웃었다.

"이제부터 여러분이 보실 제1전시관에서는," 유니폼을 입은 여자가 본격적으로 안내를 시작했다. "1961년 창설된 이래 지금까지 국정원의 역사를 한눈에 보실 수 있습니다. 자, 그럼 안으로 들어가실까요?"

그녀가 뒤돌아서서 걷자 관람객들이 그녀의 뒤를 따라 우르르 건물 안으로 몰려갔다.

혼자 남은 정우는 한동안 멀뚱히 서 있었다.

'국정원 직원 중에 저런 여자가 있었어? 보아하니 신참은 아닌데, 왜 내 눈에 한 번도 안 띄었을까?'

정우는 고개를 갸웃했다. 비스듬히 바라보는 안보전시관의 모습이 아까와는 다르게 근사해 보였다.

'옷 벗는 게 아쉬워 여기 온 건 아냐. 국가에 대한 예의상 온 거지.'

정우는 속으로 중얼거리며 현관을 향해 터벅터벅 걸어갔다.

현관 자동문이 스르르 열렸다. 넓은 로비의 한쪽에 안내 데스크가 있고, 그 부스 안에 여직원 하나가 앉아 있었다. 그리고 부스 앞으로, 유니폼 여자 하나가 등을 보인 채로 서 있었다.

정우가 걸어가자 유니폼을 입은 여자가 뒤를 돌아보았다.

그녀의 얼굴을 본 정우의 가슴이 두근거리기 시작했다. 노인들을 안내하던 여자였다.

그런데 왜 저기에 있는 걸까? 안내를 하는 게 아니었나? 정우는 전시관 쪽으로 눈을 돌렸다. 역시 감색 유니폼을 입은 또 다른 여자가 안내 멘트를 하고 있었다.

데스크로 다가간 정우가 고개를 꾸벅이고서 말했다. "이정우라고 합니다, 오늘 안내요원으로 발령받은."

유니폼 여자가 배시시 웃었다. "오신다는 얘기 들었어요. 윤혜인이라고 해요. 근데 현장요원 출신이라고 들었는데, 어떻게 이런 곳에……."

정우가 멋쩍게 웃으며 뒷머리를 긁었다. "어쩌다 보니 그렇게 됐습니다."

"암튼 반가워요."

혜인은 데스크 위에 있던 책자를 들어 정우에게 건넸다.

"이건 안내요원이 숙지해야 할 매뉴얼이니까 외우셔야 해요. 그리고 구체적인 안내요령은," 혜인은 손가락으로 전시관 안에 있는 여자를 가리켰다. "저기 김영미 씨가 설명해줄 거예요. 당분간은 저나 김영미 씨를 따라 다니면서 요령을 익히도록 하세요. 그럼, 나중에 뵙도록 해요."

혜인은 고개를 살짝 숙이고, 전시관 쪽으로 걸어갔다. 또각또각 걷는 그녀의 뒷모습이 황홀하게 어른거렸다.

정우는 여기서 근무하는 것도 그리 나쁘지 않겠다고 생각했다.

며칠이 지났다.

가슴 두근거리는 시간과 무료하기 짝이 없는 시간이 반복되었다.

혜인을 따라 다니는 동안에는 좋았다. 관람객들은 주로 어린이들이 많았는데, 그녀가 설명하는 동안, 정우는 관람객들의 질서를 잡아주는 역할을 했다. 하지만 그의 눈은 혜인에게로 박혀 있기 일쑤였다. 소란스런 소리에 정신을 차리고 보면, 아이들이 전시관 안을 제멋대로 돌아다니며 장난을 치고 있었다. 그러면 정우는 인상을 있는 대로 구겨 아이들을 주눅 들게 만듦으로써 상황을 평정했다.

오늘도 초등학교 고학년들이 단체관람을 왔다. 수십 명의 아이들이 재잘대는 소리로, 전시관 안은 새장처럼 시끌벅적했다.

이윽고 혜인이 앞에 서서 손가락을 입에 대자, 아이들의 눈이 그녀에게로 쏠리며 일순간 정적이 찾아들었다.

혜인이 입을 열었다.

"지금부터 여러분들을 안내할 아저씨를 소개할게요." 혜인이 손가락으로 정우를 가리켰다. "뒤에 서 계신 저분이에요. 다들 박수로 맞이할까요?"

아이들이 뒤를 돌아보며 박수를 쳤다.

정우는 눈을 휘둥그레 뜨고, 자신의 가슴을 손가락으로 가리켰다. 그리고 소리는 내지 않고 입 모양으로만 말했다.

'나요?'

혜인이 웃으며 고개를 끄덕였다. 정우가 어리벙벙한 표정으로 그대로 서 있자, 혜인은 손짓으로 어서 나오라고 신호를 보냈다. 정우는 미적미적 앞으로 걸어 나갔다. 아이들의 호기심 어린 눈이 정우를 좇고 있었다.

정우가 옆에 서자, 혜인은 둘만 들을 수 있게 귓속말처럼 작은 소리로 말했다.

"여러 번 봤으니까 잘할 수 있을 거예요. 아이들은 단순하다는 것 잊지 마시고, 그럼 파이팅!"

혜인은 살짝 윙크하며 아이들 뒤로 갔다.

아이들이 정우의 입을 쳐다보았다.

"흠, 흠."

정우는 헛기침을 몇 번 한 다음 아이들을 빙 둘러보았다. 하지만 무슨 말부터 시작해야 할지 입이 떨어지지 않았다. 10초가량의 시간이 흘러가도록 할 말이 생각나지 않았다. 그러자 끈 떨어진 연처럼, 앞을 향해 있던 아이들의 얼굴이 옆으로, 뒤로 돌아가기 시작했다. 다시 재잘거림이 시작되었다.

"흠, 흠."

정우는 더 큰 헛기침으로 아이들의 시선을 붙들어 맸다. 정우는 잠시 망설이다가 입을 열었다.

"백문이 불여일견. 자, 모두들 자리에서 일어나도록 해요. 전시관에서 그림을 보면서 설명하지요."

아이들이 그의 뒤를 따라 우르르 빠져나갔다.

정우는 병아리들을 데리고 다니는 암탉처럼 섰다가 가다가를 반복하며, 매뉴얼에 적힌 말들을 풀어냈다. 하지만 그의 말에 귀를 기울이는 아이들은 몇 되지 않았다.

"첩보부대의 역사는 성경에 그 기록이 있을 정도로 아주 오래됐어요. 모세가 이집트를 탈출할 당시, 여호수아로 하여금 시나이반도를 사전 정찰하도록 하는데, 이것이 인류사에 처음 등장하는 첩보부대입니다."

이제는 그를 쳐다보던 몇 안 되는 아이들도 몸을 비비 꼬더니, 잡담하는 친구들 속에 합류하기 시작했다. 어느 순간, 정우는 자기 혼자만 떠들고 있다는 사실을 깨달았다.

"자, 조용, 조용. 여길 보세요."

그러나 여전히 아이들은 듣는 둥 마는 둥이다. 뒤쪽에 선 덩치 큰 몇몇 아이들은 아예 가위바위보를 하며 장난질을 하고 있었다.

"어이, 거기 뒤쪽. 장난 그만하고 이쪽을 보도록 해."

그중에 한 아이가 힐끔 정우를 쳐다보더니, 피식 웃고는 다시 친구들과 가위바위보를 계속했다. 정우의 이마에 힘줄이 솟았다.

"야, 야! 니들 정말 조용히 안 할래!" 정우가 버럭 소리를 질렀다. "이 아저씨 열 받게 하지 말고, 조용히 좀 하란 말이다! 알았어? 다들 똑바로 서!"

쌍심지 선 눈으로 노려보자, 아이들은 주춤주춤 제 자리로 돌아와 섰다.

아이들 뒤에 서 있던 혜인이 "푸우" 하고 한숨을 쉬더니 앞으로 나왔다. "제가 할 테니, 정우 씨는 쉬세요."

아이들이 썰물처럼 빠져나가자 텅 빈 전시관이 조용하다. 정우는 로비 귀퉁이의 장의자에 심드렁한 얼굴로 앉아 있었다.

"자, 커피요." 혜인이 머그잔을 내밀었다. 그녀는 정우의 옆자리에 가만히 앉으며 말했다. "힘들죠?"

정우가 가볍게 고개를 끄덕였다.

"예. 장난이 아니네요. 현장에서 부딪히는 사람들보다 아이들이 더 무섭다는 생각이 들어요. 식은땀이 다 난다니까요."

혜인이 미소를 지었다.

"아이들은 단순해요. 관심이 없는 얘기다 싶으면 자기네들끼리 떠들고 장난치다가도, 재미있는 얘기가 나오면 바로 집중하죠. 문제는 요령이에요."

"하지만 애들 관심이란 게 다 다르잖아요?"

"남자애와 여자애를 분리해서 적당히 관심을 불러일으키는 것도 필요해요."

"예를 들면요?"

"남자애들은 무기에 관심이 많죠. 그래서 '너희들 최초의 스파이가 누군지 알아?' 하고 서두를 떼는 것보다는, '스파이가 쓰는 진짜 무기가 뭔지 볼래?' 하고 말하는 게 더 효과적이죠. 그리고 여자애들은 스파이들의 이룰 수 없는 사랑 얘기에 빠지게 되고요."

정우가 고개를 끄덕였다.

"그런데 오래 여기 있을 것 같지는 않고, 현장 복귀는 언제 하는가요?" 혜인이 물었다.

정우는 머쓱한 표정을 짓다가, 남은 커피를 한입에 털어 넣었다.

"곧 하게 될 겁니다. 괘씸죄가 뭐, 오래 가겠어요?" 정우는 자리에서 일어섰다. "커피 잘 마셨습니다."

그리고 또 다시 일주일이 흘렀다.
정우는 몸만이 아니라 마음의 근육마저 흐늘흐늘해지는 것을 느꼈다. 졸음이 쏟아졌다. 어제 고등학교 동창을 만나 퍼마신 술이 뇌마저 흐늘흐늘하게 만들어버렸다.
게슴츠레 풀린 눈으로 관람객의 뒷자리에 앉았다가 슬그머니 일어섰다. 전시관 내에 찍어둔 그만의 안식처를 찾아 어슬렁어슬렁 걸어갔다. 입체 전시물 뒤쪽의 작은 공간이다.
간이의자를 펼치고, 낮은 대(臺) 위에 다리를 올려놓고 눈을 감았다. 기다렸다는 듯, 수마(睡魔)들이 한꺼번에 달려들었다.

·········고딕 양식으로 지어진 꼰따리니 대저택에 밤이 찾아왔다.
정원을 가로지르는 길의 가로등이 점화되기 시작했다. 정문이 열렸다 닫히고, 그럴 때마다 고급 승용차들이 저택 안으로 빨려 들어간다.
빨간 페라리 하나가 정문 앞에 닿자 보안요원이 다가갔다. 차문이 내려지고, 초대장을 든 손이 밖으로 나왔다. 매끈하게 뻗은 여자의 손이다. 차종과 운전자의 묘한 부조화에 고개를 갸우뚱하던 보안요원은 초대장을 확인하자 손을 들어 신호를 보냈다. 대형 철문이 스르르 열렸다.
정문에서 저택 건물에 이르기까지 3분가량이 걸린다. 정원 곳곳에도 무장한 경비병들이 서 있었다.

페라리가 멈추고, 현관 계단 밑에 대기하고 있던 집사가 차 문을 열었다. 운전석에서 파티 드레스를 아름답게 차려 입은 여자가 내렸다. 동양 여자다. 집사가 여자에게 허리를 숙이고 손을 내밀자, 여자가 그 위에 손을 얹었다. 집사의 에스코트를 받으며 여자는 레드카펫이 깔린 계단을 밟고 올라갔다.

넓은 홀은 드레스를 입은 여인들과 검은 슈트 차림의 남자들로 가득했다. 무대 위에서는 실내악단이 로맨틱한 음악을 연주하고 있었다.

손님들 사이로 음료 쟁반을 든 종업원들이 부지런히 오가고 있다. 동양 여자는 종업원에게서 샴페인 한 잔을 받아 들었다. 그러고는 샴페인을 입에 가져다대며 홀 안을 천천히 둘러보았다.

지나가던 남자들이 보기 드문 동양 미녀에게 호감을 보이며 인사를 건넸다. 여자는 가벼운 미소로 그들의 인사에 화답한다.

여자의 커다란 귀걸이 끝은 풍성한 머리칼 속에 파묻혀 보이지 않았다. 깊이 파인 가슴 사이로 보석 목걸이가 보인다.

여자가 턱을 약간 숙이며 중얼거렸다.

"메인 홀 진입 완료. 어디야?"

……담장을 넘어 한참을 달려온 끝에, 마침내 콘따리니 대저택 뒤편 으슥한 곳에 닿았다. 이어피스에서 소리가 들렸다. 혜인이 홀 안으로 무사히 들어간 모양이다.

"진입 직전임." 정우는 응답했다.

배낭에서 작살총을 꺼내고 야간투시경을 썼다. 옥상을 보니 경비 하나가 왔다 갔다 하고 있다. 정우는 그가 뒤돌아서기를 기다렸다가 작살을 쏘았다.

피웃! 하는 소리와 함께 긴 줄이 옥상 난간까지 이어졌다.

검은 장갑을 낀 정우는 주저 없이 줄에 매달려 오르기 시작했다.

난간에 손을 뻗어 가볍게 위로 솟구쳤을 때, 막 뒤돌아선 경비와 눈이 마주쳤다. 경비가 놀란 눈으로 뭐라고 말하려고 한다.

푸슝!

정우의 손에 들린 소음총이 발사되고, 경비는 뒤로 벌렁 넘어졌다.

옥상 출입문을 확인한 다음, 작업복을 벗고 배낭에서 슈트를 꺼내 갈아입었다. 필요한 장비를 두르고, 마지막으로 나비넥타이를 매만진 다음 옥상 계단을 내려갔다.

3층 로비로 막 내려선 순간, 무장경비 하나가 다가왔다. 정우는 재빨리 뒤로 숨었다. 그리고 경비가 뒤를 보인 순간, 강력한 수도(手刀)로 그의 뒷덜미를 가격했다. 경비의 목이 힘없이 꺾였다.

2층 발코니로 간 정우는 아래에 펼쳐진 메인 홀 광경을 유심히 내려다보았다. 많은 남녀들이 섞여 있었지만, 그는 단박에 혜인의 모습을 찾아낼 수 있었다.

"메인 홀 진입했음. 카나리아 발견!"

카나리아는 혜인의 암호명이다.

— 타깃 확인 시작해.

혜인의 답변이 왔다. 혜인은 슬쩍 발코니 위를 올려다보며 미소를 지어 보이고는, 다시 손님들과 담소를 시작했다.

정우는 안경을 쓰고, 안경다리 끝에 있는 스위치를 눌렀다. 홍채 스캐너가 작동되기 시작했다.

정우는 메인 홀에 있는 남자들의 얼굴을 하나씩 훑었다. 그럴 때마다 홍채 정보가 떠오른다.

열 번째를 넘었을까, 악단 가까이에 서 있는 남자의 얼굴을 바라보자 'CORRECT'라는 문자가 떴다. 은발이 절반쯤 섞인 50대 남자다.

"타깃 확인! 악단에서 10미터 떨어진 지점. 50대 중반, 머리는 반백. 신장은 185 가량."

혜인은 가볍게 고개를 끄덕이고는, 악단 쪽으로 걸어갔다. 그리고 타깃을 확인하자, 곧바로 그에게 다가가 미소를 건넸다.

그와 몇 마디를 주고받는가 했더니, 남자가 집사를 향해 신호를 보냈다. 집사가 달려오고, 남자로부터 무슨 말인가를 들은 집사는 악단장에게 달려갔다.

블루스 풍의 음악이 흘러나오고, 홀 안은 무도의 분위기로 바뀌었다. 여러 커플들이 춤을 추기 시작했다. 타깃이 혜인의 허리를 붙잡는 것을 보고, 정우는 발코니에서 물러나 옆의 커다란 방으로 들어갔다. 전시실처럼 꾸며진 방에는 그림들이 걸려 있었다.

……혜인은 남자의 손이 자신의 힙에 닿도록 몸을 틀었다. 물론 그가 눈치 채지 못하도록 아주 자연스럽게.

이어피스에서 소리가 흘러나왔다. 혜인은 남자에게 들릴까봐 살짝 머리를 뒤로 했다.

— 아직 부족해. 오른손바닥 전체를 스캔해야 해.

다시 몸을 틀어 허리에 감긴 남자의 손이 아래로 내려오게 했다.

— 그렇지, 그렇지.

드레스 엉덩이 부분에 장착된 광섬유가 정우에게 남자의 정보를 보내는 중이었다.

남자의 손이 다시 허리로 올라갔다.

— 이런, 80%에서 전송 중지야. 다시 해봐.

혜인은 남자를 향해 열띤 미소를 지었다. 그러고는 그의 손을 잡아 자신의 히프에 닿게 했다. 남자는 놀란 눈으로 그녀를 쳐다보다가, 곧 환하게 웃으며 그녀의 엉덩이에 손바닥을 갖다 댔다.

— 됐어. 전송 완료.

블루스는 계속되었다. 혜인과 남자는 연인처럼 몸을 밀착한 채 춤을 추고 있었다.

— 뭐 해? 전송완료 됐으니까, 그 자식 더러운 손 치우라고.

마침 음악이 끝났다. 남자가 아쉬운 듯 그녀에게 다시 춤을 청했다. 하지만 혜인은 가벼운 눈인사를 보내는 것으로 사양의 표시를 대신하고 뒤돌아섰다.

혜인은 턱을 약간 숙이며 말했다.

"이 남자 나한테 완전히 빠졌어. 이만하면 2단계 작전 굳이 필요 없을 것 같아. 내 부탁이면 우리가 원하는 거 다 가질 수 있겠어."

— 착각하지 마. 그 자식 게이야.

혜인은 고개를 들어 2층 발코니를 보았다. 정우가 3층 계단으로 올라가고 있었다. 혜인은 그의 뒷모습을 도끼눈으로 노려보았다.

……무장경비들이 복도 끝으로 사라지자, 정우는 잽싸게 방 앞으로 가서 열쇠구멍에 만능키를 꽂았다. 몇 번을 뺏다 넣다 하자, 완강하게 반항하던 손잡이가 힘없이 열렸다.

방에는 조각들이 전시되어 있었다. 정우는 조각들을 하나하나 뜯어보았다. 이중에 어떤 것이 나를 안내해 줄까? 그러나 정우의 눈에 조각품은 다 거기가 거기인 것 같았다.

한참을 살펴보는데 이어피스가 울렸다.

— 문제가 생겼어. 경비들의 움직임이 심상치 않아. 아무래도 들킨 것 같아. 빨리 철수해.

그러나 정우는 혜인의 말을 무시하고 조각품 탐색을 계속했다.

문득 이 공간에 전혀 어울리지 않는 물건이 있다는 사실을 깨달았다. 와인진열대였다. 정우는 와인들의 라벨을 살펴보았다. 그중에 확 눈에 들어오는 것이 있었다. 가격이 수천만 원에 달한다는 와인이다. 정우는 그 와인 병을 집어 들었다.

"빈티지 2001, '로마네 꽁띠'라. 이런 명품을 허술히 두는 것은 예의가 아니지."

생각 같으면 뚜껑을 따서 한잔 마시고 싶었지만 꾹 눌러 참았다.

그리고 다시 조각품들을 수색했지만 특별하다 싶은 것은 없었다.

— 빨리 나오라니까! 놈들이 뛰어다니고 난리야.

혜인의 다급한 목소리가 들려왔다.

그 다급함과는 대조적으로, 눈앞에 있는 여인상은 여유 있는 미소를 띠운 채 정우를 바라보고 있었다. 정우는 한쪽 가슴을 드러낸 여인상 앞으로 다가가 어깨에서부터 가만히 쓰다듬어 내렸다. 가슴을 지나, 배꼽 아래를 가리고 있는 매끈한 팔목을 지나, 손을 잡았다. 그리고 악수하듯 가볍게 흔들었다.

그러자 지이익, 하는 소리와 함께 조각상을 받치고 있는 대리석 판에 숫자패드가 떴다.

'비밀번호!'

정우는 망설임 없이 와인의 빈티지 숫자를 눌렀다. 2, 0, 0, 1.

대리석 판 아래 부분이 균열되며 서랍처럼 앞으로 툭 튀어나왔다. 금고다!

정우는 PDA를 꺼내 혜인이 전송한 스캔 정보를 띄웠다. 그리고 금고의 인식기에 PDA를 연결했다.

금고 인식기가 정보를 읽어내는 전자음이 들리고, 이윽고 금고 문이 열렸다. 됐다! 금고 안에는 목표로 하던 외장 하드가 들어 있었다.

그것을 품에 넣는 순간 또 다시 이어피스가 울렸다.

— 어떻게 된 거야? 놈들이 완전히 눈치 챘다니까!

"목표물을 찾았어. 지금 나간다."

— 2층 발코니, 세 번째 창문으로 뛰어내려. 앞으로 30초야. 카운터 시작한다. 삼십!

이제는 앞뒤 볼 것 없이 도망이다. 정우는 방을 뛰어나갔다.

방 밖으로 나오자마자 경비병 하나가 뛰어와 달려들었다. 정우는 소음총으로 경비를 쓰러뜨리고는, 발코니를 향해 맹렬한 속도로 달려가기 시작했다. 또 다른 경비병들이 복도 끝에서 뛰어 나왔다. 정우는 양손에 총을 쥐고 총알을 날렸다. 방아쇠를 당길 때마다, 한 명씩 쓰러져 나갔다.

'원샷 원킬! 바로 이거야.' 그 와중에도 정우는 속으로 중얼거렸다.

발코니가 보였다. 아직 분위기를 감지하지 못한 남녀들이 술잔을 들고 담소를 나누고 있었다. 그들을 가로지르며 정우가 뛰어가자 소란이 일어났다.

— 이십!

경비병들이 손님을 헤치며 달려왔다.

섣불리 총을 쏘았다가는 무고한 사람들이 다친다. 정우는 주먹으로 다리로, 눈앞에 나타나는 경비들을 무너뜨렸다.

— 열!

문제는 타이밍이다. 정우는 천장을 향해 총을 발사했다. 샹들리에가 깨지고, "꺄아!" 하는 비명소리와 함께 사람들이 일제히 엎드렸다.

— 다섯!

발코니 창문까지는 열 걸음 정도 남았다.

— 셋!

정우는 몸을 웅크리고, 달려가는 속도 그대로 창문을 향해 몸을 날렸다. 아름다운 고딕 풍 창문이 와장창 깨지고, 그의 몸이 공중으로 떴다.

아래를 보니 덮개를 연 페라리가 시동을 걸고서 기다리고 있었다. 정우는 낙하산을 펴듯 슈트를 벌리며 페라리 조수석으로 뛰어내렸다.

페라리가 굉음을 내며 출발했다.

뒤에서 쫓아오는 경비들의 차에서 총알이 날아들었다.

정우는 조수석 아래에 둔 가방을 열어, 이스라엘제 우지(Uzi) 기관단총을 꺼냈다. 그가 응사하자, 따라오던 차 하나가 길을 벗어나 정원의 아름드리나무에 처박혔다.

그때 앞에서도 총알이 날아왔다.

"정문이야! 닫혀 있어!"

혜인이 소리쳤다. 이번에는 M79 유탄발사기를 들었다. 폭발음과 함께 정문을 지키던 경비들이 쓰러져나갔다.

"문을 잠그진 않았으니까 들이받아!" 정우가 소리쳤다.

페라리는 맹렬한 속도로 정문을 향해 달렸다. 철문에 부딪치며 차체가 크게 흔들렸지만, 한번 탄력을 받은 페라리의 속도를 줄이지는 못했다. 뒤를 따라오던 경비들의 차가 시야에서 멀어져갔다.

………노을을 받은 성당 지붕이 신비스럽게 빛났다. 보닛이 쭈그러진 페라리에 두 남녀가 기대어 섰다.

언덕 아래로 하루를 마감하는 도시의 정경이 펼쳐져 있다. 평화로웠다.

정우는 혜인의 턱을 잡아 위로 끌어올렸다. 그녀가 눈을 감는다. 정우는 천천히 그녀의 입술로 자신의 얼굴을 가져갔다. 부드러운 입술이 닿는다. 그녀에게서 달콤한 냄새가 났다.

정우는 입을 벌려 혀를 내밀었다.

"아니, 여기 있었던 거예요?"

새된 여자의 목소리에 화들짝 놀란 정우는 뒤로 벌러덩 넘어졌다. 간이의자가 무너지고, 뒤통수에 짜릿한 통증이 왔다.

눈앞에 혜인이 두 손을 허리춤에 댄 채 서 있었다. 눈을 보니 화가 잔뜩 나 있다.

"혜인이……"

"혜인이? 아니, 언제부터 씨를 생략한 거예요?"

정우는 입을 손으로 씻어 내렸다. 손에 침이 묻어났다.

"아니, 그게 아니고, 혜인 씨가 어떻게 여길."

"소리로 알려줬잖아요. 드르렁, 드르렁."

"제가 코를 골았습니까?"

"아침부터 술 냄새를 술술 풍기더라니⋯⋯당장 일어나지 못해요?"

정우는 두 손을 앞으로 모으며 엉거주춤 일어섰다.

"가서 세수부터 하고 따라오세요. 땅 끝에서 손님들이 오셨으니까."

혜인은 찬바람을 쌩 일으키며 돌아섰다.

"아, 예." 정우는 머리를 벅벅 긁었다.

롯데월드.

부스스한 얼굴에 헬륨풍선을 스무 개 남짓 든 정우는 혜인에게로 갔다. 혜인은 그의 손에서 풍선을 하나씩 빼내어 아이들에게 나눠주었다. 아이들은 수줍은 표정으로 풍선을 받아들었다. 서울 애들과 달리 순박해 보이는 초등학교 저학년생들이다.

귀엽다.

정우는 그중 한 아이의 머리를 쓰다듬으며 물었다.

"너네 어느 학교에서 왔니? 이름은 뭐고, 몇 학년이야?"

아이는 잠시 머뭇머뭇하다가 큰 소리로 대답했다.

"전라남도 완도군 청산면 청산초등학교요. 이름은 박성규고, 2학년이요."

대답을 하는 동안에도 아이의 눈은 정우의 뒤에 가 있었다. 뒤돌아보니, 아이의 눈을 사로잡은 것은 쥬라기공원의 배경 속으로 탐험여행을 떠나는 놀이기구였다. 하지만 아이는 키가 모자랐다. 정우가 말했다.

"안됐다. 키가 좀 더 커야 저걸 탈 수 있거든?"

아이의 표정이 실망감으로 시무룩해졌다.

"저거 말고, 회전목마 같은 건 어때?"

아이가 고개를 가로저었다.

"시시해요, 그런 건."

"시시해?"

아이가 고개를 끄덕였다. 당차 보이는 얼굴이다.

"싸나이들은 그런 거 안 타요."

"싸나이? 너, 용감하구나?" 정우가 말했다.

아이가 다시 고개를 끄덕였다. 정우는 놀이공원 안을 한 바퀴 휭 둘러보았다. 마침 눈에 띄는 게 있었다.

"싸나이답게 저건 어때?"

코르크 사격장이다. 아이의 입이 헤 벌어졌다.

"좋았어. 가서 해치우자."

둘의 대화를 흥미로운 눈으로 지켜보고 있던 다른 아이들도 정우의 뒤를 따라왔다. 혜인은 눈을 흘겼지만, 어쩔 수 없이 사격장으로 발을 옮겼다.

혜인과 정우는 나란히 서서, 아이들이 사격하는 모습을 지켜보았다. 빠르게 지나가는 작은 인형들을 향해 아이들이 총을 쏘았다. 하지만 넘어지는 인형은 없다. 몇 차례 도전했다가 실패한 아이들은 실망한 표정이 역력했다.

팔짱을 낀 혜인이 쏘아붙였다.

"괜히 애들 실망시키게 왜 저런 걸 하자고 했어요?"

"흥미를 불러일으키라면서요."

"그건 아이들을 집중시키라는 거지, 인형 따라고 한 게 아니잖아요."

"허 참." 정우는 또 다시 머리를 북북 긁었다.

풀이 꺾여 돌아서는 아이들 뒤에서 점원이 소리쳤다.

"자 자, 다음 손님 없으십니까? 다섯 발! 다섯 발을 다 맞추시면 이 곰인형을 드립니다."

한 여자아이가 점원의 품에 안겨 있는 커다란 곰인형을 부러운 눈으로 쳐다보고 있었다. 정우가 그 아이에게로 다가갔다.

"너, 저거 갖고 싶니?"

"예." 여자아이가 작은 소리로 대답했다.

"잠깐만 기다려."

정우는 계산을 하고 총을 집어 들었다. 다섯 발을 모두 맞추자 곰인형이 하나 건네졌다.

다른 아이도 와서 말했다. "나도 갖고 싶어요."

곰인형이 또 하나 들어왔다.

매장 한쪽에 쌓여 있던 곰인형의 숫자가 줄어들기 시작했다.

벌써 스무 개째다. 앞으로 한 개면 애들한테 하나씩 돌아가게 된다.

정우가 다시 총으로 손을 뻗으려 하자, 사색이 된 점원이 총을 쥐고 놓아주지 않았다.

"손님, 이러시면 정말 곤란합니다."

"뭐가?"

"지배인이 알면 저 모가지입니다."

"쟤는 어쩌고?"

정우가 한 아이를 손으로 가리켰다. 아이는 곧 자기 품에 들어올 곰인형을 기대에 찬 눈초리로 바라보고 있었다.

"아무리 그렇더라도, 제발." 점원은 울상을 지었다.

"공! 평! 누군 주고 누군 안 주는 게 세상에서 젤 나쁜 짓이야. 그럼 첨부터 그런 약속을 하지 말았어야지."

정우는 총을 와락 뺏어 들었다.

스물한 개째의 곰인형을 내미는 점원의 손이 부들부들 떨렸다.

정우는 그를 향해 싱긋 웃어 보이고는 뒤를 돌아 혜인을 보았다. 그녀의 얼굴에도 환한 미소가 걸려 있었다.

그때 정우의 휴대폰이 한 번 부르르 떨었다. 문자가 왔다는 표시다. 발신자를 보니 '북쪽 양아치'로 되어 있다. 확인 버튼을 누르자 메시지가 떴다.

'동향보고 할까요?'

"역시 난 자본주의 체질이야."

기수는 침을 퉤퉤 뱉으며 책상 위에 쌓아놓은 돈을 세고는 전자계산기를 두드렸다.

누가 뭐래도, 현찰 세는 재미가 세상에서 제일이다. 북한에 계시는 아버지, 어머니, 죄송합니다. 하지만 원래 타고난 제 소질이 북하고 안 맞는 걸 어쩝니까? 통일된 그날까지 부디 무사히 계십시오 부자 돼서 호강시켜 드릴게요.

기수가 한창 현찰 삼매경에 빠져 있는데, 문이 빼꼼 열렸다. 민구가 얼굴을 들이밀었다.

"뭐야? 계산할 때는 방해하지 말랬잖아!" 기수가 버럭 소리를 질렀다.

문이 와락 열리며 민구가 넘어질 듯 쿠당탕 들어왔다. 이어서 낯익은 얼굴이 출연했다. 그를 본 기수의 얼굴이 벌레 씹은 표정으로 바뀌었다.

"나야."

웬수였다.

간신히 자세를 잡은 민구가 연신 허리를 굽혔다.

"죄송합니다, 형님. 밖에서 기다려달라고 했는데."

기수는 민구를 노려보다가 말했다.

"나가봐."

민구가 잽싸게 튀어나갔다.

"여긴 웬일이슈?" 기수가 물었다.

정우가 책상 위에 엉덩이를 걸치자, 기수는 돈다발을 한꺼번에 쓸어 모아 가방 속에 집어넣었다.

그런 기수를 한심한 눈으로 쳐다보다가 정우가 손바닥을 앞으로 내밀었다.

"동향보고 해봐."

"뭔 동향보고?"

"니가 먼저 한다며?"

"아!" 뭔가를 알았다는 듯 기수가 자신의 이마를 쳤다. "어이구, 이놈의 손가락. 실수할 걸 해야지."

그러더니 고개를 들어 정우를 보고는 실실 웃었다.

"성철 형님한테 보낸다는 게 잘못 들어갔나 보네? 당신한테 보낸 게 아니니까, 관심 끄셔."

"얼른 동향보고 해봐." 정우가 다시 손을 내밀었다.

"듣자 하니, 요즘 일하는 데가 좀 그렇다며? 코찔찔이 애들을 상대로 나불나불……."

"확 뒤질래?" 정우가 주먹을 머리 위로 들어올렸다.

기수가 얼른 두 팔로 얼굴을 가렸다.

"더 열 받기 전에 빨리 보고나 해."

"보고하라면 하지 뭐." 기수가 어정쩡하게 대답했다.

"그리고 너, 말끝 자르지 말라고 했지? 어디서 반말이야, 반말이."

"아, 하면 될 거 아녜요."

"말해봐."

기수가 보고를 시작했다.

"야스크 파라고 러시아 마피아 조직이 있는데……요, 불법 무기 판매를 주종목으로 하는 모양이야……요."

"너, 정말!" 정우가 인상을 썼다.

"아, 알았어요, 알았어. 존댓말 하면 될 거 아니에요. 어쨌거나, 그 조직에서 2년 전인가 사업을 확장하려다가 어떤 조직으로부터 방해를 받은 모양이에요. 동양인 조직이라는데, 처음엔 누군지 몰랐대요. 그러다가 최근에 그게 한국인의 소행이란 걸 알고 이너내셔널급 킬러를 파견한다는 정보가 들어왔어요. 잃어버린 것을 찾으러 온다고."

"이너내셔널 좋아하네. 그냥 인터내셔널이라고 해, 인마. 그건 그렇고, 니가 그걸 어떻게 알았어?"

"나야 마당발이 이너내셔널 아닙니까? 북에서, 중국에서, 러시아에서, 귀찮을 정도로 정보가 쏙쏙……."

"어디로 들어온대?"

"부산항으로 밀입국한대요. 배 이름은 '캬플라 바다'호라고 했어요. 헌데 그 킬러가 웬만한 놈이 아닌 모양이에요. 빅토르 세브첸코라는 선원수첩을 사용한다는데, 틀림없이 가명일 거고 본명은 모르겠어요. 야스크 패밀리 내에서도 그건 비밀인 모양이에요."

그때 문이 살짝 열리며 누군가 들어왔다.

"동상 있는가?"

성철이었다. 그는 방 안에 있는 정우를 보고 멍한 표정을 지었다.

"야, 이정우. 니가 여기 웬일이야?"

"팀장님, 할 말 있으니까 이리 와봐요."

정우는 다짜고짜 성철의 팔을 쥐고 옆방으로 들어갔다. 질질 끌려가다시피 하며 성철이 말했다.

"너, 이러고 있는 거, 우리 국장님이나 국정원 측에서 알면 너나 나나 작살이다, 작살. 알아?"

그 말에 대꾸는 않고, 정우는 메모지에 뭔가를 휘적휘적 갈기기 시작했다.

그 쪽지를 본 성철의 입이 크게 벌어졌다.

"뭐? 야, 이 똥개 자식아, 너 미쳤어?"

"미치긴요. 러시아 마피아 놈들이 한국을 지 좆으로 아는 모양인데 그걸 가만히 내비둬요?"

"야, 아무리 그래도 그렇지, 니가 거길 왜 나서, 나서길! 인마, 넌 그냥 안내나 하면서 조용히 찌그러져 있으랬잖아! 못 들은 걸로 할 테니까, 제발 가만히 있거라, 응? 부탁이다, 부탁."

성철이 쪽지를 찢으려고 하자 정우가 으르렁댔다.

"나, 지금 눈에 뵈는 게 아무것도 없다고요! 그걸 찢었다간, 팀장님 밥줄이고 뭐고 다 껴안고 자폭해버릴 테니까 알아서 해요!"

"정우야, 너 왜 이러니, 정말." 성철이 애원하듯이 말했다.

"거기에 쓴 대로 장비들 준비해줘요. 내일까지."

정우가 벌떡 일어서서 밖으로 나갔다.

"흐미, 저 성깔 드러운 놈. 며칠 안 봐서 좀 편안히 살려나 했더만, 완전히 폭탄 맞았네."

성철은 정우의 뒤를 향해 주먹질을 해댔다.

밤의 부산항.

'Капля вода(캬플랴 바다)'라는 빛바랜 글씨가 씌어 있는 배의 갑판에서, 두 개의 담배 불빛이 반짝이다가 사라졌다. 사내 둘이 나지막한 소리로 무슨 말인가를 주고받고 있었다. 그들은 선착장으로 가는 승강계단을 경계하는 중이었다.

승강계단 밑에서 몸을 웅크리고 있던 정우는, 그들이 다른 데로 가자 잽싸게 갑판 위로 뛰어올라 선실 옆 그늘진 곳에 몸을 숨겼다.

"들어왔어요. 누구 빠져나가는 놈 없는지 잘 감시하고 있어요."

이어피스로 속삭였다.

— 알았어, 인마! 너나 진짜 조심해라. 러시아 놈들 살벌한 건 알

아주니까.

항구 한쪽 구석에 주차한 SUV에 성철이 대기하고 있었다. 오늘 정우를 지원하는 사람은 박성철 한 사람뿐이다. 비록 뱃살이 나오긴 했지만, 그의 상황판단 능력이 누구에게도 뒤지지 않다는 것을 정우는 잘 알고 있었다. 팀장은 아무나 하는 게 아니다. 그는 충분히 신뢰할 수 있는 파트너였다.

정우는 성철이 준비해준 최신 심장박동감지기(Heartbeat Sensor)를 들고 주변을 살폈다. 센서에 감지되는 인기척은 없었다. 미로처럼 얽혀 있는 선실 복도를 지나 화물실 방향으로 갔다. 계단이 이어져 있었다.

막 계단을 내려가려는데 센서가 반짝였다. 사내 하나가 소형 자동소총을 메고 화물실 앞의 복도를 오가고 있었다.

"놈들이 MP5로 무장하고 있네요." 정우가 이어피스로 속삭였다. "좀 더 들어가 볼게요."

정우는 사내가 뒤돌아선 순간을 놓치지 않고, 화물실로 스며들어 갔다. 그곳에는 많은 상자들이 쌓여 있었다. 상자 하나를 여니, 보드카 병들만 가득 들어 있었다. 다른 두 개를 열어봐도 마찬가지였다. 보드카 수출선으로 위장한 것이다.

이곳에는 더 볼 것이 없다. 그렇게 판단한 정우는 화물실 밖을 내다보다가 경비가 없는 것을 확인하고는 잽싸게 계단 위로 뛰어올라 갔다.

갑자기 계단 바로 위 갑판에서 말소리가 들려왔다. 다시 내려가려는데, 복도를 순회하는 사내가 걸어오고 있었다. 정우는 잠시 망설이다가 중간에 있는 선실 문을 열고 안으로 들어갔다.

선실 안에서는 향을 피우는 듯, 묘한 냄새가 났다. 정우는 바깥 동정을 살핀 다음, 선실 안을 찬찬히 둘러보았다.

이 방은 화물선의 선실로 보기에는 턱없이 호사스러웠다. 방 안쪽으로 제단 같은 것이 꾸며져 있고, 그 앞에 놓인 향 그릇에서 가느다란 향 연기가 피어오르고 있었다. 그리고 제단 한쪽에는 검붉은 장미가 쌓여 있고, 그 옆으로 예리하게 벼린 나이프가 놓여 있었다.

선실 벽에 붙은 옆문이 벌컥 열렸다. 거기에서 욕실가운을 입은 남자가 걸어 나왔다. 남자의 머리는 아직 젖어 있었다. 그가 가운을 벗었다.

정우는 눈을 크게 떴다. 남자의 등이 흉측하게 일그러져 있었기 때문이다. 마치 수십 마리의 뱀이 똬리를 틀 듯, 얽히고설킨 흉터들이 복잡한 문양을 이루고 있었다. 화상으로 인한 흉터인 듯했다.

남자가 제단을 향해 두 손을 들어올렸다. 그리고 러시아어로 주문을 외듯 중얼거리기 시작했다. 그런 다음 나이프를 들어 자신의 팔목을 긋고는, 새어나오는 피를 장미 위에 뿌렸다. 다시 두 손을 들어 주문을 외우고, 남자는 상처가 난 팔뚝에 붕대를 감았다.

뚜르르르.

휴대폰 벨소리가 울렸다. 남자는 가운을 입고, 휴대폰을 들었다.

전화를 받는 그의 눈이 번뜩였다.

나이트비전으로 '캬플라 바다' 호를 바라보고 있던 성철은 점점 초조해졌다. 지금쯤이면 나왔어야 할 정우가 모습을 드러내지 않기 때문이었다.

"똥개, 똥개! 대답해!"

이어피스로 말해보지만 응답이 없다.

그때 화물선의 계단 위쪽에 불이 들어왔다. 승강계단으로 누군가 걸어 내려오고 있었다. 갑판에 있던 사내들이 그를 향해 허리를 숙이는 것으로 보아 빅토르 세브첸코인 것이 분명했다.

성철은 다시 한 번 이어피스에 대고 정우를 호출했다.

"똥개, 똥개! 빅토르가 나간다."

"알아요."

갑자기 SUV 차문이 열리고 정우가 조수석에 올라탔다. 성철은 놀란 가슴을 쓸어내렸다.

"어유, 이 웬수 같은 놈, 니 땜에 내가 제 명에 못 산다, 정말."

"빨리 저 차를 따라가기나 해요."

성철이 시동을 걸었다.

빅토르가 탄 볼보가 초량동 외국인거리로 접어들고 있었다.

성철이 걱정스럽게 말했다. "지원 요청해야 하는 거 아냐? 우리 둘이 잡기에는 아무래도 벅찬 것 같은데."

"그럴 시간 없어요. 아마 놈은 접선자를 만나러 가는 길일 거예요. 지금 연락해봐야 소용없어요."

볼보가 '메씨'라는 상호의 클럽 앞에 멈추어 섰다. 빅토르가 클럽 안으로 들어간 것을 확인한 정우와 성철은 급히 클럽을 향해 걸어갔다.

러시아 테크노 음악이 흐르는 클럽 안은 담배 연기로 자욱했다. 무대 위에서는 사람들이 미친 듯 몸을 흔들어대고 있었다.

빅토르는 한쪽 구석에 앉아 있었다.

"몇 분이십니까?"

웨이터가 다가와 물었다. 정우가 됐다는 표시로 손을 흔들자, 웨이터는 두 사람을 힐끔거리더니 뒤돌아섰다.

"여기는 내가 맡을 테니까," 정우가 큰 소리로 말했다. 시끄러운 음악 때문에 목청을 높여야 했다. "팀장님은 뒷문 도주로 쪽을 체크해 줘요."

"알았어. 이어피스 열어둬."

성철이 클럽 뒷문이 있는 곳으로 갔다.

정우는 후미진 곳에 앉은 빅토르를 계속 주시했다.

뒷문으로 가는 통로는 화장실과 주방을 지나게 되어 있고, 중간에 또 다른 방들도 있었다. 그 통로 앞으로 만취한 남녀 한 쌍이 뒤엉켜 있고, 약에 취한 듯한 남자도 널브러져 있었다. 성철은 눈살을 찌푸리며 그들 사이를 헤치고 나아갔다.

그때 통로의 한쪽에서 웬 남자 하나가 성철을 지켜보고 있다가, 그와 눈이 마주치자 얼른 뒤로 몸을 숨겼다. 성철은 그를 쫓아 통로를 돌았다. 방문을 열고 안을 들여다보았지만, 이미 사내는 사라지고 없었다.

성철은 두리번거리며 다시 뒷문 쪽을 향해 걸어가기 시작했다. 약에 쩐 남자가 비틀거리며 일어서더니 갑자기 성철을 향해 달려들었다. 성철은 그를 향해 발길질을 날리는 동시에 총을 꺼내 들었다. 그때 성철의 관자놀이에 차가운 물체가 닿았다. 술에 취해 뒤엉켜 있던 남녀가 권총을 들이대고 있었다. 성철은 총을 내려놓았다.

빅토르에게 한 백인 남자가 다가가 귓속말을 했다. 그러자 빅토르가 황급히 일어나 뒷문 쪽으로 빠져나갔다.
정우는 스테이지를 가로질러, 정신없이 몸을 흔들어대고 있는 사람들 사이를 헤치고 달렸다. 춤을 추던 사내 하나가 정우에게 와락 덤벼들었다가 명치를 맞고는 그대로 나자빠졌다. 사람들의 비명소리로 클럽 안은 금세 아수라장이 되었다.
주방을 막 지나려 할 때 요리사 복장의 남자가 칼을 들고 나타났다. 정우는 통로에 놓여 있는 마대걸레를 들어 남자의 목을 찔렀다. 남자는 찍 소리도 내지 못하고 넘어갔다.
뒷문을 열어젖히자, 골목으로 뛰어가는 빅토르의 뒷모습이 보였다. 정우는 총을 빼들고, 남자를 향해 러시아어로 외쳤다.
"거기 서!"
빅토르는 뒤를 한 번 돌아보고는 총을 발사했다. 정우가 몸을 숙여 피하는 것을 보고, 그는 더욱 맹렬한 속도로 달려갔다. 그러더니 한 상가 안으로 사라졌다. 정우는 권총을 든 채 그 상가로 뛰어 들었다. 계단 쿵쿵거리는 소리가 들렸다. 정우도 옥상을 향해 계단을 오르기 시작했다.
정우가 3층 옥상에 올랐을 때, 빅토르는 다음 건물 옥상으로 건너뛰는 중이었다. 그리고 정우가 점프를 했을 때, 빅토르는 도로에 세워진 차 위로 뛰어내리더니 다시 총을 쏘았다. 몸을 수그리고 있던 정우는 빅토르가 뛰기 시작하자 자신도 건물에서 뛰어내렸다. 움푹 파인 차지붕이 더 깊게 내려앉았다.

골목 안으로 들어오던 오토바이가 빅토르를 보고 급정거를 했다. 빅토르는 운전자를 밀쳐낸 다음, 오토바이에 올라타 순식간에 골목길을 빠져나가 버렸다.

빅토르가 사라진 골목길을 바라보고 있는데, 뒤에서 너댓 명이 달려왔다. 정우가 뒤돌아서서 총을 겨누자, 그들 역시 일제히 총을 겨누었다.

"총 버려!"

날카로운 여자의 목소리가 들렸다. 그녀를 본 정우의 눈이 갑자기 커졌다.

"총 버리라니까!" 다시 여자가 소리쳤다.

"너, 한재희?"

정우가 말하자, 여자도 눈을 크게 떴다.

"이정우?"

정우가 총을 버렸다. 한 남자가 달려와 정우의 복부에 주먹을 쑤셔 넣었다. "헉!" 하고 정우가 무릎을 꿇자 남자가 소리쳤다.

"너 이 새끼, 어디서 굴러먹은 뼈다귀야?"

그리고 몇 차례 더 발길질을 했다. 정우는 두 팔로 머리를 감싸고 몸을 잔뜩 웅크린 채 얻어맞았다.

박성철이 뛰어오고 있었다.

"어이, 어이. 최 과장. 그 사람 우리 식구네. 그만 때려."

최 과장이라고 불린 사내가 성철을 노려보았다.

"선배, 지금 뭐하자는 겁니까? 우린 그 자식 잡으려고 여섯 달 동안 꼼짝도 못 했단 말예요. 클럽을 완전히 장악해놓고 그놈을 끌어들인 건데, 이 빌어먹을 뼈다귀가 굴러 들어와서는!"

"아, 그 친구 뼈다귀가 아니라 똥갤세. 앞으로 보거든 똥개라고 불러. 근데 자네들은 그놈을 어떻게 알았단가?"

"그놈이 먼저 접근해왔어요. 거래를 하자고 하더라고요. 이런 기회가 있는지 알기나 해요?"

"없지, 없다마다. 암튼 참게. 우리도 나름의 정보가 있어 움직인 거여. 그리고 기관끼리 정보공유 안 되는 게 뭐 어제 오늘 일인가? 안 그래?"

성철은 다른 사람들을 돌아보며 사과했다.

"다들 고생했는데, 미안해요. 고의로 그런 건 아니니까 이해해줘요."

최 과장은 한참을 씩씩거리다가 재희를 향해 말했다.

"철수해!"

그러고는 휭 돌아서서 가버렸다.

재희는 누워 있는 정우를 안쓰러운 눈으로 쳐다보다가, 동료들을 향해 고갯짓을 했다.

그들이 사라지자 정우가 턱관절을 문지르며 물었다.

"아, 씨발. 졸라 아프네. 나 패던 놈, 뭐하는 새끼예요?"

"똥 싼 놈이 말이 많긴. 그러게 내가 뭐랬어? 처음부터 지원 요청했으면 이렇게 빠킹 날 일 없었을 거 아냐. 하여간 니 놈 꼴통 짓 때문에 여럿 망가지게 될 거 안 봐도 뻔하다."

"아, 날 팬 놈이 누구냐니까요?"

"최영식 과장이라고 국정원 특수부 3팀장이다, 왜? 국정원에 있으면서도 몰랐냐? 그 친구 실력자야. 2년 전에 그 일만 제대로 해냈으면 지금쯤 실장 자리에 올랐을 거다."

"그 일이라뇨?"

"북한 과학자를 호송하는 일을 맡았는데, 중간에 인터셉트 당했나 봐. 그때 여럿 죽었지. 이건 관계자와 간부들 외에 모르는 극비사항이니까 못 들은 걸로 해라, 알았지?"

"알았어요. 나중에 물어보죠, 뭐."

"물어봐? 누구한테? ……아, 그러고 보니까, 아까 너랑 그 젊은 처자랑 서로를 보는 눈이 껄쩍지근하던데 아는 사이냐?"

"입사 동기예요. 나보다 두 살 어리지만 말 놓고 지내요. 그러고 보니 못 본 지 벌써 몇 년 됐네요."

정우는 일어나 옷을 툭툭 털다가 문득 뭐가 생각났는지 성철에게 물었다.

"잠깐, 팀장님! 아까 최 과장이 그러지 않았어요? 그놈이 먼저 접근해왔다고요. 그렇다면 혹시……."

정우의 뇌리에 기수가 했던 말과 최 과장의 말, 그리고 성철의 이야기가 한데 겹쳐졌다. 정우는 골똘히 생각에 잠겼다. 그의 시뮬레이션 기능이 획획 돌아가기 시작했다.

'첫째, 북쪽 양아치의 말인즉, 야스크 파가 2년 전에 사업 확장을 하려다가 동양인 조직에게 방해를 받았다고 했어. 나중에 러시아 놈들은 그게 한국인이었다는 걸 알고, 잃어버린 것을 되찾기 위해 킬러를 파견했다고 했고. 둘째, 최 과장은 그놈들이 먼저 접근해왔다고 했지.

셋째, 박 팀장은 최 과장 팀이 2년 전 그 일을 제대로 못 했다고 했어. 자 자, 이정우, 이게 무슨 뜻인지 너의 삼빡한 머리로 한번 정리해봐.'

잠시 후, 정우가 다급한 목소리로 성철에게 말했다.

"팀장님이 꼭 좀 알아봐줄 게 있어요. 최 과장 팀이 2년 전에 한 일의 경과를 구체적으로 그리고 자세히 알아봐 주세요. 팀장님 비선을 총 동원해서라도 지금 최 과장 팀이 앞으로 어떻게 움직이는지도요."

"야, 내가 그걸 무슨 수로 알아내? 그리고 나한테 무슨 비선이 있다고 그래?"

"팀장님 뱃살이 괜히 붙었겠어요? 다 비선 관리하느라고 그랬겠지."

"이 똥개 자식이!"

성철이 발로 걷어차려고 하자 정우는 홱 몸을 돌려 달아났다.

"혜인 씨, 나 며칠만 휴가 낼게요." 정우가 사정하듯이 말했다. 현재, 혜인은 안보전시관 팀장 역할을 대신하고 있었다.

"뭘 얼마나 했다고 벌써 휴가 타령이에요?"

"잘해서 그런 게 아니라, 농사짓는 부모님 일을 도우려고."

"4월 달에 무슨 농사일이 그렇게 많대요? 그리고 정우 씨에게 농사짓는 부모가 계시다는 것도 첨 듣는 이야기고. 인사기록을 보니까, 어엿한 엘리트시던데, 아니에요?"

"지금은 귀향하셨어요. 게다가 몸도 안 좋으시고." 정우의 표정이 슬픔으로 급전환했다.

그를 한참 쳐다보던 혜인이 고개를 끄덕였다.

"알았어요. 그렇게 하죠."

정우는 언제라도 출동할 수 있게끔 자리를 비워두기로 했다. 그래서 혜인에게 휴가를 부탁했던 거였다.

그의 머릿속에는 이미 하나의 시나리오가 뚜렷이 그려져 있었다. 그 시나리오에 살을 붙이는 것은 성철의 몫이다. 정우는 시시때때로 주머니를 만지며, 휴대폰이 혹시 자기 몰래 떨고 있는 건 아닌지 확인했다.

기다리던 대로 휴대폰이 진저리를 쳤다.

성철이다.

"여보세요?" 신호가 떨어지기도 전에 정우는 버튼을 눌렀다.

― 야, 니 말이 대충은 맞는 거 같다. 2년 전에 야스크 파를 좌절시킨 건 최 과장 팀, 아니지, 그 왜 니 동기 있잖냐? 한재희였대. 한재희가 야스크 파 킬러로부터 김명국 박사를 지켰는데, 그 킬러가, 이름이 사샤라고 하더라만, 암튼 그놈이 죽기 직전에 살아났다더라. 불탄 자동차에서 구사일생으로 목숨을 건졌대.

"그래서요?"

― 그놈이 한동안 잠적했다가 완전히 성형을 하고 나타났는데, 자기가 살아난 건 무슨 종교의 힘이었다고 떠벌이더란다. 이건 기수한테 들은 말이야. 그걸 보면 동상의 발이 무진장 넓긴 넓지?

"잡소리 치우고 빨리 본론부터 얘기해요."

― 하여간 니 놈 성질머리는……근데 최 과장 호송 팀은 말야, 야야, 이건 진짜 탑시크리트다. 알았지?

"알았다니까요!" 정우가 화를 버럭 냈다.

— 외교문제 때문에 김명국 박사를 일본으로 우회하여 데려오려고 했는데, 거기서 인터셉트 당했다고 하더라. 아참, 이 말은 전에도 했었지? 그때 다섯 명이 죽었대. 그 이상은 나도 몰라.

"그럼, 야스크 파 놈이 최 과장 팀과 자진해서 접촉을 원한 것은 다른 꿍꿍이속이 있다 이거네요?"

— 그래. 니가 뒤져봐서 알지만, 빅토르, 아차차! 내가 깜박한 게 있네. 빅토르가 바로 그 사샤라더라. 사이비종교 땜에 살짝 맛이 간 놈 말야.

"무기 밀매를 할 것처럼 위장해서 최 과장 팀을 불러냈는데, 사실은 다른 목적이 있었다?"

— 그려 그려. 자식, 머리는 아직 쓸 만하구만. 사샤 그놈이 잃어버린 걸 찾아오겠다고 했다는데, 그게 뭐겠냐? 흉물스럽게 변한 몰골하고, 킬러로서의 자존심 아니겠냐?

"지금 한재희 팀은 뭐하고 있대요? 어디로 간다는 소식은 없어요?

— 아직은 몰라. 조금만 기다리면 내 비선한테 연락이 올 거다. 그때 바로 쏠 테니 시동 걸고 있어라.

전화가 끊겼다. 정우는 자신의 시뮬레이션이 정확하다는 것을 재삼 확인했다.

하지만 기뻐하는 것도 잠시, 방해를 한 당사자가 한재희라는 사실에 생각이 미치지 갑자기 초조해져 미칠 지경이었다. 재희와는 입사 동기 중 누구보다도 마음이 통했고, 가끔은 야릇한 감정을 느낀 적도 있었다. 재희는 지금 어디에 있을까? 혹시 옛날 휴대폰 번호는 바뀌지 않았을까?

정우는 저장된 전화번호를 찾아 버튼을 눌렀다.

그러나 상냥한 아가씨의 목소리가, 그 번호가 이 세상에 어떤 주인도 없다는 것만 반복해서 들려주고 있었다.

그때 또 다시 휴대폰이 진동했다.

"여보세요."

― 정우야, 과천경마장이란다. 최 과장한데 보고도 안 하고 재희네 팀 몇몇이 거기로 떴대. 아마 빅토르 그놈이 재희한테만 나오라고 했을지도 모르겠다.

"알았어요. 출발합니다!"

정우는 사당역 사거리를 지나 남태령에 이르자, 휴대폰 번호를 눌렀다. 지금만큼 성철의 도움이 절실한 적도 없었다.

"팀장님, 준호하고 경원이한테 부탁 좀 해줘요. 경마장 구석구석 CCTV를 해킹해서라도 재희가 있는 곳을 파악해달라고요."

― 알고 있어, 인마. 벌써 다 조치해놨다.

이 순간 성철이 앞에 있었다면 그의 입술을 훔치지 않고는 못 배겼을 것이다.

정우는 시속 130킬로미터의 속도로 내달렸다.

"아직 파악된 거 없어요?"

애가 단 정우가 물었다.

― 아직 없어. 기다려봐.

"그리고 현장에 SRT 팀 출동시켜줘요."

— 그것도 벌써 조치해놨지. 근데 이 자식이 날 뭘로 보고 감놔라 배놔라 훈수야, 훈수가. 그리고 인마, 이어피스로 통신 전환해. 기본도 안 된 놈이, 나한테 이래라 저래라야.

성철이 구시렁대는 사이, 차가 경마장에 도착했다. 정우가 아무렇게나 차를 세워놓고 경마장을 향해 냅다 뛰자, 뒤에서 주차요원의 호루라기 소리가 쫓아왔다.

경마장 안은 사람들의 함성으로 떠나갈 듯했다. 막 출발한 말들이 트랙을 바람처럼 가르고 있었다.

정우는 일단 관중석을 둘러보았다. 그러나 모두들 자리에서 일어나 펄쩍펄쩍 뛰고 있는 이런 속에서 재희를 찾아낸다는 것은 잔솔밭에서 바늘 찾기와 다를 바가 없었다. 오직 기댈 것은 성철에게서 전해올 CCTV 판독 결과뿐이었다.

— 야, 야. 찾았다, 찾았어! 1층 10번 게이트 앞이다!

정우는 10번 게이트를 향해 전속력으로 달려갔다. 그러나 관람석으로 들어섰을 때 재희는 어디에도 보이지 않았다. 다만 국정원 소속으로 보이는 두세 명의 사내들이 당황한 얼굴로 관중들 사이를 헤집고 다닐 뿐이었다.

"놓쳤어. 다시 찾아봐!"

— 어, 어? 재희 씨가 싸우고 있어요.

준호의 목소리였다.

"어디서?"

— 지하예요. 벌써 두 명을 쓰러뜨렸는데요? 와 끝내준다! 어라? 사라졌어요.

이번에는 경원의 목소리다.
'이것들이 중계방송을 하고 있나. 남은 속이 타 죽겠는데.'
정우는 속으로 중얼거리며 지하를 향해 뛰어갔다.

놈들의 속임수는 그럴 듯했다. 부하들은 미끼를 문 채, 관중석을 헤매고 있을 것이다. 재희는 이를 악물며 천장을 올려다보았다.
파이프와 배선이 어지럽게 교차하고 있는 천장은 음침한 분위기를 자아냈다. 지하실의 희미한 형광등이 바닥에 뒹굴고 있는 두 이방인의 주검을 비추고 있었다.
도대체 이놈들은 몇이나 온 걸까? 대충 헤아려봐도 열 명 가까이는 되는 것 같다. 재희는 난감했다. 더구나 지금 그녀는 사방에서 총을 겨누고 있는 러시아 사내들에게 둘러싸여 있었다.
빅토르가 한 손에는 총을, 다른 손에는 검붉은 장미꽃다발을 들고 그녀 앞에 섰다.
"한재희, 날 알아보겠나?" 놀랍게도 그의 입에서 한국말이 튀어나왔다.
재희가 놀란 눈으로 보자, 빅토르가 말했다. 이번에는 러시아였다.
"넌 내 이름을 몰랐겠지만, 난 네 이름을 알고 있었다. 그 이후로 한시도 널 잊은 적이 없다, 한재희."
"어떻게 알게 된 거지?" 재희는 진심으로 궁금해서 물었다.
빅토르가 어깨를 들썩이며 웃었다.
"그리고 넌 내 얼굴을 알았지만 지금은 모르지. 난 널 한눈에 알아봤어. 결코 잊은 적이 없으니까."

"말해봐. 네가 어떻게 날 알게 된 건지. 또 왜 날 집요하게 죽이려는지도."

"한재희, 그날 넌 김 박사라는 사람에게 날 쏘라고 했지. 친절하게도 김 박사는 내 면전에서 네 이름을 불렀고 말야."

"그럼 네가 바로?"

빅토르의 얼굴이 푸르스름하게 변했다. 눈이 희번덕이고, 입술이 가늘게 떨렸다.

"그래, 내가 바로 그날 너희를 찾아갔던 손님이다. 단 한순간의 방심으로, 얼굴도 잃고, 몸뚱이도 일그러시고, 사샤리는 이름도 잃고, 명예와 자존심도 모두 날려버린 사람."

사샤는 총을 그녀의 이마에 댔다.

"난 그 잃어버린 것들을 찾기 위해 이곳에 왔다."

정우는 벽에 기댄 채 복도 반대편을 살폈다.

러시아인 두 명이 복도에 서서 기계실로 들어가는 문을 지키고 있었다. 정우는 이어피스를 향해 목소리를 낮춰 말했다.

"지하 2층 기계실에 있다. SRT는?"

— 4분 뒤면 도착할 거예요.

경원이 대답했다.

"그땐 이미 상황 끝일 수도 있어. 내가 지금 들어가겠다."

— 안 돼, 인마! 지원팀 도착할 때까지 기다려!

성철이 소리 질렀다.

정우는 주변을 둘러보았다. 청소도구실이 눈에 띄었다.

— 야, 이정우! 이정우!

성철이 연방 그의 이름을 불러대고 있었다.

이어피스를 껐다.

복도에 서 있던 러시아인 중 하나가, 머리를 수건으로 동여매고 청소도구카트를 끌고 오는 청소부를 보자 총을 꺼내려고 했다. 동료가 손을 뻗어 말렸다. 괜히 소란 피울 필요 없다는 신호였다.

그러나 청소부가 지나간 뒤 두 러시아인은 목이 뚫린 채 허공을 바라보고 있어야 했다. 대걸레 자루를 날카롭게 쪼갠 두 개의 봉이 그들의 목에 꽂혀 있었다.

"신의 구원이 없었다면 난 여기에 있지 못했을 것이다. 위대한 신께서 내게 명령하셨다. 세상 끝까지 따라가 복수하라고."

사샤는 이제 제의(祭儀)를 끝내야 할 때가 왔다고 생각했다. 방아쇠를 당기고 희생물의 목을 따서, 그 피로 적신 꽃다발을 신 앞에 바치는 것으로 제의의 피날레를 장식할 생각이었다.

그때 피핏! 하는 소리와 함께 형광등이 꺼졌다. 그 대신 기계실 문가에 달린 푸르스름한 비상등이 켜졌다.

순간적인 빛의 변화에 당황한 사샤와 부하들이 사방을 두리번거렸다.

드르르륵!

금속성 마찰음을 내며 뭔가가 재희 있는 곳으로 굴러왔다. 권총이었다. 그것은 사샤와 재희의 중간쯤에 떨어져 빙그르르 맴을 돌았다.

그리고 총알이 날아왔다. 사샤의 부하들 중 둘이 거꾸러지고, 나머지는 몸을 숙이며 문을 향해 사격을 가했다.

그 순간을 놓치지 않고 재희는 2년 전 그날처럼 발을 날렸다. 사샤의 손에서 떨어져나간 총이 그의 등 뒤로 굴러갔다.

재희와 사샤의 시선이 동시에 권총에게 꽂혔다. 그리고 2년 전 그날처럼, 둘은 동시에 몸을 날렸다.

이번에도 사샤의 손이 빨랐다. 그러나 그는 곧 비명을 지르지 않을 수 없었다. 그의 옆에 떨어진 장미꽃다발로, 가시가 나 있는 그 꽃다발로, 재희가 사샤의 얼굴을 후려친 것이다.

사샤는 장미가시에 찔린 눈을 왼손으로 부여잡고, 오른손에 쥔 권총을 쏘아댔다.

재희는 몸을 날렸다. 그러나 사샤의 제대로 겨냥되지 않은 총알이 그녀의 뒤를 따라왔다.

얼마를 굴렀을까? 사샤의 총질이 멈추었다.

재희는 구르던 동작을 멈추고, 사샤가 있을 쪽을 쳐다보았다.

사샤의 얼굴이 새파랗게 질려 있었다.

정우의 총에 맞은 부하 하나가, 안전핀을 뽑은 수류탄을 채 던지지 못한 채, 사샤의 다리 아래로 넙죽 엎어져가고 있었다.

"으헉!"

괴물을 보았을 때 나올 법한 공포에 가득찬 비명이 사샤의 목을 타고 새어나왔다.

"재희, 수류탄이다! 엎드려!"

정우가 소리쳤다.

재희는 벽을 향해 몸을 데구루루 구르고, 최대한 몸을 바닥에 붙였다.

콰앙!

기계실이 쩌엉쩌엉 울렸다. 천장에서 떨어지는 시멘트 조각과 파이프와 배선 위에 얹혀 있던 먼지가루들이 방 안을 뿌연 세계로 만들었다.

살덩이가 여기저기 널려 있는 바닥을 밟고 정우가 재희에게 달려왔다.

"괜찮니?"

재희가 고개를 끄덕였다.

그러나 잠시 후, 그녀의 머리는 앞으로 푹 꺾였다.

안보전시관으로 걸어가던 정우는 흠칫 멈추어 섰다.

권용관 국장이 건물 옆에 서 있었다.

정우가 머리를 숙여 인사하자 국장이 저벅저벅 걸어왔다.

"어때? 안내 일은 잘하고 있는가?" 국장이 말했다.

"다른 사람들은 그렇게 생각 안 하는 것 같습니다."

권용관이 싱긋 웃었다. "하긴 남에게 폐를 끼치는 건 안 좋은 일이지."

"지금 남이라고 하셨습니까?"

"그래. 국정원은 자네에게 남이지. 자네, NTS 사람 아니었나?"

정우가 어리벙벙한 얼굴로 국장을 쳐다보았다.

"뭐, 정 여기가 좋다면 할 수 없지만 말일세."

"아뇨. 무료해서 죽겠습니다. 절 당장 복귀시켜주십시오."

국장이 손을 내밀었다. "이건 명령일세. 당장 짐 싸서 돌아와!"

"예, 알겠습니다."

징우가 힘차게 대답했다.

퇴근시간이 되었다.

정우는 안보전시관 정문 앞에서 기다리고 있었다.

혜인이 걸어 나왔다. 그녀는 열중쉬어 자세로 서 있는 정우를 보자 눈부터 웃었다.

"아직 퇴근 안 했어요?"

"누굴 좀 기다리고 있습니다." 정우가 그녀의 뒤쪽을 보며 말했다.

"누가 오기로 했어요?" 혜인은 그렇게 묻고서 뒤를 돌아보았다. 하지만 현관에서 누군가 나올 기미는 보이지 않았다.

그녀가 다시 정우에게로 고개를 돌렸을 때, 장미꽃다발이 그녀의 앞에 있었다. 꽃을 본 혜인이 환하게 웃었다.

"나 주는 거예요?"

"그냥 가지세요. 올 사람도 없는데."

"다른 사람 줄 걸 내가 가져도 되는 거예요?"

"여기 누가 올 사람이 있겠어요? 혜인 씨 말고."

"하여튼 정우 씨 엉뚱한 건 알아줘야 한다니까."

정우가 머리를 긁적였다.

"나, 현장 복귀합니다."

"휴가 끝나자마자 그만두는 거예요? 아쉬워서 어쩌지요?"

"내가 혜인 씨한테 아쉬운 존재입니까?"

"이것저것 시킬 일이 한두 가지가 아니라서요."

정우가 시무룩한 표정을 짓는 걸 보고 혜인이 깔깔 웃었다.

정우가 투덜거렸다. "여자 웃음이 뭐 그렇습니까?"

혜인은 웃음을 참지 못하며 말했다.

"잘됐어요. 심심한 걸 못 참는 사람인데, 정말 축하해요."

"혜인 씨가 타주는 커피 못 마시게 돼서 어쩌죠?"

혜인이 고개를 살짝 옆으로 기울였다. 풍성한 머릿결 사이로 귓불이 드러났다. 꿈에서 본 귀걸이가 거기에 걸려 있다.

"혹시라도 가끔 들르면 타주실 겁니까?" 정우가 물었다.

"글쎄요. ……꼭 여기서만 타줘야 하는 거예요?" 혜인이 대답했다.

"아, 아니요. 알겠습니다. 그럼 전, 국장님께 보고드릴 것도 있고, 서류도 정리할 게 있고……이만 가보겠습니다."

정우는 고개를 숙이고 뒤돌아섰다.

스무 걸음쯤 나아갔을 즈음, 정우는 갑자기 공중으로 펄쩍 뛰어올랐다. 혜인의 귀에 희미한 웃음소리가 들려왔다.

그녀의 얼굴에 그늘이 드리워진다.

악연의 시작

2년 전, 일본 니가타현

'국경의 긴 터널을 빠져나오자 설국이었다. 밤의 밑바닥까지 하얘졌다……'

쑨잉은 가와바디 야스나리의 『유키구니(雪國)』를 떠올렸다. 그 첫 문장에 실린 풍경이 눈앞에 고스란히 펼쳐져 있었다.

처마 너머로, 무거운 눈을 잔뜩 짊어진 나무들이 힘겹게 가지를 버티고 있었다. 나무들은 바람을 몹시 고대하는 눈치였다. 잠시만 바람이 불어와도, 그 결에 눈덩이를 털어보려고 열심히 춤을 추었.

바람을 타고 순백색 가루들이 대기를 날 때면, 공중에는 한순간 빛의 향연이 펼쳐졌다.

눈이 부셨다.

쑨잉은 고개를 돌려 자신의 나신을 내려다보았다. 옅게 피어오르는 수증기 아래로, 알맞게 솟은 가슴과 쭉 뻗은 상앗빛 다리가 일렁거렸다. 따뜻한 온천물이 몸의 세포들을 구석구석까지 데워주고 있었다. 하지만 금세라도 쨍 하고 깨질 것 같은 얼음바람에 머리는 그지없이 서늘했다.

멍청이 같은 러시아 놈.

쑨잉은 한 번도 만난 적이 없는 남자에 대해 생각했다.

이름이 보리스라고 했다.

의심과 탐욕으로 덮인 눈두덩. 비곗살. 사진으로 본 그의 얼굴을 떠올리자 욕지기가 나왔다.

그가 우르사 마요르(Ursa Major, 북두칠성)의 제2성 메라크(Merak)라는 게 믿어지지 않았다.

호랑이는 토끼를 잡을 때도 최선을 다한다. 하물며 사냥감이 커다란 야생사슴이라면 더 말해 뭣하겠는가.

보리스가 김명국이라는 사람의 가치를 몰랐을 리는 없다. 제1성 두베(Dubhe), —이제는 그의 이름도 알게 됐지만— 북조선의 이영호가 말해주지 않았을 까닭이 없다.

그런데도 놈은 달랑 사샤라는 애송이 하나를 파견했다. 그리고 처참하게 패배했다.

쑨잉은 그 이유를 짐작할 수 있었다. 과시욕이다. 그 정도로도 일을 충분히 처리할 수 있다는 것을 보여주어, 자신의 능력을 부풀려 보이려는 수작이다.

아마도 보리스는 그 어리석음의 대가를 지금쯤 톡톡히 치렀거나, 아니면 앞으로 치르게 될 것이다.

제7성 알카이드(Alkaid)—그에 대해서는 이름도 그 무엇도 아는 게 없다. 다만 목소리로, 그의 나이가 제법 됐다는 것 정도만 짐작할 뿐—로부터 연락을 받고 블라디보스토크에 갔을 때, 이미 '그들'은 그 땅에 없었다.

혹시라도 목격자가 있지 않을까 수소문해보았다. 하지만 눈보라가 몰아치는 혹한의 날씨에, 그것도 밤중에, 그것도 은밀 행동에 능숙한 '그들'을 주민들이 보았을 리 없었다. 딱 한 사람이 있긴 했다. 바로 그 체스크 빌딩에서, 동양 여자 하나가 복도에서 어슬렁거렸다는 것을 본 금발 여성이.

쏜잉은 그것을 근거로, '그들'이 한국에서 왔을 거라고 판단했다. 러시아 내의 중국 첩보망을 가동하여, 항구와 공항을 통해 입국한 한국인 목록을 입수하게 했다. 그리고 가능성 있는 인물들을 추려 7명의 명단을 뽑았다.

그중에는 물론 여자도 하나 들어 있었다. 고액지폐를 몇 장 주고 금발 여성에게 사진을 보여주자, '그 여자'가 맞는 것 같다고 했다. 하지만 이틀 후, '그 여자'는 공항을 통해 출국해버렸다.

쏜잉은 오랜 시간 추리한 끝에 결론을 내렸다.

'그 여자'는 '그들'보다 몇 시간 전에 도착했고, 체스크 빌딩에 왔었고, '그들'을 남겨두고 혼자 귀국했다. 그렇다면 '그 여자'는 중간 공백을 메우는 선발요원이었을 것이다. 그리고 자신의 임무를 다한 후 먼저 떠났을 것이다.

김명국과 같은 메가톤급 중요 인물을, 아무리 실력이 뛰어난 프로라고 해도 단 한 명이 호송할 리 없다. 최소한 두 명 이상이 있을 것이다. 그래서 쏜잉은 처음부터 '그들'이라고 못 박았던 것이다. 그리고 마침, 같은 날 항공기로 젊은 남자 여섯 명이 들어왔다는 사실이 밝혀졌다. '그들'은 그 여섯 명이거나, 아니면 그중 몇 명일 것이다.

당연히 '그들'은 따로따로 움직이지 못한다. 그리고 여럿인 까닭에, 더구나 아무리 위장시키더라도 김명국을 대동한 채로는, 공항을 이용할 수 없다.

쑨잉은 요원들에게 직접 항구를 탐색하게 했다. 출입항사무소의 공식 기록만으로는 부족했기 때문이다. 그 결과, 유력한 선박이 지목되었다. 사건 당일, 용도가 불분명한 중형 화물선 하나가 밤 11시에 니가타 항으로 출발했다는 것이었다.

서둘러야 했다. 당장 쫓아가도 '그들'과 48시간 이상의 차이가 있다.

쑨잉은 최정예요원 여섯 명을 선발했다. 자신을 포함하면 일곱이다. 하나같이 일당백의 요원들이지만, 만일에 대비해 '그들'이 여섯 명이란 것을 감안한 숫자였다.

그리고 쾌속 선박을 이용해 니가타 항에 도착했다.

지금부터는 기다리는 시간이다.

쑨잉은 요원들을 각자 행동하게 하고, 자신은 호텔 온천으로 들어왔다.

빌어먹을 보리스 놈이 일을 깔끔히 처리하지 못한 것 때문에, 사나흘 생고생을 했다. 쑨잉은 곧 벌어질 이벤트를 위해, 며칠간 맹추위에 오그라들었던 세포들을 최상의 상태로 만들고 있는 중이었다.

탕에 들어온 지 10여 분 흘렀을까. 마른 수건 위에 올려놓은 휴대폰이 진동음을 울렸다.

쑨잉은 탕 속에 몸을 둔 채로, 손을 뻗어 휴대폰을 들었다.

통화가 끝나고, 쑨잉은 일어섰다.

군살 하나 없는 매끈한 172센티미터의 나신이 물 밖으로 드러나자, 대형 탕에 함께 있던 여자들의 시선이 일제히 쏠렸다. 끝이 치켜 올라간 그녀의 외까풀 눈은, 둥글고 쌍꺼풀 진 일본 여자들 틈에서 아주 도드라져 보였다.

쑨잉은 타월로 감싼 머리를 풀어 내리고 좌우로 흔들었다. 부드럽게 뻗은 긴 머리가 허리께에서 출렁거렸다. 쑨잉은 여자들의 부러움 반 시샘 반의 시선을 뒤로 한 채 탈의실로 들어갔다.

잠시 후, 스키복 차림으로 호텔을 나선 쑨잉은 스키폴을 힘차게 저으며 미끄러져갔다.

"길이 뚫렸답니다, 팀장님."

이틀 동안 정신없이 쏟아 붓던 폭설이 거짓말처럼 뚝 그치고, 하늘이 시린 얼굴을 드러냈다.

임정태가 문을 열자, 차가운 공기가 거실 안으로 쏟아져 들어왔다. 정태는 장갑을 벗고 난로에 손을 쬤다.

"이제 출발할 수 있을 것 같습니다. 고속도로는 오늘아침 8시에 개통됐고, 인터체인지까지 제설작업을 완료했다는 연락이 방금 들어왔습니다."

"속도는 얼마나 낼 수 있겠나?" 오병현이 물었다.

"한 50킬로 정도는 낼 수 있으니까, 30분이면 인터체인지에 도착할 겁니다."

"그럼 목적지까지 대충 얼마나 걸리지?"

"일단 고속도로에 진입하면 못 해도 시속 80킬로는 낼 거고, 나가노(長野)서부터는 눈이 오지 않았으니까 120킬로 이상 밟을 수 있을 겁니다. 그러니까 한 열 시간이면 될 것 같습니다."

"좋아. 바로 출발하도록 하지."

병현은 대원들에게 출발 준비를 지시하고, 다다미방 문을 열었다. 방 한가운데에 놓인 고다쓰(일본식 난로) 앞에 김명국이 앉아 있었다.

"박사님, 떠날 시간이 된 것 같습니다." 병현이 말했다.

김명국은 고개를 끄덕이며 물었다. "시간은 얼마나 걸리겠소?"

"열 시간 남짓 걸릴 겁니다. 보안상 차를 이용할 수밖에 없어 그런 거니까 지루하더라도 참아주십시오."

"이렇게 눈이 많이 왔는데, 차로 가는 게 괜찮을까요?"

"이곳의 방설(防雪) 수준은 세계 최곱니다. 눈이 워낙 많은 지방이라서요. 게다가 박사님을 모실 차도 튼튼한 걸로 준비했으니까 걱정하지 않으셔도 됩니다."

김명국의 표정이 느슨해졌다. "요 며칠간 눈 구경을 질릴 정도로 해서 그런지 빨리 벗어나고 싶군요. 내 일도 얼른 하고 싶고요."

"그러시겠지요." 병현이 조용히 웃었다.

5분 후, 첨단 스노타이어를 장착한 9인승 스타크래프트 밴이 여관을 출발했다. 운전대를 잡은 정태는 액셀러레이터와 브레이크를 번갈아 밟으며 가속력과 제동력을 확인했다.

"와, 첨단 타이어라 좋긴 좋네요. 이 정도면 6, 70킬로는 문제없겠는데요?" 정태가 밝은 목소리로 말했다.

"좋아. 그럼 속도를 내보라고. 최대한 시간을 단축시켜야 하니까."

앞자리에 앉은 병현이 대답했다.

가운데 좌석에는 두 명의 요원이 김명국을 사이에 두고 앉았고, 뒷자리에도 두 명의 요원이 탔다.

노면에는 꽁꽁 얼어붙은 눈이 얇게 깔렸고, 2차선 도로 양 옆에는 1미터가 넘는 눈더미가 제방처럼 길게 뻗어 있었다. 제설차가 눈을 길가로 민 것이었다.

"이건 꼭 지붕 없는 터널을 달리는 기분이네요." 정태가 말했다.

10분쯤 달렸을까, 정태가 다시 입을 열었다.

"어? 저것들 뭐야?"

병현도 그 장면을 보고는 입을 벌렸다.

500미터가량 전방에서, 도로 양편의 눈 제방 위를, 형형색색의 옷을 입은 스키어들이 빠른 속도로 미끄러져 오고 있었다. 오른쪽 제방 위에 네 명, 왼편에 세 명이었다.

"햐! 스키 실력 죽이는데요? 폭이 아무리 봐도 1미터가 안 될 텐데, 저렇게 빠른 속도로 지치다니 말예요."

정태의 말에 다른 요원들도 목을 빼고 앞 유리창을 내다보았다.

밴은 달려가고 스키어들은 달려오고……. 그래서 몇 초 지나지 않아 맨 앞 스키어의 모습이 육안으로 확인할 수 있을 만큼 확대되었다. 몸에 착 달라붙은 굴곡진 빨간 스키복과 등 뒤로 휘날리는 머리카락이 그가 여자임을 말해주었다.

"와, 끝내준다!" 정태는 연방 감탄성을 내질렀다.

그러나 잠시 후, 정태가 소리쳤다.

"어? 저거 저거, 왜 저래?"

50여 미터 앞에서, 여자 스키어가 도로 아래로 점프하더니 그대로 미끄러져 왔다. 노면에 얕게 깔린 눈 때문에 스키가 가능한 것 같았다.

정태는 급브레이크를 밟았다. 밴은 5미터쯤 가다가 멈추어 섰다.

"야! 미쳤어?"

차창을 내리고 정태가 소리쳤다.

밴의 바로 앞으로 여자 스키어가 다가왔다. 그러자 양쪽 제방을 달리던 스키어들도 도로로 내려와 밴의 옆에 나란히 섰다.

여자가 헬멧과 고글을 벗었다. 긴 머리카락이 흘러내리고, 양 끝으로 치켜 올라간 눈이 활짝 웃고 있었다.

"니하오(안녕)!" 여자가 인사를 건네왔다.

중국 관광객이다. 정태는 화를 낼까말까 하다가 그만두었다. 그러고는 정중하게 말했다.

"샤오지에(아가씨), 좀 비켜주지 않을래요?"

여자가 긴 머리를 출렁이며 고개를 저었다.

정태가 옆에 앉은 병현에게 물었다.

"저건 뭐죠? 알았다는 건가요, 모르겠다는 건가요?"

"글쎄, 한국말을 못 알아들어서 저러는가?" 병현이 담담하게 대답했다.

"아니, 저건 싫다는 표시요. 분명히 알아듣는 눈치였어." 김 박사가 소리죽여 말했다.

"내려서 확인해봐." 병현이 말했다.

정태가 내려서 여자 앞으로 갔다.

탕!

정태가 두 발쯤 그녀에게 다가갔을 때 총소리가 울렸다.

이마에 구멍이 뚫린 정태가 힘없이 고꾸라졌다.

밴 안에 있던 요원들은 반사적으로 품에 손을 가져갔다. 하지만 그들이 총을 쥐기도 전에, 또 다른 총소리들이 터져 나왔다.

탕! 탕! 탕!

여자가 쏜 첫 발을 신호로 밴의 옆에 있던 스키어들이 연달아 총을 발사한 것이다. 차창이 퍽퍽 뚫려나가고, 요원들의 몸이 물고기처럼 퍼덕거리다 앞으로, 뒤로 무너져 내렸다.

5초 후, 밴의 옆문이 드르륵 열렸다.

"김 박사님, 나오시죠. 지금부터는 우리가 모시겠습니다." 여자가 낭랑한 목소리로 말했다.

고꾸라진 두 요원의 밑에 깔린 채, 머리를 무릎 사이에 박고 있던 김명국이 눈을 들었다.

여자는 환영한다는 듯 두 손을 앞으로 내밀었다.

서울, 청와대.

비서실장 최진희가 대통령 집무실로 거의 뜀박질하다시피 들어왔다. 노크도 생략한 채였다. 60대 초반의 그녀가 숨까지 헐떡이며 뛰어오는 것을 보고 조명호 대통령은 눈을 크게 떴다.

"대통령님, 난리 났습니다."

차분하고 신중하기로 정평이 난 비서실장이 평소에 쓰지 않는 '난리 났다'는 표현까지 동원하여 말하자, 대통령은 자신도 모르게 긴장했다.

"난리 났다니?"

"김명국 박사가 일본에서 납치됐습니다."

"뭐라고?" 대통령이 자리에서 벌떡 일어섰다. "그게 무슨 소리요? 어제만 해도 우리가 호송 중이라고 하지 않았나?"

"그랬습니다만……폭설 때문에 발이 묶여 있다가 오늘 출발했는데 중간에……."

최진희는 말을 잇지 못했다. 낯빛이 하얗게 질려 있었다.

"중간에라니? 어서 말해봐요!" 대통령이 고함치듯 말했다.

대통령도 이때만큼은 평소의 그가 아니었다. 아무리 궁지에 몰려도 남들 앞에서 얼굴색 하나 바꾸지 않을 만큼 담대함을 자랑하는 인물이다. 그러던 그가 지금은 초조해 미치겠다는 표정으로 비서실장의 대답을 재촉하고 있었다.

"납치됐습니다." 최진희가 힘 빠진 목소리로 대답했다.

"납치라니, 도대체 누가?"

"송구스럽지만, 아직 모릅니다."

"몰라요?" 대통령이 그녀를 노려보았다. "모르다니, 이게 말이 됩니까? 김 박사가 우리에게 얼마나 필요한 사람인지는 비서실장도 잘 알잖소? 그러게 경호에 만전을 기하라고 하지 않았나?"

꾸중을 듣는 아이처럼 최진희는 고개를 떨어뜨렸다. 그 모습을 보고 있던 대통령이 한숨을 푸우, 내쉬었다.

"국정원장 오라고 하세요."

"이미 밖에 와 있습니다."

대통령이 턱짓을 하자 최진희는 밖으로 나갔다가 곧 국정원장 홍영식과 함께 들어왔다.

"어떻게 된 사태인지 설명해봐요." 대통령이 홍영식을 보며 차갑게 말했다.

"죄송합니다." 홍영식은 고개를 깊이 숙였다. "니가타의 안가에서 출발한 밴이 8킬로 떨어진 지점에서 총격을 받았습니다. 김 박사를 호송하던 여섯 명의 요원들이 모두 현장에서 즉사했습니다."

"으음!" 대통령은 신음소리를 내며 눈을 감고는 고개를 설레설레 흔들었다.

잠시 후 눈을 뜬 대통령이 물었다. "그들은 어느 소속 사람들이오?"

"국정원 작전부서 제3팀 요원들입니다." 홍영식이 대답했다.

"수준은 어느 정도였소?"

"국정원에선 톱클래스입니다."

"그런 사람들을 단방에 날려버릴 정도라면, 상대가 엄청나다는 얘기가 아니겠소? 범인에 대한 단서는 건진 게 있소?"

"첩보망을 총동원하여 찾고 있습니다."

그때 홍영식의 휴대폰이 진동했다. 대통령 앞에서도, 국정원장의 비상 휴대폰은 24시간 개방되어 있어야 한다.

대통령이 눈짓으로 받으라는 신호를 보내자, 홍영식이 휴대폰을 귀에 대고 작은 소리로 통화했다. 전화를 받는 동안, 그의 표정이 조금씩 변하기 시작했다.

통화가 끝나고, 자신을 궁금한 눈으로 쳐다보는 대통령을 보며 홍영식이 말했다.

"돗토리현 지부에서 연락이 왔답니다. 중국 측 비밀아지트로 추정되는 빌딩에서 수상한 징후가 포착되었다고 합니다. 갑자기 경계태세가 강화되고, 뭔가 부산한 움직임이 있다고 합니다."

"그렇다면 중국이 손을 썼다는 얘긴가?" 대통령이 물었다.

침묵이 흘렀다.

잠시 후, 대통령이 다시 입을 열었다. "우리가 극비리에 추진해오는 신형원자로 사업은 북과 이미 협의를 끝낸 상태였소. 그래서 비밀망명이라는 형태로 김 박사가 우리에게 합류하기로 했던 거고, 주변국이 알아채지 못하도록 제3국을 거쳐 우회 입국을 시키려던 것이었소. 그런데 중국이 그걸 어떻게 알았을까? 홍 원장, 혹시 우리 정보체계에 문제가 있는 건 아니오?"

"송구스럽습니다. 어쨌거나 우리의 비밀이 새어나간 것으로 가정하고, 철저히 조사해보겠습니다."

"그렇게 하세요." 대통령은 홍영식을 일별하고는 생각에 빠졌다.

그러다가 침중한 목소리로 최진희에게 물었다.

"비서실장, 만일 중국이 개입한 것이라면 큰 문제 아니겠소? 명확한 증거도 없는데, 섣불리 칠 수도 없는 노릇이고. 그렇다고 김 박사를 포기하자니, 그가 없으면 신형원자로 개발계획이 10년은 늦어질 테고 말이오. ……이를 어쩐다?"

대통령은 뒷짐을 진 채 집무실 안을 왔다 갔다 했다.

"무슨 수가 없겠소?" 한참을 그렇게 있다가 두 사람을 번갈아 쳐다보며 물었다.

"아무래도 상황이 상황인 만큼 블랙 팀을 가동해야 할 것 같습니다." 홍영식이 대답했다.

"블랙 팀? 그게 뭐죠?" 대통령이 물었다.

"UST의 별칭입니다." 최진희가 대신 대답했다. "얼티메이트 솔루션 팀(Ultimate Solution Team), 즉 '궁극의 해결'을 목표로 하는 팀이죠."

"그런 게 있었소?"

홍영식이 말했다. "상시 조직으로 존재하는 건 아닙니다. 시크리트 에이전트(Secret Agent, 비밀첩보원) 중에서도 최고의 요원들에게 코드넘버를 부여했는데, 그 코드명이 블랙입니다. 그들은 모두 다양한 직업에 종사하고 있습니다. 그들이 아니면 절대로 해결할 수 없는 경우에만 소집하게 되어 있습니다."

"음……그 블랙팀과, 예컨대 이번에 김 박사를 호송한 팀을 비교하면 어떤 차이가 있겠소?"

"아마 블랙팀의 멤버라면 그 질문에 대답하지 않을 겁니다. 그들은 세계 최고를 자부하고 있으니까요"

대통령이 신중한 어조로 물었다. "만에 하나 그들마저 실패한다면?"

"그들은 신분 자체가 국가와 아무 상관이 없게끔 설정되어 있습니다." 홍영식이 대답했다. "그리고 차라리 죽음을 택할지언정 결코 비밀을 발설하지 않도록, 정신과 육체 모두 극도로 단련된 자들입니다."

"좋소. 한번 해봅시다." 대통령이 말했다. "헌데 그들의 리더는 누구요?"

"권용관이라고," 최진희가 나섰다. "저와도 관계가 좀 있는 사람입니다."

"비서실장, 그렇다면 한시라도 빨리 그 사람을 만나게 해주시오. 상황이 너무 급박해요."

대전, 한국원자력연구원.

권용관은 헬기장에서 그리 떨어지지 않은 곳에 서 있었다. 국정원의 케이스 오피서로 잔뼈가 굵었지만, 지금 그의 공식 신분은 그것과 하등 관계가 없었다. 지방 대학의 고고학 교수가 그의 직업이었다.

잠시 후, 굉음과 함께 대통령 전용헬기인 VH-71이 헬기장에 내려앉았다. 프로펠러가 멈추자 대통령과 경호원들이 모습을 드러냈다.

권용관은 대통령을 향해 걸어갔다. 대통령도 몇 걸음 앞으로 걸어나와 그에게 손을 내밀었다.

"반갑습니다." 권용관의 손을 잡으며 대통령이 말했다. "그런데 내가 뭐라고 불러야 하나요? 지금 일하는 데가?"

"지방 대학에서 고고학을 가르치고 있습니다. 그래서 남들이 권박사, 아니면 권 교수로 불러줍니다."

"그렇다면 앞으로 나도 권 박사로 부르지요."

대통령은 권용관과 어깨를 나란히 하여 걸었다.

"권 박사, 혹시 신형원자로 사업에 대해 들어본 적 있어요?"

"없습니다."

"흐음. 그렇다면 나도 문외한이긴 하지만, 몇 마디 설명을 해야겠군요. 이게 말이오, 만약 우리 뜻대로 개발이 된다면 아마 21세기 과학사를 새로 써야 할 거예요. 그야말로 경천동지할 사건이 아닐 수 없지요. 첫째 핵 연료봉을 100년 이상 교체하지 않아도 되니까 경제적이라는 점, 둘째 핵을 거의 100퍼센트 연소시키니까 폐기물이 없어 친환경적이라는 점. 이 두 가지만 해도 신형원자로는 세계를 깜짝 놀라게 할 겁니다."

대통령은 열변을 토했다. 마치 눈앞에 신형원자로가 있기라도 한 것처럼, 눈이 반짝반짝 빛났다.

"난 신형원자로가 앞으로 우리 국민을 먹여 살릴 거라고 확신해요. 대한민국이 에너지 일등 국가가 될 테니까. 그런데 말이오," 조명호의 얼굴이 어두워졌다. "이 기술을 개발한 사람한테 지금 큰 문제가 생겼어요."

"최 실장한테 들어서 알고 있습니다." 권용관이 말했다.

"그래요. 우린 지금 이러기도 어렵고 저러기도 어려운, 아주 난감한 상황에 빠져 있어요. 그래서 내가 급히 권 박사를 보자고 한 겁니다."

"우리 상황이 어떤지 저도 이해하고 있습니다."

"권 박사가 해야 할 일이 얼마나 위험하고 힘든 건지 알면서도, 우리가 너무 절박하기 때문에 부탁하는 겁니다."

"제가 국가를 위해 할 일이 있다는 걸, 오히려 자랑스럽게 생각하고 있습니다."

"고맙소. 우리의 운명이 걸린 일인 만큼 최선을 다해주세요."

"알겠습니다. 블랙팀의 명예를 걸고 반드시 성공할 수 있도록 하겠습니다."

대통령은 다시 한 번 권용관의 손을 잡았다.

30분 후, 서울로 가는 승용차 안에서 권용관은 휴대폰을 들었다.

"정수, 블랙이 움직일 시간이 왔다. 자넨 이 시간부로 블랙세븐으로 돌아간다. 원에서 식스까지 모두 소환하도록 해. 장소는 돗토리현 돗토리시 356-87, 앞으로 18시간 이내에 집결 완료하기 바란다."

"세상엔 두 부류의 인간이 있다."
아버지 손장대가 늘 하던 말이다.
"아주 극소수의 위너, 그리고 나머지 대다수의 루저. 세상 사람은 딱 그렇게 나뉘어 있단다. 루저는 끌려가고 위너는 끌고 간다. 루저는 숭배하고, 위너는 숭배를 받는다. 왜냐? 세상을 지배하는 것은 위너고, 루저는 그런 세상에서 목숨을 부지하고 살아가야 하니까. 혁아, 세상이란 게 그렇게 생겨먹은 거란다. 루저는 과정을 말하고 노력을 들먹이지만, 위너는 그런 거 따지지 않아. 오직 결과만 말하지. 결과가 전부라는 걸 알기 때문이야."
아메리카에 이민 온 소수민족으로서, 오늘날 떵떵거리며 살 만큼 사업을 크게 일구어낸 아버지는 틈만 나면 그런 자신의 생존 철학을 강조했다.
손혁은 그런 아버지의 말 중에서도 '숭배'라는 말이 가장 마음에 들었다. 그 말을 들으면, 수많은 군중이 엎드려 있고 그 앞에 한 남자가 위엄 있게 서 있는 이미지가 떠올랐다.
그가 초등학생이던 어느 날, 성적표를 내밀었을 때의 일이다.
아버지는 웃음 띤 얼굴로 그것을 찬찬히 들여다보고 있었다. 그는 칭찬을 기대하면서 아버지의 입을 쳐다보았다. 열심히 한 공부였고, 한 과목만 빼면 다 A였다.

그러나 문제는 하필 모든 과목에서 올 A를 받은 아이가 있다는 것이었다.

그 말을 듣자, 아버지의 얼굴이 딱딱하게 굳었다. 아버지는 성적표를 들어 올리더니 그것을 북북 찢기 시작했다. 마치 분쇄기라도 된 양, 그것들을 작은 종잇조각들로 만들어버렸다.

처음에는 놀란 표정이었다가 이윽고 눈물이 그렁해진 아들의 얼굴을 보며 아버지가 말했다.

"혁아, 잘 들어라. 2등은 2등일 뿐이다. 2등은 결코 위너가 아니야. 네가 노력했다고 자위한다면, 1등은 될 수 없다. 1등이 돼야 위너가 되고, 그래야 숭배를 받을 수 있는 거야."

2등도 패배자라는 말이 손혁의 가슴에 비수처럼 박혔다.

그 후로, 손혁은 1등을 뺏긴 적이 없었다. 벌레처럼 책을 팠고, 다른 경쟁자들을 멀찌감치 따돌렸다.

아버지의 말대로라면 그는 위너가 되었다. 당연히 숭배가 따라야 했다.

그러나 어느 순간, 손혁은 그것이 착각인 것을 깨달았다. 그는 다만 공부 잘하는 아이일 뿐이었다. 선생의 칭찬과 아이들의 부러움이 있었지만, 그것은 위너가 받아야 할 '숭배'와는 거리가 멀었다.

고등학교에 들어가, 아이들이 운동 스타에게 빠진다는 사실을 알고부터 운동에도 눈을 돌렸다. 타고난 신체적 자질과 악바리 같은 노력이 곁들여져, 그는 학교를 대표하는 운동 스타가 되었다. 그는 원하던 대로 '숭배'를 받았다. 운동장을 거닐 때면, 언제나 한 무리의 학생들이 따라 붙었다. 그는 비로소 진정한 위너가 된 기분이었다.

하지만 그것도 착각이었음을 알게 해준 일이 벌어졌다.

언제부턴가 손혁은 가슴이 두근거리기 시작했다. 좋아하는 여학생이 생긴 것이다. 같은 반이었는데, 담청색 눈동자에 갈색머리를 가진 아이였다. 유별나게 예쁘다고는 할 수 없지만, 늘 환한 미소를 짓고 있어 느낌이 좋았다.

손혁의 눈은 그녀에게 가 있었다. 교실에서도 그랬고 운동장에서도 그랬다. 손혁은 그녀에게 할 수 있는 일이면 뭐든 다해주고 싶었다. 공부든 허드렛일이든, 그녀가 곤란해 하는 일이 있을 때면 언제든 나서서 도와주었다. 당연히 다른 여자아이들은 그녀를 부러워했다.

하지만 손혁이 그녀를 바라보거나 뭔가를 해줄 때, 그녀의 표정이 영 달가워 보이는 것만은 아니었다. 어색하거나 때로는 께름칙한 표정을 지을 때도 있었다.

처음엔 남의 눈치 때문에 그런 거라고 생각했다.

어느 날, 손혁은 그녀에게 정식으로 데이트를 신청했다. 빨간 장미 한 송이를 내밀며, 주말에 함께 시간을 보내지 않겠느냐고 했다.

순간, 그녀의 얼굴이 차갑게 식었다. 그녀는 장미를 받을 생각도 안 하고 휙 돌아서서 걸어가버렸다.

손혁은 어이없는 얼굴로 멍 하니 서 있다가, 곧 그녀의 뒤를 따라갔다. 그리고 어깨를 잡아 돌려세웠다.

"캐서린, 내가 뭐 잘못했니?"

이유를 알고 싶었다. 교내의 스타로서 '숭배'를 받는 자신이 이렇게 터무니없이 거절당한다는 게 도무지 이해가 되지 않았다.

캐서린은 평소에 못 보던 딱딱한 얼굴로 말했다.

"네가 이러는 게 난 싫어. 부담스럽단 말야. 그러니 제발 날 좀 가만히 내버려둬 줄래?"

"내가 싫다는 거니?"

"그래, 싫어. 난 너처럼 잘난 체하는 거, 맘에 안 들어. 동양인인 주제에."

캐서린은 돌아서서 복도 끝으로 사라져버렸다.

그날 손혁은 자신의 상처 받은 자존심에 대해 생각했다. 손혁에게 그것은 단순한 실연의 상처가 아니었다. 그는 거울을 들여다보았다. 검은 머리와 검은 눈, 그리고 노란 피부. 지금껏 의식하지 않고 살아왔던 동양인이 그 거울 안에 있었다.

손혁은 비로소 자신이 '위너=숭배'라는 공식에서 예외가 된다는 사실을 깨달았다. 백인이 주류를 이루는 사회에서 동양인 위너의 한계를 절감하는 순간이었다.

이후로 그는 운동을 그만두었다. 그리고 남의 눈에 띄는 일은 되도록 하지 않으려고 했다. 갑자기 바뀐 모습에 선생과 친구들은 의아해했지만, 얼마 지나지 않아 언제 그랬냐는 듯 그들의 관심은 흔적도 없이 사라졌다. 손혁은 조용한 학생이 되었다.

손혁은 꿈을 꿨다. 배신자를 처단하는 꿈이었다. 총을 겨눈 그의 앞에서 배신자가 몸을 벌벌 떨고 있다. 배신자의 눈은 손혁에 대한 두려움으로 가득하다. 목숨의 끝에 이르러서야 배신자는 손혁이 얼마나 숭배해야 할 대상인지를 깨닫는다. 그러나 늦었다. 손혁은 방아쇠를 당기고, 배신자는 겁에 질린 눈도 감지 못하고 숨을 거둔다.

어느 여름 날, 손혁은 앞에서 걷고 있는 여자아이를 보고 걸음을 멈추었다. 캐서린이었다. 그녀의 옆에는 백인 남자아이가 있었다. 둘은 아이스크림을 먹으며, 무엇이 그리 좋은지 키득대고 있었다. 손혁의 가슴속에 묘한 분노가 꾸물댔다. 그 순간, 배신자를 처단하는 꿈이 생생히 되살아났다.

손혁은 이를 깨물었다.

캐서린, 네가 나를 숭배하지 않을 수 없다는 것을 똑똑히 보여주마.

그의 머릿속에는 한 편의 시나리오가 멋지게 완성되어 있었다.

먼저, 아버지에게 제법 많은 용돈을 부탁했다. 평소 남자라면 돈을 쓸 줄 알아야 한다고 말해왔던 아버지는 군말 없이 돈을 내주었다.

손혁은 에바를 불러냈다. 에바는 그가 운동하던 시절 잘 알고 지내던 치어리더였다. 미모로나 몸매로나 둘째가라면 서러운 그녀였지만 가정형편이 좋지 않다는 것을, 손혁은 잘 알고 있었다. 그녀가 쉽게 구경하지 못할 돈을 주고 계약을 했다. 캐서린의 남자친구를 유혹하라는 것이었다. 에바는 성공했다. 밝았던 캐서린의 얼굴에 그늘이 드리우기 시작했다.

이어서 로드리게라는 이름의 라틴계 친구를 시켜 뒷골목 양아치들과 계약을 맺었다. 물론 손혁이 직접 나서서 양아치들과 거래를 한 것은 아니었다. 로드리게는 부유한 집안의 아이였지만, 마약에 맛이 들어 있었다. 그 사실이 밝혀지면 졸업은커녕 집에서 쫓겨나는 걸 알면서도 그는 마약에서 손을 떼지 못했다. 그것이 핸들이었다. 그 핸들을 쥔 손혁은 로드리게를 마음먹은 대로 조종했다. 손혁이 로드리게를 통해 양아치들에게 전달한 쪽지는 곧 실행에 옮겨졌다.

으슥한 골목길에서 캐서린은 여러 명의 양아치들에게 강간을 당하고 있었다. 담벼락 뒤에서 그 모습을 지켜보던 손혁은 한 놈, 두 놈이 바지춤을 추켜올리고 세 번째 놈이 막 덤벼들려 할 때 모습을 드러냈다. 양아치들은 처음 보는 동양인 아이를 비웃었다가 곤죽이 되도록 얻어맞고는 도망쳤다.

캐서린은 손혁을 보자 와락 안겨오며 흐느꼈다. 사흘 후, 다시 학교를 나오기 시작한 캐서린은 손혁을 보는 눈이 180도 달라져 있었다. 이제는 그녀의 눈이 한시도 손혁에게서 떨어지지 않았다.

손혁은 그녀가 자신을 '숭배'의 눈으로 바라본다는 것을 알았다.

하지만 손혁은 그녀를 쳐다보지도 않았다.

한 달 후 캐서린은 자신의 방 안에서 목을 맨 시체로 발견되었다.

손혁이 매니퓰레이터(manipulator), 즉 조종자로 태어나는 첫 시작이었다.

'제법이야. 우르사 마요르(북두칠성)다운 일솜씨였어.'

손혁은 쏜잉, 그러니까 제3성 페크다(Phecda)의 깔끔한 뒤처리가 마음에 들었다. 그녀는 김명국을 중국인 비밀아지트에 인계한 후, 마치 녹은 눈사람처럼 땅 속으로 잠적했다.

모니터 화상으로 들여다보는 중국인들의 비밀아지트는 부산하게 움직이고 있었다.

손혁은 복잡한 장비들과 요원들로 가득한 상황실을 나와 자신의 방으로 갔다. 그는 책상에 발을 올리고, 두 팔을 뒤로 깍지 낀 채 시트에 몸을 파묻었다.

잠시 후, 문이 열리고 한 동양여자가 들어왔다.

"애니, 오랜만이다." 손혁이 말했다.

그녀는 말없이 긴 테이블로 걸어와 그 위에 펼쳐져 있는 지도를 내려다보았다.

손혁은 자리에서 일어섰다. "블랙이 떴어."

여자가 손혁을 보며 고개를 끄덕였다.

"곧 놈들이 움직일 거야. 내가 노리던 대로지." 그녀를 유심히 쳐다보며 손혁이 말했다.

다시 여자가 고개를 끄덕였다.

"놈들의 정확한 숫자는 몰라. 그쪽 정보통에서도 자세한 파악이 불가능하다더군. 권용관이라는 자가 리더인데, 그자만 알고 있대."

"권용관이란 사람은 우리 국정원 안에서도 전설적인 인물로 손꼽히죠. 일은 삼빡하게 하지만, 정치적으로 타협하는 걸 싫어해서 정권이 바뀔 때마다 쫓겨났다 들어왔다를 반복한 사람이에요. 결국 그는 정부와 모종의 비밀 약정을 한 모양이에요. 공식 직함을 포기하고 시크리트 에이전트로 활동하는 대신 뭔가를 보장받는 걸로……."

"그래? 권용관의 실력이 어느 정도인지는 곧 확인해보면 알게 되겠지. 일단 놈들 실력이라면, 충분히 김명국이를 끄집어내오겠지?"

"아마도요." 여자가 말했다.

"그래. 난 내 손으로 코를 풀진 않아. 그놈들이 김명국을 빼내오면 인터셉트하는 게 우리 목적이지. 자, 상황실로 가자. 지금부터 블랙 놈들의 눈으로 작전을 짜보자고."

……고모로빌딩 현관에 캔음료를 잔뜩 실은 카트가 왔다.

현관문 바로 안쪽에서 지키고 있던 안전요원이 배달원의 신분을 확인했다.

"신참인가?" 안전요원이 물었다.

"신참은 아니고요. 이 빌딩 담당이 오늘 몸살 때문에 출근을 못 했어요. 그래서 대신 온 겁니다."

"그래?"

그렇게 대답한 안전요원은 배달원에게 자신을 따라오라는 신호를 보냈다.

"어? 직접 안내해 주시게요?" 배달원이 물었다.

"그건 아니고, 어제부터 경비가 강화돼서 외부 사람은 무조건 우리들이 대동하게 되어 있어."

"아! 괜히 수고시키는 것 같아 죄송하네요. 이거나 하나 드시죠?"

배달원이 안전요원에게 음료를 내밀었다.

"고맙네. 자, 가자고."

배달원은 안전요원으로부터 다섯 걸음쯤 뒤에 떨어져 카트를 밀었다. 그는 머리를 숙이고 중얼거렸다.

"블랙투. 진입 완료. 스파이캠 작동하겠음."

그는 신분증 뒤에 붙은 단추를 눌렀다.

"아, 뭐해? 빨랑 오지 않고."

앞에서 걷던 안전요원이 뒤돌아보며 말했다.

"아, 예. 갑니다."

블랙투는 잽싸게 카트를 밀어 안전요원 뒤에 따라붙었다.

……작업복 차림의 사내가 고모로빌딩에서 10여 미터 떨어진 도

로에서 맨홀 뚜껑을 열었다. 그의 작업복 뒤에는 '동부통신회사'라는 상호가 붙어 있었다.

뚜껑을 연 그는 일어서서 허리를 쭉 펴고 고모로빌딩 쪽을 한 번 쳐다본 다음, 맨홀 안으로 들어갔다.

맨홀 안에서 고모로빌딩 방향으로 10여 미터 간 다음, 복잡하게 얽혀 있는 선들을 더듬었다. 이윽고 자신이 찾던 선을 발견하자, 그 선을 따라 더 안으로 들어갔다. 그리고 금속절단기로 머리 위의 금속판에 구멍을 뚫기 시작했다.

잠시 후 구멍이 뚫리자 위로 올라갔다. 빌딩의 전기실이었다.

사내는 벽에 붙어 있던 배선단자함을 열고 태블릿PC에 연결한 다음 자판을 두드렸다. 모니터에 건물의 전기네트워크가 떴다.

블랙원은 작은 소리로 보고했다.

"폐쇄회로 접속 완료. 엘리베이터 작동 대기."

……블랙쓰리는 고모로빌딩을 중심으로 반경 500미터 내의 도로 망을 구석구석까지 점검했다. 차가 다닐 수 있는 길은 물론 자전거 하나가 겨우 다닐 수 있는 골목까지도 살폈다.

마침내 그의 머릿속에 최단 도주로의 지도가 완성되었다.

그는 고모로빌딩이 보이는 한 귀퉁이에 차를 세웠다.

"도주로 스탠바이."

……건물 옥상에 올라간 블랙포는 망원경으로 고모로빌딩 주변을 샅샅이 살폈다. 다행히 의심이 가는 데는 발견되지 않았다.

그는 저격용 라이플을 세팅한 후 조준경으로 고모로빌딩 10층을 겨냥했다. 창 안으로 경비들의 모습이 포착되었다.

블랙포는 조준경에서 눈을 떼고 이어피스로 말했다.
"옥상 대기 완료."

상황실 안에서 망원경으로 중국인 아지트빌딩 주변을 돌아보던 손혁이 말했다.
"흐음, 움직이기 시작했구만."
그는 망원경에서 눈을 떼고, 뒤에 서 있던 백인 남자에게 말했다.
"앤디, 저쪽 샤이니빌딩 옥상에 스나이퍼가 있다. 여기서 겨냥하고 있다가 그놈이 장비를 거두고 일어서면 저격하도록 해."
"알겠습니다." 앤디가 대답했다.
"그리고 야마모토." 손혁이 부르자 일본인으로 보이는 사내가 대답했다. "넌 전기실로 가라. 엘리베이터를 지하 3층으로 유도해."
"예!" 야마모토가 상황실을 떴다.
"애니는 나와 함께 간다. 상황실 잔류 인원은 계속 상황 체크하고 수시로 보고하도록."
"알겠습니다!"
여기저기서 대답이 터져 나왔다.

……블랙투는 자판기에 캔을 집어넣은 다음 문을 닫았다. 그리고는 안전요원을 향해 말했다.
"9층까지 했으니까 한 층만 더하면 되겠네요?"
"아니 거긴 됐어." 안전요원이 대답했다.
그때 이어피스에서 권용관의 소리가 들려왔다. 그는 100여 미터 떨어진 도주로 상에 승합차를 대기시켜 놓고 작전을 지시하는 중이었다.

― 모든 위치 장비 세팅 완료됐다. 바로 시작해.

블랙투는 다시 안전요원을 향해 말했다.

"왜요? 거기도 비었을 텐데."

"10층 거는 내가 나중에 할 테니까, 캔들을 거기 그냥 놔두고 가."

"저야 고맙지요. 그럼 다했으니까, 작업 완료 사인해주실래요?"

블랙투가 안전요원에게 작업보고서를 내밀었다.

"뭐 이런 걸 다하지? 다른 때는 안 그랬잖아?" 안전요원이 의아하다는 듯이 물었다.

"제 담당이 아니라서요. 나중에 문제가 생겼을 때 작업했다는 것을 증명하기 위한 거니까 사인해주세요."

안전요원은 고개를 갸우뚱하며 볼펜을 받아들었다.

쾅! 쾅!

그가 볼펜 꼭지를 누르는 순간 각 층에 있던 자판기가 일제히 폭발하면서 복도에 연기가 자욱하게 깔렸다.

놀란 눈으로 뒤를 돌아보던 안전요원은 숨이 콱 막히면서 앞으로 고꾸라졌다. 블랙투의 수도에 뒷목을 가격당한 것이다.

……블랙세븐의 이어피스에서 소리가 울렸다.

―지금이다. 진입해.

블랙세븐이 현관 안으로 들어서자 폭발음이 들렸다. 자판기가 터지는 소리였다. 안전요원들이 우르르 달려가고, 현관에는 데스크를 지키는 안전요원 하나만 남았다.

블랙세븐이 그를 향해 소음총을 발사했다.

"1층 로비 확보."

……블랙원은 빠르게 자판을 두드렸다.

현재 10층은 엘리베이터 봉쇄지역이다. 그리고 만일의 사태에 대비해 9층과 10층 사이의 비상구도 자동 폐쇄되도록 세팅되어 있었다.

잠시 후 그의 모니터에 문자가 떴다.

'System Access'

블랙원은 싱긋 웃으며 말했다.

―엘리베이터 2호기 확보.

……로비에 있던 블랙세븐은 2호기 엘리베이터가 열리자 안으로 들어갔다. '사용불가'라는 스티커가 붙은 10층 버튼을 누르자 버튼에 불이 들어왔다.

20초 후, 띵 하는 소리와 함께 엘리베이터가 멈추고 문이 열렸다.

밖으로 나서자 두 명의 안전요원이 긴장한 얼굴로 이쪽을 쳐다보고 있었다. 정수는 그들을 향해 섬광탄을 던졌다. 순간적인 빛에 안전요원들이 시력을 잃고 비틀거렸다.

블랙세븐은 그들을 제압한 다음, 방문을 와락 열어젖혔다.

방 안에 있던 세 명의 요원들이 사격자세를 취했다. 블랙세븐은 몸을 데구루루 굴리며 그들을 쏘았다.

마지막 안전요원이 쓰러진 것을 확인한 블랙세븐은 몸을 일으켰다. 한구석에 김명국이 머리를 감싼 채 웅크리고 있었다.

블랙세븐은 그에게 다가갔다.

"김정수라고 합니다. 대한민국에서 모시러 왔습니다."

블랙세븐은 김명국을 엄호하며 2호기 엘리베이터로 갔다. 그리고는 이어피스로 상황을 보고했다.

"박사님 확보, 지금 내려간다."

……샤이니빌딩의 옥상에서 10층 상황을 주시하고 있던 블랙포는 상황이 끝났음을 알고 일어섰다.

"임무 완료. 이동하겠다."

이어피스로 보고하고, 라이플을 챙겨 가방에 집어넣었다.

블랙포는 막 일어서려다가 가슴에 격렬한 통증을 느꼈다. 그는 자기 가슴을 바라보고는 입을 크게 벌렸다.

구멍이 나 있고 피가 콸콸 쏟아지고 있었다.

블랙포의 머릿속이 하얘지기 시작했다.

그의 이어피스에서는 계속 소리가 새어 나왔다.

―블랙포, 무슨 일이야! 응답해! 블랙포!

그러나 블랙포는 응답할 수가 없었다.

……9층에서 7층까지 뛰어 내려온 블랙투는 계단참 벽에 폭탄을 부착했다. 그리고 복도 끝 창문을 향해 뛰어가기 시작했다.

반대편 복도에 있다가 그를 발견한 안전요원이 사격을 가해왔다. 블랙투는 주르륵 미끄러지면서 복도 끝 방의 문을 열어 방패를 삼았다. 총알이 한 차례 비껴가자, 블랙투는 고개를 내밀고 사격을 가했다. 안전요원이 쓰러졌다.

블랙투는 카라비너(암벽등반에 쓰이는 고리)를 창가 난간에 고정시킨 후, 몸에 감긴 로프를 거기에 연결했다. 그리고 창문을 깨고는 역레펠(다리가 위로 머리가 아래로 하여 내려오는 하강방식)로 내려오기 시작했다.

블랙투가 빠져나오고 5초가 지나지 않아 폭발음이 들렸다. 층계에 부착한 폭탄이 터지는 소리였다. 창문으로 연기가 새어나오는 것을 확인한 블랙투는 회심의 미소를 지었다. 이제 지상에 닿을 때까지 창문 위에서 총을 쏘는 사람은 없을 것이다.

블랙투가 3층 높이에 다다랐을 때, 웬 그림자가 지상에서 어른거렸다. 그림자의 실체를 확인한 블랙투는 허리에 꽂아둔 권총에 손을 가져갔다.

그러나 손이 총에 채 닿기 전에 그의 이마에 구멍이 뚫렸다.

블랙투의 몸이 모래자루처럼 지상으로 추락했다.

……모니터에 빨간 문자가 껌벅이기 시작했다.

'System Access Error'

"이거 뭐야?"

블랙원은 자판을 빠르게 두드리며 원인을 찾으려 애썼다.

문득 자신이 따라 올라온 구멍 쪽 선이 절단된 것을 발견했다.

선을 따라 시선을 옮기던 그의 눈에 사람의 구둣발이 보였다.

고개를 든 블랙원은 경악했다.

총구가 자신의 얼굴을 향하고 있었다.

그것이, 블랙원이 이 세상에서 본 마지막 물건이었다.

……도주로 위에 있던 블랙쓰리는 현관 쪽을 향해 차를 몰아갔다.

그가 코너를 막 돌아가려는데 여자 하나가 길을 건너려 하고 있었다. 블랙쓰리는 얼른 브레이크를 밟고, 그녀를 향해 빨리 지나가라는 수신호를 보냈다.

여자가 멈추어서더니 품에서 뭔가를 꺼내 차 밑으로 던졌다.

당황한 블랙쓰리는 액셀러레이터를 밟으려고 했다. 하지만 그 동작보다 빨리 폭발이 일어났다.

차는 공중으로 50센티미터 가량 튀어 오르며 산산조각이 났다.

……블랙세븐은 1층 버튼에 들어와 있던 불이 갑자기 꺼지는 것을 보고 당황했다. 몇 번을 연거푸 눌러보았지만 버튼 불이 들어오지 않았다.

엘리베이터는 1층을 지나쳐 지하로 향했다.

뒤를 보니, 김명국의 얼굴이 새파랗게 질려 있었다.

엘리베이터는 지하 3층에 멈추었다.

"버튼 누르고 계세요."

블랙세븐은 그렇게 말한 다음 밖으로 나왔다.

지하주차장은 쥐 죽은 듯 조용했다. 수상한 움직임은 전혀 보이지 않았다.

"박사님, 이제 나오세요."

블랙세븐이 뒤를 돌아보며 말하자 김명국이 조심조심 나왔다.

그때 콩 볶는 듯한 소리가 지하주차장에 메아리쳤다. 블랙세븐은 어깨가 뜨끔한 것을 느끼며, 잽싸게 김 박사를 몸으로 덮었다. 이어서 김 박사를 안고 몸을 데구루루 굴려 가까이에 있는 차 밑으로 기어 들어갔다.

총알이 쏟아져 왔다. 블랙세븐은 총을 꺼내 대응사격을 했다.

그때 바닥을 긁은 타이어 소리가 들리며 승합차가 지하3층 주차장으로 내려왔다. 승합차는 블랙세븐이 있는 곳에 이르자 끼이익 하고 급제동 소리를 내며 멈추어 섰다. 조수석 창문이 열렸다.

"정수! 얼른 타!"

권용관이었다. 승합차의 벽에 총탄이 파파팍, 튀었다.

블랙세븐은 승합차의 옆문을 열고, 김 박사부터 태운 다음 자신도 올라타려고 했다. 순간, 옆구리가 화끈 달아올랐다. 손으로 만져보니, 피가 터져 나왔다. 정수는 간신히 승합차 안에 몸을 실었지만 문을 닫을 힘이 없었다.

승합차는 옆문이 열린 채로 2층 주차장을 향해 급발진했다.

권용관은 맹렬한 속도로 주차장 커브를 돌았다. 1층 주차장에 이르렀을 때, 맞은편으로 차 하나가 내려오고 있었다. 권용관이 소리쳤다.

"정수, 문 열고 김 박사 내리게 해!"

하지만 대답이 없다.

"빨리! 시간 없어!"

뒤돌아보니, 블랙세븐이 엎드린 채 꼼짝도 하지 않았다. 권용관은 김명국을 향해 소리쳤다.

"박사님! 빨리 내리세요!"

김명국이 뛰어내렸다.

손혁은 자신의 차와 승합차 사이에 1층 반 정도의 거리가 떨어졌다고 생각했다. 이대로는 따라잡지 못한다. 손혁은 이어피스로 여자를 호출했다.

"애니, 지금 어디야?"

―현관에서 30미터 거리에 있습니다.

"지금 놈이 나간다! 잡아!"

권용관은 1층 주차 바리게이트를 그대로 들이받으며, 지상으로 빠져나왔다. 그 충격으로 차가 출렁이면서, 열린 문으로 정수의 몸이 떨어져나갔다.

권용관은 망설였다.

블랙세븐, 아니 정수와는 10여 년을 동고동락했다. 그는 수하 중에서도 최고 수하였다. 그런 그와 작별인사도 못 하고 보낸다는 게 너무나 가슴이 아팠다.

하지만 지금은 더 위중한 상황이 기다리고 있다. 여기서 지체하다가는 모든 일이 수포로 돌아간다.

권용관은 붉어지는 눈시울을 애써 진정시키며 오른쪽으로 차를 틀었다. 그가 잠깐 망설이는 사이, 지하에서 승용차가 올라오고 있었다.

권용관은 액셀러레이터를 터져나가라 밟았다. 굉음을 내며 승합차가 튀어 나갔다. 백미러에 비친 승용차도 전속력으로 따라오고 있었다.

권용관은 시선을 앞으로 돌렸다. 그때 맞은편에 서 있는 차의 열린 차창으로 권총이 삐어져 나와 있는 것을 발견했다. 총소리가 났다.

타이어가 터지고 승합차가 엄청나게 흔들렸다. 권용관은 부르르 떨리는 핸들을 꽉 쥐고 방향을 잡으려 했다. 그러나 한번 틀어진 차는 180도 회전하며 옆으로 넘어졌다.

권용관은 머리를 핸들에 부딪치며 정신을 잃었다.

손혁은 타깃을 놓쳤다는 게 분했다. 그러나 한편으로는 그 촌각의 사이 타깃을 빼돌린 권용관의 솜씨에 경탄하지 않을 수 없었다.

애니가 다가왔다.

"현장 정리는 어떻게 됐나?" 손혁이 물었다.

"미국과 중국, 그리고 한국까지 개입된 문제라 일본경찰도 얌전히 협조해준 것 같아요. 밖으로 비화되지 않도록 조치하겠다고 했어요."

"음, 블랙 놈들 실력도 꽤 쓸 만하더군. 그 짧은 사이에 김명국을 빼돌리다니. 그나저나 김명국이 한국으로 간다면 골치 아파. 그전에 찾아내야 돼."

"권용관은 어떻게 할 거예요?"

"너는 그 사람 앞에 일절 나타나지 마라. 혹시라도 나중 일을 생각해서."

"예."

"내가 내려가보도록 하지."

손혁이 지하실에 내려갔을 때 권용관은 축 늘어져 있었다. 권용관의 옆에는 약병들이 늘어서 있고, 건장한 흑인 남자 하나가 팔뚝을 걷어 부친 채 그 앞에 서 있었다.

흑인은 손혁을 보자 고개를 저었다.

"이미 치사량을 넘었는데도 입을 열지 않습니다."

그때 권용관이 힘겹게 눈꺼풀을 들었다.

"이리 줘봐." 손혁이 말했다.

손혁은 흑인으로부터 주사기를 전해 받고 그의 앞으로 갔다.

"권용관 씨, 힘드시죠?"

권용관이 고개를 살짝 끄덕였다.

손혁은 주사기를 그의 눈앞에 대고 흔들며 말했다.

"이거 이길 장사 없다는 거, 잘 아시잖아요?"

대답이 없었다.

"빨리 끝내고 집으로 돌아가세요."

"자네는 어디 소속인가? CIA인가?"

손혁은 씩 웃었다. "누가 누굴 심문하는지 모르겠군. 자, 말해봐요. 김명국이 어딨습니까?"

역시 대답이 없다.

"이봐요, 권용관 씨, 다 끝났습니다. 당신네 작전은 실패했어요. 김명국이라는 북한 사람 때문에 미국과 한국이 서로 싸운대서야 말이 됩니까?"

"난 무슨 말 하는지 모르겠는데?"

손혁은 그를 노려보다가 차가운 목소리로 말했다.

"좋소. 그럼 권용관 같은 악바리를 상대로 어디 생체 실험 한번 해봅시다."

손혁은 주사기를 흑인에게 건네주었다.

"계속해. 그리고 매 투사량마다 어떤 상태가 되는지 적어둬. 나중에 참고하게."

손혁이 돌아서 나가려는데 권용관이 희미한 소리로 말했다.

"부탁 하나 합시다."

손혁이 고개를 돌렸다. "무슨 부탁?"

"오른손은 너무 맞았으니까, 왼손으로 좀 바꿔주소."

손혁은 흑인을 향해 말했다.

"그렇게 해드려."

지하실을 나오자, 애니가 종종걸음으로 그에게 다가와 전화기를 내밀었다.

손혁은 전화기를 받아들고 애니가 들리지 않는 곳으로 가서 한참을 통화했다.

잠시 후 손혁이 뒤돌아서며 말했다.

"지금 철수한다."

"예?"

"철수하라는 명령이야."

"김명국은 어떻게 하구요?"

"다 끝났어. 벌써 물 건너갔다."

애니가 놀라는 표정을 지었다.

"그럼 권용관이는 어쩌죠?"

"내가 알아서 할 테니 철수 준비나 해."

손혁이 지하실에 내려가고, 취조하던 흑인 남자가 올라왔다.

1분쯤 지났을까.

탕! 하는 총소리가 지하실에서 울렸다.

천재의 도시를 거니는 바보

이탈리아 비첸차

슥슥, 슥슥.

스케치북을 2B연필이 긁고 있다.

연필 끝을 따라 가로로 세로로 직선들이 쭉쭉 생겨나고 둥근 곡선이 여러 줄 반복되면서 그림이 서서히 윤곽을 갖추어갔다.

'더하지도 덜하지도 않아. 정말이지 이것들은 완벽에 가까워. 어쩜 저렇게 잘 만들 수 있을까!'

수영은 스케치를 멈추고 연필을 입에 물었다. 그리고 400여 년 전 한 천재의 창의로 빚어진 건축물들을 경탄의 눈으로 바라보았다.

아직 8월이지만, 공기에서는 조금씩 가을 냄새가 난다. 여름의 장막을 거둬낸 햇살이 회백색 석조건물들 위에 투명하게 내려앉고 있다. 대기는 깨끗하고, 도보로 또는 자전거를 타고 지나가는 사람들의 얼굴은 너나없이 밝았다. 노천카페의 주인은 가게 앞 포도(鋪道)

에 물을 뿌리면서 빗자루질을 했다. 그는 허리를 펼 때마다 사람들을 향해 환한 웃음을 지어 보였다.

'참 기분 좋은 도시야.'

수영은 이곳이 정말 마음에 들었다.

건축가 팔라디오가 만든 도시, 비첸차.

인구 11만을 약간 웃도는 이 소도시에 장엄하고 우미한 건축물들이 정연히 늘어서 있다. 어느 곳 하나 어긋나지 않은 균정미(均整美)가 안드레아 팔라디오라는 한 석공의 손으로 이루어졌다는 게 믿어지지 않았다.

수영은 감상자의 눈을 거두고 잠시 방심해 보기로 했다. 스케치북을 옆에다 내려놓고, 한껏 기지개를 켰다. 근육을 이완하기 위해 상체를 이리저리 흔들다가, 자신에게 늘 붙어 다니는 세 남자들과 하나하나 눈을 맞췄다.

경호원들이다. 그들은 멀찌감치 떨어진 벤치에 앉아, 가끔씩 수영에게로 눈을 돌렸다. 그리고 그녀가 제대로 있는지를 확인하면 곧 다른 데로 고개를 틀었다.

그때 왼쪽 건축물 담벼락 옆에서 사진을 찍는 한 남자가 눈에 들어왔다. 선 굵은 얼굴이 햇빛에 그을려 강인한 인상을 풍긴다. 그는 연방 셔터를 눌러대는 중이다.

그의 망원 렌즈가 자신 쪽을 향하자, 수영은 눈살을 찌푸렸다. 그는 관광 기념으로 카페의 예쁜 전경을 찍는 것일 테지만, 수영은 자신의 모습까지 그의 카메라에 담긴다는 게 영 마음에 들지 않았다.

문득 수영은 어제도 그 남자를 보았다는 사실이 떠올랐다. 테아트로 올림피코를 한창 스케치할 때였다. 왠지 뒷덜미에 끈적끈적한 것이 달라붙는 것 같아 뒤돌아보았는데, 주랑(柱廊)의 그늘진 곳에서 그 남자가 셔터를 눌러대고 있었다.

　수영은 갑자기 기분이 언짢아졌다. 나른히 밀려오는 졸음을, 파리 한 마리 때문에 방해 받은 느낌이었다.

　수영은 스케치북을 들고 일어섰다.

　시뇨리아 광장을 가로질러 가는 그녀를, 100여 미터 뒤에서 세 남자가 뒤따라갔다.

　터키 이스탄불, 래디슨 사스 호텔.

　"우리가 이렇게 만나는 건 아주 예외적인 일이오." 손혁이 말했다.

　손혁은 선글라스로 가린 아랍 사내의 눈을 노려보았다. 힐난하는 표정이 손혁의 얼굴을 가득 메우고 있었다.

　"한 달 전 일을 당신에게 직접 설명 들으려고 이렇게 왔소이다. 알 카이드께서는 비밀보고서 따위로는 부족하다고 여기신 모양이오. 그래서 이런 말도 안 되는 미팅을 주선하셨지."

　벨렐 아야치는 비웃음인지 비굴함인지 모를 애매모호한 미소를 입가에 흘렸다.

　잠시 후, 아야치의 입에서 쉰 목소리가 흘러나왔다.

　"유감이지만, 사건의 전말은 보고서에 담은 그대로올시다. 결과적으로 실패하긴 했지만, 우리 작전은 그 상황에서 할 수 있는 최선이었소. 당신도 그걸 인정했기에 공중 지원을 해줬던 거 아니오?"

　손혁은 대꾸하는 대신, 눈을 감았다.

그가 말하는 공중 지원이란 UAV 프레데터를 동원해 유도 정찰한 것을 가리키는 것이다.

물론 그의 말은 사실이었다.

하지만 이게 무슨 개수작인가. 염병할 놈이었다. 해명을 듣자고 했더니, 변명하다 못 해 물귀신처럼 감히 자신의 발목까지 잡아채? 부글부글 끓어오르는 속을 달래느라, 손혁은 한참을 애써야 했다.

눈을 뜨자, 뻔뻔한 선글라스가 여전히 이쪽을 향하고 있다. 손혁은 계속 말해보라는 듯, 턱짓을 했다.

"미스터 손도 잘 알겠지만, 모든 일에는 우연이라는 게 있지 않소? 그 우연이란 놈이 우릴 방해한 거요." 아야치는 목이 마르는 듯, 오렌지주스를 한 모금 마시고는 말을 이었다. "오랑에서의 준비 작업은 거의 완벽했소이다. 오랫동안 공들여 심어놓은 GIA를 풀가동해서 발전소 경비 패턴을 면밀히 파악했고, 거기에 맞게 팀을 구성했소. 알파팀은……."

손혁이 손을 들어 그의 말을 끊었다. "그런 건 이미 알고 있으니 생략하고, 뭣 땜에 실패했는지 본론만 들어봅시다."

"아까도 말했지만, 우연이란 놈이 끼어든 거요. ……계획대로라면 후문은 비었어야 하오. 밖에서 볶아대고 정문에서 조지는데, 한국의 경비 여력이 후문까지 지킬 정도는 못 된다고 보았던 거요. 두 달 이상 관찰해본 결과, 한두 명이 겨우 드나들 정도인 후문은 일이 터졌을 때 폐쇄한 채로 비우는 게 당연한 거였소. 헌데, 그러지가 않았지."

아야치는 다시 주스를 마시려고 컵을 들었다가, 입만 대고는 내려놓았다.

"나중에 알게 된 거지만, 한국의 경비요원 중에 깐깐한 놈이 있었던 모양이오. 인부들 사이에 박아놓은 우리 쪽 사람이 한국인으로부터 직접 들었는데, 그 경비요원이 혼자 힘으로 후문을 막아냈다고 했소."

"경비 혼자서?"

"그렇다고 들었소."

"그 경비는 어떻게 됐소?"

"치명상을 입었다는 것 외에는 모르오. 한국 측에서도 쉬쉬 하는 모양이오."

"흠."

손혁은 생각에 잠겼다.

아야치의 말대로라면 그 '깐깐한' 경비요원은 대외적으로 과시해야 할 영웅이다. 하지만 한국 정부는 쉬쉬 하고 있다. 신형원자로 사업에 더 이상 세계의 이목이 집중되는 것을 차단하기 위해서일 것이다. 그리고 이처럼 중대한 국제 테러가 있었는데도, 전과 달리 미국에 도움을 요청하고 있지 않다. 미국을 배제한 채 독자적인 에너지 기술개발을 계속 강행하겠다는 뜻이다.

한국이라는 못이 튀어나오고 있다. 그 튀어나온 못을 박지 않으면 언젠가 세계 질서라는 집이 무너지고 만다. 못을 박는 것, 즉 세계 질서를 교란시키는 원인을 미연에 방지하는 것, 그것이 손혁의 임무였다.

손혁은 눈앞에 있는 사내가 전혀 마음에 들지 않았지만, 그렇다고 구석으로 몰아붙일 수만은 없었다. 우르사 마요르의 제4성 메그레즈(Megrez)에 걸맞게, 벨렐 아야치는 능력도 있고 막강한 조직도 가지고 있다. 말하자면 아직 용도가 남아 있는 사람이었다.

손혁은 그에게 서류봉투를 내밀었다.

아야치가 그것을 개봉하자, 여러 장의 사진들이 나왔다. 배경은 다르지만 모두 한 인물을 찍은 것이다.

"이 여자를 이용해 타깃을 획득하도록 하시오."

손혁은 그렇게 말하고 자리에서 일어섰다.

그가 돌아서서 몇 발자국 움직였을 때, 아야치가 말했다.

"잠깐, 물어볼 말이 있소."

손혁은 고개만 돌려 그를 쳐다보았다.

"오랑의 거기에 정말 SNC가 있었던 거 맞소?"

SNC는 중성자제어기의 핵심 부품이다.

손혁은 천천히 돌아섰다.

"내 말을 의심한다는 거요?"

"허허, 그럴 리 있소?" 아야치는 헛웃음을 날리며 말을 이었다. "하지만 나도 정보력이 있다는 건 알아주시오."

"그건 내가 알 바 아니지. 당신은 시키는 일만 제대로 하면 되오."

그 말에 아야치가 인상을 썼다.

"허, 참. 언제부터 당신이 이래라 저래라 하는 위치에 서게 된 거지? 당신에게 그런 자격이 있다는 말, 알카이드로부터 들은 적이 없는데?"

둘 사이에 냉랭한 침묵이 흘렀다.

잠시 후 손혁이 입을 열었다.

"그렇게 들렸다면, 사과하리다."

손혁은 뒤돌아섰다. 그의 눈이 차갑게 번득였다.

객실 문을 나오자, 복도에 세 명의 아랍인 사내들이 서 있었다. 아야치의 경호원들이다.

손혁은 그들에게 눈길 한 번 주지 않은 채 엘리베이터를 향해 걸어갔다.

엘리베이터 안에 들어서자마자, 손혁은 휴대폰을 들었다.

"나다. 계획이 변경됐다. 제2안으로 간다. 나오는 대로 처리해."

벨렐 아야치가 레디슨 사스 호텔의 지하 3층에 모습을 드러내자, 주차해 있던 리무진이 다가와 섰다. 앞자리에 경호원 하나가 앉고, 뒷좌석 아야치의 맞은편에 두 명의 경호원이 앉았다.

아야치는 차에 오르자 불쾌한 얼굴로 중얼거렸다.

"건방진 녀석, 날 뭘로 보고."

"무슨 일 있었습니까?" 맞은편에 앉은 경호원 하나가 물었다.

"앞으로 만날 일이 생기면, 그때 손 좀 봐줘야겠어. 출발해."

리무진이 움직였다.

2층 주차장으로 굽어지는 길 앞에 아우디 한 대가 미등을 켠 채 정차해 있었다. 리무진이 서자 그 뒤를 따라오던 차도 섰다.

"뭐야?" 아야치의 운전사가 클랙슨을 가볍게 두 번 두드렸다.

그러나 아우디는 움직이지 않는다.

리무진의 뒤에서도 클랙슨이 울렸다. 5초 후, 그 차에서 여자가 내렸다. 전형적인 커리어우먼의 복장이다. 그와 동시에 앞 차에서도 남자 둘이 내렸다.

여자가 리무진으로 다가오더니 뒷좌석 창을 두드렸다.
경호원은 창문을 내리려다 말고 경악했다. 여자의 손에 소음 권총이 쥐어져 있었다.
푸슝!
여자와 앞의 차에서 내린 사내들이 총을 연발로 발사했다. 리무진의 창이 벌집처럼 깨어져나갔다.
한바탕 총격을 가하고 난 후, 여자는 창문 안으로 손을 뻗어 잠금장치를 푼 다음 문을 열었다. 그리고 목이 뒤로 꺾여 있는 아야치의 품에서 서류봉투를 꺼내 챙기고는 대신 다른 봉투를 집어넣었다.
두 대의 차가 빠른 속도로 주차장을 빠져나갔다.

서울, NTS 회의실.
아침 간부회의가 소집되었다. 그날의 주요 일정을 간단하게 점검하기 위한 회의다. 회의실에 들어온 각 실장과 주요 팀장들은 정해진 자리에 앉아 각자 챙겨온 보고서들을 넘기며 회의 준비를 했다.
마지막으로 작전실장 안철환이 들어왔다. 그는 젊은 여자 한 명을 대동하고 왔다.
"회의 시작 전에 잠깐 인사시킬 사람이 있습니다."
철환이 말하자 간부들의 시선이 여자에게로 몰렸다.
"이번에 국정원에서 새로 스카우트해온 작전요원입니다. 아시는 분도 계시겠지만, 2년 전 블라디보스토크 호송작전 때 활약했던 친구입니다."
간부들 몇몇이 고개를 끄덕였다. 그중에서도 고개를 훨씬 크게 끄덕이는 사람이 있었다. 박성철이다.

"자, 인사드려." 철환이 여자를 보며 말했다.

여자가 좌중을 향해 고개를 꾸벅했다.

"한재희입니다. 잘 부탁드리겠습니다."

"나가서 잠깐만 기다리고 있어." 철환이 손짓으로 바깥을 가리켰다.

10여 분 후, 간부회의가 끝나고 성철이 맨 먼저 나왔다.

성철은 재희를 향해 손짓했다.

"재희 씨, 같이 갑시다. 팀원들한테 소개할 테니."

재희는 그에게 다가가 고개를 꾸벅하고는 말했다.

"팀장님, 말 놓으세요."

"그러지, 뭐." 성철은 재희의 위아래를 훑어보았다. "근데, 저번에 많이 다쳤다고 하던데 괜찮은 거야?"

경마장 지하에서 정신을 잃었던 것을 두고 하는 말이었다.

"헤, 많이 다치긴요. 깜빡 존 거죠." 재희가 히죽 웃으며 말했다.

"팀장님, 그땐 정말 고마웠어요."

"내가 뭐 한 게 있다고. 정우가 똥 싼 강아지처럼 이리 뛰고 저리 뛰고 한 거지."

"똥 싼 강아지요?"

"아참, 강아지가 아니라 개라고 해야겠군. 똥 싼 똥개."

재희가 의아한 눈으로 성철을 보며 말했다.

"이상하네? 왜 똥개가 됐지? 입사 훈련 땐 똥개 아니었는데."

"그전엔 뭐였는데?" 성철이 물었다.

"미친개였죠, 하하하."

재희가 목젖이 보이도록 크게 웃었다. 그것을 본 성철은 노인처럼 헐헐헐, 헛웃음을 날렸다.

독일 프랑크푸르트.
노크 소리가 나고, 앤디와 제시카 그리고 야마모토가 방 안에 들어왔다.
이곳은 DIS(Department of International Security, 미국국제안전부) 유럽지부의 비밀 사무실 가운데 한 방이다. DIS는 DHS(미국국토안전부)의 개념을 확대하여 만든 조직으로, 'H(Homeland)'가 'I'로 바뀐 것이다.
제시카가 밀봉된 봉투를 내밀었다. 손혁은 그것을 받아들며 물었다.
"아야치 사건은 어떻게 정리돼가고 있지?"
"사업권을 둘러싸고 마피아 간에 전쟁을 치른 것으로 수사가 진행되고 있습니다. 우리가 집어넣은 계약서 봉투를 보고, 터키 경찰이 그런 방향으로 수사 가닥을 잡은 것 같습니다." 제시카가 대답했다.
손혁은 고개를 끄덕였다. 그리고 봉투를 뜯어 내용물을 끄집어냈다. 여러 장의 인물 사진과 브리핑 문서가 클립으로 철해져 있었다. 그것들을 한참 들여다보던 손혁이 손짓으로 셋을 가까이 오게 했다.
앤디와 제시카와 야마모토는 책상 위에 펼쳐놓은 사진들을 내려다보았다. 모두 동양인 남자들이었다.
손혁이 그중 한 남자를 가리키며 말했다.
"이 친구가 서민혁이다. 한때 북한 해외정보부 소속 요원으로, 제삼세계에 파견되어 군사훈련과 선전선동활동을 지도했지. 북한 강경

파 중에서도 가장 과격한 사람으로 꼽히는 극렬행동파야. 당연히 온건 노선을 고집하는 북한 지도부와 마찰을 빚을밖에. 그래서 지금은 귀국을 거부하고, 해외로 떠돌며 독자적인 세력을 구축하고 있어."

손혁은 다른 인물들의 사진도 짚어가며 설명을 이었다.

"서민혁은 리광철, 박남철 등 북한 수하들은 물론이고, 과거에 자신이 지도했던 외국 용병들도 끌어 모아 테러 조직을 만들었다. 그리고 영향력 강화를 위해 외국 조직들과 연계를 시도하던 중에 아야치 놈과 손을 잡게 되었고, 오랑 작전에도 참가했어. 그가 이 작전에 낀 건 말할 것도 없이 핵에 욕심이 났기 때문이고."

세 사람은 책상 위의 사진과 손혁의 입을 번갈아 보며, 다음 말이 나오기를 기다렸다.

"내가 이 자료를 수집하게 한 건, 이자가 우리 코를 대신 풀어줄 적임자이기 때문이야. 난 서민혁에게 우리의 제2안을 맡길 생각이다."

손혁이 말했다.

"하지만 우리 일을 맡기기엔 반미 성향이 너무 강한 거 아닙니까?" 앤디가 물었다.

"맞아. 지독한 반미주의자지."

"그런데 어떻게?" 제시카가 끼어들었다.

"하지만 그보다 더 지독한 반한주의자이기도 해. 서민혁에게 한국은 철천지원수야. 그의 형제들이 남한 당국에게 몰살을 당했거든. 큰형은 서해에서 죽었고, 둘째형과 셋째형은 남파됐다가 사살 당했어."

손혁은 서민혁의 사진을 가운뎃손가락으로 툭툭 두들겼다.

"뭐니 뭐니 해도 피만큼 진한 건 없다. 난 그 점을 이용하겠다는 거야."

거기까지 말하고, 손혁은 사진들을 모아 봉투에 집어넣었다.

그리고 서랍에서 다른 봉투를 꺼냈다. 제시카는 그 봉투를 잘 알고 있었다. 아야치에게 주었다가 도로 뺏어낸 것이다.

"서민혁은 현재 알제에 있다. 이미 우리와 접촉을 했고 거래에 동의했어." 손혁은 야마모토를 보며 말했다. "야마모토, 이걸 그에게 전달해라. 되도록 빨리 일을 진행하라고 부탁하고."

야마모토가 봉투를 받아 들었다.

"됐어. 모두들 나가봐."

세 사람은 고개를 꾸벅하고 방을 빠져나갔다.

서울, NTS 회의실.

철환이 브리핑을 했다.

"오랑 발전소 습격 사건의 범인 가운데 우리 경비요원의 칼을 맞고 죽은 사람의 품에 이런 메모가 있었습니다."

벽의 대형화면에 그림이 떴다. 작은 쪽지에 'GREGIO GATTO'라는 글자가 써 있었다.

"그리죠 가또, '회색 고양이'이라는 뜻의 이태리어입니다. 그게 뭘 의미하는지 통 파악이 안 되었는데, 발전소 내의 GIA 협조분자를 색출하여 취조하던 중 단서를 포착하게 되었습니다. 그리죠 가또는 밀라노에서 활동하는 정보 장사꾼입니다. 그리고 놀랍게도 이번 습격 사건에 북한 쪽 인물이 연계되었다는 사실이 밝혀졌습니다. 서민혁이라고, 한때 북한의 해외정보부에서 일했던 자입니다. 국방위

원회의 온건 노선에 반발해 극렬 테러분자가 된 자로서, 현재는 북한 정보당국과도 적대관계에 있습니다."

"서민혁과 그리죠 가또가 어떤 관계에 있죠?" 권용관이 물었다.

"죄송하지만, 거기까지는 밝혀내지 못했습니다. 협조분자가 취조를 받던 중 사망했기 때문입니다."

"어쩌다가요?" 오숙경 전술보급실장이 물었다.

"그건 구체적으로 말씀드리기가 좀 그렇습니다. 아마, 조사관의 액션이 좀 과했던 것 같습니다."

침묵이 흘렀다.

잠시 후, 권용관이 입을 열었다.

"이번 사건의 배후를 알려면, 그리죠 가또의 정체를 알아내는 게 급선무겠군."

"그렇습니다." 철환이 대답했다.

"그렇다면 당장 밀라노에 요원을 파견하도록 해요."

"그리고 지금으로선 확실한 게 아니지만, 일단은 그리죠 가또와 서민혁이 관계있다는 걸 전제로 조사할 필요가 있을 것 같습니다. 서민혁의 끈을 알아내려면 그쪽 사정에 밝은 사람이 있어야 합니다. 그래서 말인데." 철환은 말을 중단하고 성철을 쳐다보았다.

간부들의 시선이 철환에게서 성철에게로 옮겨졌다. 성철은 갑작스러운 시선 집중에 놀란 듯 눈을 크게 떴다.

"그 부분에 도움이 될 만한 사람을 박 팀장이 알고 있습니다." 철환이 말했다.

"예? 제가 무슨?" 성철이 뜬금없다는 표정으로 말했다.

"박 팀장이 관리하는 사람 중에 북한의 전직 35호실 요원이 있습니다."

성철은 어안이 벙벙했다. 그동안 남이 눈치 채지 못하도록 조심스레 만나왔는데, 실장이 알고 있었다니 기겁할 노릇이었다. 그렇다면 실장은 어디까지 알고 있는 것일까? 성철의 손에 땀이 뱄다.

"음. 바쁜 와중에도 망을 지속적으로 관리해왔다니 잘했구만. 덕분에 필요한 사람을 동원할 수 있어 다행이야."

권용관은 성철을 향해 고개를 끄덕이더니, 좌중을 돌아보며 말을 이었다.

"이참에 내가 말해두는데, 다들 명심하세요. 작전은 사람이 하는 거지, 기계가 하는 게 아니에요. 좋은 기계만 들여놓으면 작전이 저절로 된다고 생각하는 사람이 있다면, 그 사람은 내가 보기에 얼치기요."

권용관의 시선이 좌중을 돌다가 남동식과 마주쳤다. 부국장은 슬며시 눈을 내리깔았다.

"정보는 사람에게서 나오고, 작전도 사람이 하는 겁니다. 그러니 언제나 사람을 주시하고 사람을 잘 관리해야 합니다. 이 말은 꼭 새겨두었으면 합니다."

분위기가 숙연해졌다.

잠시 후, 권용관이 다시 입을 열었다.

"자, 자, 너무 심각히 듣지는 마세요. 저기, 박 팀장만큼 하면 된다고 생각하시고, 다들 움직입시다."

권용관이 일어서자 간부들도 하나둘 따라 일어섰다.

성철은 한동안 일어서지 못했다. 간부들이 다 빠져나가도록 얼이 빠진 채 앉아 있었다. 한참 후, 간신히 일어나 작전실을 향해 갈 때, 그의 다리는 꿈길을 걸었다.

컵을 입에 대고 있던 기수가 푸! 하고 입안에 있던 물을 내뱉었다. 그리고 사레가 걸린 듯 한참을 캑캑거리다가 간신히 가라앉히고 말을 했다.
"밀라노요? 아니 형님, 뜬금없이 웬 밀라노래요?"
"아, 동생이 고생도 많이 하고 했으니까 슬슬 바깥바람이나 쐬고 오라는 거지."
"바깥바람이오?" 기수는 의심의 눈초리로 성철의 얼굴을 쓱 훑어보더니 이내 고개를 설레설레 저었다.
"싫어요, 안 갈래요. 나 돈 없어요."
"돈 걱정은 말아."
"나 진짜 돈 없다니까요? 형님한테 떼어주고 나면 이번 달에도 적자라고요."
"아, 글쎄 돈 걱정은 말라니까?"
"돈 없이 어떻게 바깥바람을 쐰다고 그러세요, 지금?"
기수는 자신의 주머니가 또 한 번 줄어들 것을 생각하니, 저절로 울상이 되었다. 형님, 아니지, 이놈의 인간은 해도 너무한다. 그만큼 먹었으면 되지, 해외여행이라는 미끼로 또 뜯어먹으려 하다니.
"나라에서 줄 거야." 성철이 말했다.
"나라가 준다고요?"

"그려." 성철은 흡족한 표정을 지으며 말했다. "내가 힘 좀 썼지."

"아니, 나라가 왜 나한테 돈을 줘요?"

"아, 그거야 자네가 봉사 좀 하라고 주는 돈이지."

"봉사라니, 내가 무슨 봉사를 합니까? 횡단보도 정리는 녹색 아줌마가 하면 되고, 환경쓰레기는 자원봉사자들이 치우면 되고, 또 뭣이냐……."

"그런 거 말고," 성철이 엄지손가락을 치켜세우며 말했다. "이거 있잖어, 이거."

기수도 성철을 따라서 엄지손가락을 세웠다.

"이거라니요?"

"아, 자네 주특기 있잖어."

지금 이 인간이 무슨 소리를 하려고 이럴까? 다짜고짜 엄지손가락을 세우며, 주특기라니. 하지만 들어봐야 뻔하다. 뭔가 또 턱없는 요구를 할 것이다. 이럴 때는 일단 부정부터 하는 게 상책이다.

"나 주특기 같은 거 없시요." 자기도 모르게 북한 사투리가 불쑥 튀어나왔다.

"자네는 세계가 알아주는 이너내셔널 마당발 아닌가. 그 마당발을 나라에 봉사하는 마음으로다 쪼끔 써주라는 말일세."

이너내셔널 마당발을 쓰라? 그 말에 조금은 불안이 가셨다. 최소한 돈하고는 상관없는 일 같으니까. 그렇다면 일단 들어줄 필요가 있었다. 이 인간이 어떤 꿍꿍이속을 가지고 있는지는 모르지만, 그의 말이 약간 궁금해지는 것도 사실이었다.

"그러니까 지금 내가 이너내셔널 마당발이라 밀라노에 가라는 거예요?"

"바로 그거야."

"가서 뭐하는데요?"

"누구 좀 알아봐달라는 거야. 자네 인맥을 동원해서 말야."

"누구를요?"

성철은 잠시 뜸을 들이더니 입을 열었다.

"자네 혹시 서민혁이라고 들어 봤나?"

"서민혁? 서민혁, 서민혁이라……."

들어본 것 같기도 하고 아닌 것 같기도 하고 아리송했다. 한참을 생각해도 딱히 떠오르는 인물이 없었다. 기수는 도리질을 했다.

"글쎄 잘 모르겠는데요."

"해외정보부에 있던 사람인데, 지금 국제 테러리스트로 활동하고 있는 놈이야."

해외정보부와 국제 테러리스트라는 말을 듣는 순간, 궁금증이고 뭐고 싹 달아났다.

"나 그런 사람 몰라요. 아니, 알아도 안 해요. 다시는 그런 쪽 계통은 상대 안 할래요."

"그러지 말고, 몇 다리 건너서라도 좀 알아봐줘. 그놈 때문에 지금 우리 NTS가 비상이라니까?"

"싫습니다. 네버! 결코! 절대로! 죽어도! 안 해요. 안 한다고요!"

"자네 진짜 이럴 텐가?"

성철이 인상을 구겼다.

"글쎄, 안 한다니까요?"

"좋아! 하기 싫으면 하지 마!"

그러면서 성철은 휴대폰을 꺼내들었다. 전화번호저장 키를 누르더니 뭔가를 찾는 눈치였다. 기수는 다시 불안해지기 시작했다. 저 인간이 또 시작이다.

"지금 뭐 하는 거예요?"

"전화번호 찾고 있다, 왜?"

"누구 전화요?"

"박형사라고, 구로경찰서 형사과에서 근무하는 사람이야. 나이는 먹어 가는데 실적 때문에 진급이 안 된다고 미치겠다더니. 그 친구가 어제 전화를 했더라고. 뭐 좋은 껀수 없느냐고 말야. 그때는 아무 생각이 안 났는데, 지금 막 좋은 생각이 나서 그래. 마작방 적발이면 실적이 쏠쏠한 편이겠지?"

"정말 왜 이러세요, 형님!" 기수가 성철의 손을 잡았다.

"아, 거기다가 조선족 불법송금까지 더하면 진급은 확실하겠네. 안 그래, 동생?"

"형님, 제발 이러지 마세요. 내가 해외정보부다, 35호실이다, 313연락소다 하는 소리만 들으면 지금도 경기가 나는 사람이유. 그놈들하고 다시 섞이느니 차라리 북한에 가서 사는 게 낫겠수."

"오라, 인자 월북까지 하시겠다? 아이고야, 국보법위반자까지 잡아들이면, 이건 뭐 진급 정도가 아니라 경찰청장까지 해먹겠구만?"

기수는 완전히 우거지상이었다. 그러다가 누군가 툭 건들면 금방이라도 통곡할 것처럼 처참한 표정을 지었다. 그것을 본 성철이 정색을 하며 말했다.

"동생, 날 봐서 한 번만 고생해줘. 대신 동생이 갔다 오면 내가 뒤는 확실히 봐줄게."

아, 나는 남조선에서 사는 한 이 인간의 손아귀에서 절대 벗어날 수 없어! 기수는 속으로 한탄했다.

인천공항 라운지의 의자에 앉아 신문을 펼쳐들고 있던 정우는 손목시계를 보았다.

오후 8시다. 앞으로 1시간 후면 이탈리아항공편으로 밀라노에 가게 된다. 정우는 잠시 시차계산을 해보려고 했다. 숫자 놀음은 딱 질색이지만, 심심풀이로 해보는 것도 괜찮겠다는 생각이 들었다.

자, 어디 보자. 비행시간은 11시간 30분이고 서울과 밀라노 간의 시차는 8시간이다. 그러면 여기가 금요일 오후 9시면 거기는 금요일 오후 1시, 여기가 금요일 오후 10시면 거기는 오후 2시, 여기가 11시면 거기는 3시. 여기까지는 괜찮았다. 하지만 이곳의 날짜가 바뀌고부터 숫자가 꼬이기 시작했다. 뺄셈이 복잡해진 것이다. 몇 번을 앞으로 되돌아가다 보니, 나중에는 머리가 뱅뱅 돌았다. 아, 복잡해! 역시 숫자는 내 체질이 아냐. 정우는 한참을 끙끙대다 마침내 포기해버렸다. 나중에 스튜어디스한테 물어보면 될 걸, 뭣 하러 이런 생고생을 했나 후회까지 됐다.

시계를 보니 아직 50분 남았다. 정우는 깍지를 끼고 최대한 몸을 눕혀 의자에 머리를 기대려고 했다. 하지만 닿지 않는다. 이럴 땐 키가 껑충한 게 손해라는 생각이 들었다.

그가 머리를 기대려고 여러 가지 체위를 동원하고 있을 때, 누군가 옆자리에 털썩 앉았다. 다시 자세를 바꾸려고 일어서던 정우는 옆에 앉은 사내를 보고 눈이 휘둥그레졌다. 기수였다.

"어? 니가 여기 웬일이냐?" 정우가 물었다.

"난들 아우?"

"니가 모르면 누가 알아? 내가 알리?"

"나도 오고 싶어 온 건 아니니까, 괜히 뭐라 마쇼."

정우는 한참 동안 사태가 어떻게 돌아가고 있는지 생각해보았다. 그리고 결론을 내렸다.

"그럼 니가?" 손가락으로 기수를 가리키며 말했다.

"내가 뭐요?"

정우는 기가 막힌 표정으로 기수를 내려다보았다.

"그러니까 날 도와줄 전문가가 있다고 했는데, 그게 너였어?"

"전문간지 뭔지 나도 모르지만, 암튼 여기 가라고 해서 왔수." 기수가 불퉁거리며 대답했다.

정우는 한숨을 쉬듯이 말했다.

"이거 원, 나한테 일을 하라는 거야, 말라는 거야?"

정우는 휴대폰을 꺼내 들었다.

그것을 본 기수가 한마디 했다.

"혹시 성철이 형님한테 하는 거라면 그만두쇼. 나한테 여기 안 가면 뒈진다고 협박한 사람은 형님이니까."

정우는 기수를 노려보다가, 다른 번호를 찾으려고 저장번호를 뒤졌다. 기수가 다시 한마디 했다.

"혹시 국장님한테 거는 거라면 내 말 좀 해주쇼. 날 가라고 시킨 사람이 국장님이라는데, 나 정말 가고 싶지 않으니까 제발 나 좀 빼 달라고 말이우."

정우는 전화기를 도로 호주머니에 집어넣었다.

"미쳤냐? 내가 너 좋은 일 하게?"

정우는 못마땅한 표정으로 기수를 째려보다가 입을 열었다.

"좋아. 니가 전문가라 치고, 가서 뭐부터 할지 생각해봤어?"

"뭐, 대충이요." 기수는 배를 쓰다듬었다. "어휴, 속 쓰려. 어제 형님 만나고 하도 열 받아서 퍼부었더니 죽갔네. 우리 어디 가서 해장이나 합시다."

오전 11시.

정우는 밀라노의 두오모 광장 한편에 있는 노천카페에 혼자 앉아 있었다.

정우는 광장을 휙 둘러보았다. 비둘기들이 먹이 주는 사람 둘레로 까맣게 모여 있었다.

두오모는 삼각형 모양의 기본 꼴에다 위로 뾰족뾰족 솟은 수많은 첨탑들로 위풍당당한 모습을 연출하고 있었다. 정우는 그 건물을 보며, 틀림없이 성질깨나 있는 사람이 만들었을 거라는 생각을 했다.

기수는 아침식사를 마치자마자 나갔다. 아는 사람들을 만나고 오겠다는 것이었다. 두 시간이 걸린다고 했으니까, 올 때가 거의 다 되었다.

아직 8월이 끝나지 않았는데도, 낡고 두툼한 망토를 걸친 집시 여인 하나가 정우가 있는 쪽으로 걸어오고 있었다. 며칠 동안 세수 한 번 안 했는지 얼굴에 땟국물이 줄줄 흐른다.

그녀는 아기포대기를 안고 있었다. 집시 여인은 정우의 곁을 지나려다 발길을 멈추고는, 무엇을 생각하는지 정우를 한참 쳐다보았다. 그러더니 정우 앞으로 다가와 알아들을 수 없는 소리로 떠들기 시작했다.

정우는 돈을 달라는 것이겠지 하고 주머니를 뒤져 지갑을 꺼냈다. 10달러짜리를 하나 주려는데, 여인은 손사래를 치며 다시 뭐라고 지껄였다. 그녀는 아기와 자신의 엉덩이를 번갈아 만졌다.

한참동안 이 난해한 수수께끼에 도전하던 정우는 마침내 결론을 내렸다. 아하, 뒤가 마려우니 잠깐 아기를 맡아달라는 거군. 그러지, 뭐. 정우는 고개를 끄덕이고 아기포대기를 받아 들었다. 집시 여인은 고맙다는 인사로 고개를 꾸벅꾸벅했다. 그러고는 휭 돌아서서, 처음엔 종종걸음으로, 나중에는 뜀박질을 하기 시작했다.

와, 빠르다! 정우는 감탄했다. 급하긴 되게 급했나 보다.

그녀의 뒤를 좇던 정우는 눈이 휘둥그레졌다. 볼썽사나운 광경을 목격한 것이다. 어떤 남자가 달려가는 여인을 발로 걸어 넘어뜨리는 것이었다. 세상에, 저런 나쁜 놈! 정우는 경악하며 그 남자를 쳐다보다가 더 크게 놀랐다. 발을 건 남자는 바로 기수였다.

잠시 후, 기수가 이쪽으로 터벅터벅 걸어왔다. 그의 손에는 뭔가가 쥐어져 있었다.

정우는 그가 오자마자 다짜고짜 욕을 퍼부었다.

"야, 이 자식아! 뒤 마려 가는 여자를 발로 걸다니 뭐하는 짓이야?"

"뒤 마렵다고? 웃기시네. 이거나 보고 말하슈."

기수가 흔들어 보이는 것은 다름 아닌 정우의 지갑이었다.

"어?"

정우는 얼른 자신의 주머니를 뒤졌다. 텅 비어 있었다. 여권도 사라졌다!

기수의 손에는 정우의 여권도 들려 있다.

휴! 정우는 안도의 한숨을 내쉬었다.

이미 집시 여인은 사라지고 없었다.

그렇다면, 이 아기는 어떻게 하라고? 테이블 위에 둔, 포대기로 푹 감싸여 있는 아기를 보며 정우는 안절부절못했다. 그것을 보고 기수가 말했다.

"펴보슈. 뭐가 들었나?"

정우는 조심스럽게 포대기를 펼쳤다. 역시 땟국물이 줄줄 흐르는 아기인형이 방긋 웃고 있었다.

"집시를 이태리에서는 '징가리'라고 부르는데, 형님처럼 얼뺑한 관광객들만 전문적으로 노린다우."

기수가 지갑을 던지자 정우는 얼른 받았다. 기수는 이어서 여권을 던지려다 말고, 그것을 열어보았다. 그러고는 그것을 얼굴 앞으로 흔들면서 말했다.

"이 여권 진짜유?"

정우는 그의 손에서 여권을 낚아채 호주머니에 집어넣고는 대답했다.

"진짠데, 왜?"

기수가 눈을 가늘게 떴다.

"그럼, 생년월일도 진짜고?"

"응. 그게 뭐 어째서?" 정우가 고개를 끄덕였다.

기수는 어이가 없다는 듯, 고개를 옆으로 돌리며 한숨을 쉬었다.

"그러니까, 나보다 한 살이나 어린 아우가 꼬박꼬박 존댓말 받아 잡수고 나한테는 반토막친 말로 대하셨다?"

"니가 나보다 한 살 많은 거였어?" 정우는 아무렇지도 않다는 듯 말했다. "그래서 뭐가 어떻게 됐는데?"

"너무 한 거 아냐?" 정우가 양미간을 찡그리며 말했다.

정우는 피식 웃었다.

"그래서 형님 대접 해달라는 거야?"

"꼭 그건 아니고," 기수가 항변하듯이 말했다. "사람이 기본적으로 예의라는 걸 갖추어야 하는데, 예의의 기본은 뭐냐 할 것 같으면, 첫째로 나이를 볼 것이며, 둘째는 인품을 볼 것이요, 셋째는 학식을……"

"됐고, 그래서 날더러 어쩌라고?"

"우 씨! 일단은 억울했다는 말을 하고 싶은 것이고," 기수가 다시 일장연설을 퍼붓기 시작했다. "둘째는 니가 싸가지 없다는 것을 말하고 싶은 것이고, 셋째는 니가 세상을 그렇게 살면 안 된다는 것을 말하고……"

"됐다니까? 그래서 어쩌라고?"

"좋아, 내가 양보하지. 백번 양보해서," 기수는 인상을 쓰며 한숨 쉬듯 말하고는 정우의 주먹을 살폈다. 다행히 손바닥이 펼쳐져 있었다.

기수는 헤벌쭉 웃으며 말했다.

"우리 그냥 친구 하면 안 될까?"

"그래라." 정우가 대답했다.

너무 쉽게 대답이 나오자, 기수는 정우의 눈치를 살폈다.

"그 말 정말이야?"

"엉. 그러라니까?" 정우가 고개를 끄덕이며 말했다.

"싸가지가 아주 없는 건 아니었네?" 기수가 말했다.

그런 기수의 모습을 특유의 어벙한 표정으로 바라보고 있다가, 정우가 말했다.

"뭐, 알아낸 거 있어?"

기수는 정우의 옆 자리에 털썩 앉더니 다리를 주물렀다.

"아이고, 하도 걸어 다녔더니, 다리가 완전 내 다리가 아니네."

"그리죠 가또인지, 죠또 그리조인지 알아낸 게 있냐고!"

뜸 들이고 있는 기수를 향해 정우가 성을 냈다.

"고놈의 성질 좀 죽이고 기다려봐! 숨 좀 돌리게스리."

기수는 씩씩거리는 정우를 무시하고 다리만 주물렀다.

"우씨!"

정우가 주먹을 쥐는 것을 보자, 기수는 얼른 입을 열었다.

"알았어, 알았어! 말하면 될 거 아냐."

기수는 물 컵을 들어 한 모금 마시고는 말을 이었다.

"회색 고양이는 사람이 아니었어!"

10여 분 후, 정우와 기수는 뒷골목을 걷고 있었다.

반걸음 앞서 걷던 기수가 손가락을 앞을 가리켰다.

"바로 저기야."

허름한 서점이었다. 간판을 보니 'GREGIO GATTO'라는 이태리 알파벳이 적혀 있었다.

정우는 잠시 그것을 바라보다가, 이내 결심했다는 듯 안으로 들어갔다. 기수가 그의 뒤를 따랐다.

서점 안은 발 디딜 틈이 없을 정도로 낡은 책들이 빼곡히 쌓여 있었다. 앞머리가 벗겨진 40대 남자가 열심히 책들을 정리하고 있었다. 아랍 계통의 사람이었다.

문이 열리고 딸랑거리는 벨소리가 나자, 남자는 고개를 돌려 이쪽을 쳐다보았다. 순간적이긴 하지만, 그의 표정이 굳는 것을 정우는 놓치지 않았다. 남자는 곧 표정을 풀고서 두 사람을 향해 웃어 보였다.

"뭐, 찾는 책이라도 있습니까?" 이태리어로 그가 물었다.

"뭐 쓸 만한 거 있나 뒤져봐도 될까요?" 기수가 역시 이태리어로 대답했다.

둘은 이 책, 저 책을 뒤지며 5분가량을 흘려보냈다.

그러다가 기수가 남자에게 말했다.

"우리가 찾는 건 이런 게 아니고," 기수는 남자 앞으로 바짝 다가가며 작은 소리로 말했다. "사실은, 여기 가면 쓸 만한 정보를 판다는 말을 듣고 왔는데요."

"무슨 말씀이신지……?"

남자가 뚱한 표정으로 말했다.

그러자 정우가 나섰다.

"시간 낭비할 거 없어." 정우는 품에서 사진을 한 장 꺼내 남자에게 들이밀며 영어로 말했다. "누군지 알죠? 당신, 이자한테 뭘 판 거요?"

사진을 본 남자의 표정이 딱딱하게 굳었다. 그러나 곧 얼굴을 풀고, 어색한 웃음을 지으며 남자가 말했다.

"글쎄요, 기억이 날 듯도 한데……잠깐 계시겠어요? 안에 가면 자료가 있을지도 모르는데, 찾아볼게요."

남자는 카운터 뒤의 쪽문을 열고 안으로 들어갔다.

1분쯤 지났을까. 기수가 코를 킁킁거렸다.

"뭐, 타는 냄새 비슷하게 나지 않아?"

"글쎄, 난 모르겠는데?"

다시 3분가량이 지났다. 이번에는 정우가 코를 킁킁거렸다.

"진짜 나는데? 혹시……."

정우와 기수가 카운터의 쪽문으로 막 다가가려는 순간, 문이 벌컥 열리며 남자가 나왔다. 그는 앞을 가로막은 기수의 가슴을 냅다 걷어차고는 서점 밖으로 뛰어나갔다.

정우는 넘어진 기수를 놔둔 채, 남자를 쫓아 달려 나갔다. 대머리 남자는 거리에 쌓아둔 화분 따위를 무너뜨리며 맹렬하게 달려갔다.

정우가 10여 미터 거리를 두고 따라잡았을 때, 남자가 갑자기 방향을 틀어 도로 한복판으로 뛰어들었다.

빠앙!

엄청난 데시벨(dB)로 클랙슨이 울렸다. 커다란 트럭이 달려오고 있었다. 남자의 몸이 트럭에 빨려 들어갔다. 여기저기서 비명소리가 났다.

잠시 후 서점 안 쪽방에 들어갔을 때, 기수는 쓰레기통을 뒤지고 있었다. 정우를 보며 기수가 힘없이 말했다.

"쓸 만한 건 다 태워버린 것 같아."

정우는 책상 위에 놓인 풍경사진 몇 장과 지도를 집어 들었다. 그리고 여기저기 뒤져 보았지만, 기수의 말대로 눈에 띄는 것은 발견되지 않았다.

30분 후, 다시 광장으로 나온 정우와 기수는 한쪽 구석에 쪼그려 앉아 있었다. 둘 다 맥이 풀린 표정이었다.

그때 정우의 휴대폰이 울렸다.

3분가량의 통화가 끝나자, 정우가 기수를 향해 말했다.

"아까 화상메일로 보낸 풍경사진은 비첸차를 찍은 거란다. 뭐가 어떻게 될지는 모르지만, 일단 비첸차로 가보자."

눈 밑을 비비고 있던 기수가 구시렁거렸다.

1시간 가까이 달려 비첸차에 도착했다.

밀라노에서 시작된 기수의 구시렁거림은 비첸차의 시뇨리아 광장에 이를 때까지도 계속되었다.

"명색이 대한민국 최고 정보기관이라는 데가 이게 뭐냐? 기본이 안 돼 있어요, 기본이! ……무조건 무식하게 이리 가라, 저리 가라만 하고, 정보다운 정보가 없잖아. 정보란 모름지기 말이지, 6하 원칙에 의하여 누가, 언제, 어디서, 무엇을, 어떻게, 왜, 이런 식으로 짜야 하는 거거든. 그런 정보가 있어야 나 같은 고급인력이 정력을 낭비하지 않고……."

"제발, 그 입 좀 닥쳐줄래? 안 그래도 지치는데, 너 땜에 환장하겠다." 정우가 면박했다.

오늘은 온도가 제법 높았다. 늦여름이 마지막 발악을 하는지, 따가운 햇살을 사정없이 내리쬐고 있었다. 정우는 연신 손 부채질을 하면서 광장을 두리번거렸다.

"내가 있던 35호실에서는 말이지," 다시 기수의 넋두리가 시작되었다. "원칙 하나는 왔다였거든. 조금이라도 얼빠진 놈이 있으면 바로 그 자리에서 뺏다야. 예를 들어 너같이 얼빵한 친구가 헤매고 있으면 나 같은 고참이 이러는 거지. 야, 너 이리 와봐. 말이 필요 없어요, 말이. 그냥 뺏다가 가는 거지. 그럼 어떻게 되느냐. 얼빵이 싹 사라져요. 그 즉시 눈깔이 초롱초롱해지는 게……."

"너, 진짜, 조용 안 할래?" 더 이상 못 참겠다는 듯, 정우가 부채질하던 손을 머리 위로 들어올렸다.

기수가 입을 꾹 다물었다.

정우는 한참 기수를 노려보다가 광장 한쪽을 가리켰다.

"난 저기 그늘 진 곳에 가 있을 테니까, 가서 시원한 음료수나 사와."

"너, 지금 나한테 심부름 시키는 거냐?" 기수가 따지며 물었다.

"심부름이 아니라, 더우니까 목을 좀……."

"내가 양보해서 너하고 친구 하자고 했다만, 그래도 나이가 엄연히 있는데 이건 좀 너무하는 거……."

"좋아," 정우가 기수의 말을 끊었다. "됐으니까 양보하지 마. 이 시간부로 다시 처음으로 돌아간다. 오케이?"

기수는 정우의 말이 끝나기도 전에 매점을 향해 뛰어가기 시작했다.

정우는 어이없는 눈으로 기수의 뒷모습을 쳐다보다가, 그늘진 계단이 있는 쪽으로 걸어갔다.

계단에는 한 여자가 양반다리를 하고 앉아 스케치북에 뭔가를 그리고 있었다. 정우는 그녀의 뒤에 서서 힐끔 그림을 쳐다보았다. 여자는 광장을 둘러싸고 도열해 있는 건축물들을 그리고 있었다.

한창 그림에 열중하고 있던 여자가 정우의 시선을 느꼈는지 뒤를 돌아보았다.

맑고 깨끗한 얼굴이다.

정우는 그녀를 향해 환하게 웃었다.

"한국 분이세요?" 정우가 한국말로 물었다.

여자의 얼굴에 경계의 빛이 서렸다. 그녀는 일본어로 대답했다.

"죄송합니다만 무슨 말씀이신지?"

정우가 유창한 일본어로 다시 물었다.

"그럼, 일본 분이세요?"

여자는 잠깐 당황한 빛을 보이더니 정우에게 되물었다.

"그쪽은 한국 분이세요?"

"예. 서울에서 왔습니다. 저도 도쿄에서 한 일 년 간 살아봐서 일본어를 조금 할 줄 압니다."

"아, 그러시군요." 여자가 웃었다.

"근데 일본 어디서 오셨어요?" 정우가 물었다.

"오사카요."

"음, 그렇군요."

정우는 고개를 끄덕이고 나서, 여자의 스케치북을 들여다보았다.

"문외한이긴 하지만 그림을 꽤 잘 그리시네요. 비첸차에는 온 지 오래되셨어요?"

"아뇨." 여자는 고개를 젓더니 일어섰다. "죄송해요. 이제 가봐야겠어요."

여자는 서둘러 스케치북을 옆구리에 끼고는 계단을 내려갔다. 그리고 계단 밑에 세워져 있던 자전거를 타고 골목길로 사라졌다.

그녀가 가고 얼마 안 있어, 기수가 음료수 캔을 들고 와 정우의 옆에 앉았다.

정우는 캔 뚜껑을 따서 한 모금 마신 다음 말했다.

"인구 11만밖에 안 되는 이 소도시에, 놈들이 노릴 만한 타깃이라면 뭐가 있을까?"

그러고는 품에서 여러 장의 사진들을 꺼냈다.

"이 사진들만 봐서는 특별한 공통점도 없고…… 아무리 봐도 모르겠단 말야."

"우리가 헛다리짚는 거 아냐?" 기수가 말했다.

"글쎄, 그런지도 모르지. 암튼 이 사진에 나와 있는 곳들을 계속 찾아보자."

"이 더위에 계속 돌아다니잔 말야?"

"안 돌아다니면 뭐할 건데?"

"내 말은 좀 쉬면서 본부 연락을 기다리는 게……."

"됐고," 정우는 기수의 말을 끊고, 사진 한 장을 가리켰다. "오늘은 이만하고 내일은 여기 카페로 가보자."

가수는 옆 눈으로 정우를 째려보았다.

다음날 아침, 정우와 기수는 팔라디오 동상을 지나 노천카페에 자리를 잡았다.

점원이 오기 전에, 정우는 사진 석 장을 테이블 위에 가지런히 놓고 기수에게 물었다.

"자, 퀴즈를 낼 테니까 맞춰봐. 이건 대성당, 요놈은 비첸차대학, 그리고 이건 바로 여기 카페. 자, 이 세 곳의 공통점은?"

기수는 사진을 쓱 훑어볼 뿐 아무 말이 없었다.

"앞으로 5초 드립니다. 일 초, 이 초, 삼 초, 사 초……"

"퀴즈다운 퀴즈래야 맞추거나 말거나 하지. 정답은 없다! 아무것도 없다! 맞지?"

정우는 기수를 쓱 노려보았다. 그러든 말든, 기수는 테이블에 놓인 메뉴판을 집어 들었다.

"제기랄, 말은 대충 알아듣겠는데 읽을 수가 있어야지. 여기 영어 메뉴판은 없나?"

그때 여자 종업원이 종종걸음으로 왔다. 사진을 들여다보고 있는 정우의 옆에서 종업원이 이태리어로 말했다.

"주문하시겠어요?"

고개를 들어 그녀를 본 정우의 눈이 반가움으로 반짝였다. 정우는 한국어로 말했다.

"야, 또 만났네요."

기수가 어리둥절한 표정으로 말했다. "한국 분이야?"

여자는 잠시 당황한 표정을 짓더니, 못 들은 척 이태리어로 다시 말했다. "주문하시겠습니까?"

정우는 여자를 빤히 쳐다보다가, 씩 웃고는 한국어로 말했다.

"일본인이라고 한 거 거짓말이죠?"

여자는 대답하지 않았다.

"일본에 있을 때 오사카 출신 친구가 있었는데, 그쪽 사투리는 억양이 다르거든요. 게다가 일본 여자는 양반다리를 잘 못 하고요. 우리가 무릎을 잘 못 꿇는 것처럼요."

"한국 사람이세요?" 기수가 이태리어로 물었다.

"아뇨." 여자도 이태리어로 대답했다.

기수는 정우를 보고 말했다. "아니라는데?"

정우가 여자를 보며 일본어로 말했다. "미안하지만, 핸드폰 좀 빌려주겠어요? 급히 연락할 데가 있는데……."

여자가 일본어로 대답했다. "죄송해요. 지금은 핸드폰을 안 가지고 있어요."

"걸렸다!" 정우가 한국어로 말했다. "핸드폰은 대표적인 콩글리쉬인데. 맞죠, 한국사람?"

졌다는 듯, 여자가 피식 웃었다.

"물부터 갖다 드릴게요."

여자는 한국어로 말하며 뒤돌아섰다.

여자의 뒷모습을 보며 기수가 놀란 눈으로 물었다.

"야, 너 대단하다. 어떻게 척 보고 한국 사람인지 아닌지 아냐?"

"어제 너 오기 전에 계단에서 봤거든."

"그래서 바로 작업 들어간 거냐?" 기수가 실실 웃으며 말했다.

정우는 그런 기수를 째려보았다.

여자가 물병과 컵을 내려놓으며 물었다.

"여긴 한국사람 별로 안 오는 덴데, 무슨 일로 온 거예요?"

"놀러 왔죠, 뭐." 기수가 말했다.

"근데 왜 한국사람 아니라고 했어요?" 정우가 물었다.

"그냥요. 한국사람 만나면 괜히 마음이 흐트러질까 봐요. 공부에만 집중하려고……."

"무슨 공부를 하려고 이곳까지 온 거예요?" 기수가 물었다.

"건축학이요. 비첸차는 팔라디오라는 건축가가 만든 도시거든요."

"여기서 알바하는 거예요?" 기수가 물었다.

"네."

"일은 언제 끝나요?" 정우가 물었다.

"왜요?"

"이 동네를 돌아보려면 가이드가 필요한데, 혹시 가이드 알바 할 생각은 없나 하고요."

"그거 괜찮다!" 기수가 거들었다.

그러나 여자는 대답하지 않았다.

"내가 퀴즈 하나 낼 테니 맞춰볼래요?" 정우가 말했다.

"뭔데요?"

"자, 이 사진들을 한번 보세요. 짠! 다음 사진들의 공통점은?" 정우는 아까의 사진 말고도, 다른 사진들까지 죄다 꺼내서 테이블 위에 펼쳤다. "이 사진들 사이에는 과연 어떤 연관이 있을지 알아맞혀 보세요."

여자는 사진을 찬찬히 보더니 고개를 가만히 저었다.

"뭐라도 좋으니까, 생각나는 거 있으면 말해봐요." 정우가 말했다.

"모르겠는데요." 여자가 고개를 저었다.

"아무것도요?"

"하나 있긴 하네요."

정우와 기수가 반색하며 쳐다보자, 여자는 피식 웃었다.

"여기 대학 본관은 내가 수업 받는 곳, 이 카페는 내가 아르바이트 하는 곳. 어머, 시장도 있네? 여긴 내가 장 보는 곳……음 그리고 이 건축물들은 내가 졸업논문을 준비하기 위해 스케치하는 건물들이고……헤, 죄송해요. 다 제가 자주 다니는 곳들이네요."

잔뜩 기대했던 정우와 기수는 실망의 표정을 지우지 못했다.

"미안해요. 원하는 답변을 해드리지 못해서." 여자가 풀 죽은 목소리로 말했다.

정우가 얼른 웃음을 띠우며 고개를 저었다.

"아뇨, 별 말씀을. 그냥 심심풀이로 내본 거니까, 신경 쓰지 마세요."

서울, NTS 국장실.

밤 10시. 청와대 직통전화의 벨이 울렸다. 권용관은 수화기를 집어 들었다.

"여보세요."

― 권 국장?

여자의 목소리였다. 권용관은 목소리의 주인공이 최진희임을 단박에 알아보았다.

"이 시간에 웬일이십니까?"

― 혹시 말예요. NTS가 지금 이태리 비첸차에서 작전을 한다고 들었는데 사실이에요?

"그건 왜?"

― 이상하게 듣진 마세요. 제가 NTS 일을 간섭하려거나 뭐 그런 아니니까요.

"비서실장이 그러실 리 없다는 건 저도 잘 압니다. 헌데 그걸 어떻게 아셨습니까?"

― 경호실 차장이 그러더군요. 북한 출신 테러 용의자를 찾는데, 그자가 비첸차와 무슨 연관이 있는지도 모르겠다고.

"확실하진 않지만, 가능성을 열어두고 조사하고 있습니다."

― 아, 게 사실이라면 이거 정말 큰일인데…….

최진희의 목소리가 불안스러운 톤으로 바뀌었다.

"큰일이라니, 무슨 말씀 하시는지."

― 지금 대통령 영애(令愛)가 비첸차에 있단 말예요.

"예?"

권용관은 자기도 모르게 자리에서 벌떡 일어섰다.

― 혹시……혹시 그럴 리는 없겠죠?

"그곳에 경호원은 있습니까?"

― 예. 세 명이 있긴 한데…….

"알겠습니다. 저희도 조치를 취하겠지만, 만일에 대비해 경호처에서도 인력을 추가 투입하는 게 나을 듯싶습니다.

― 안 그래도 그렇게 해뒀어요.

"헌데 VIP를 그렇게 외국에 보냈다가 불미스런 일이 벌어지면 어떻게 하려고……."

— 영애가 건축학 공부를 무척 하고 싶어 했어요. 대통령님께서는 그런 따님의 뜻을 존중하셨구요. 하지만 특별대우 없이 평범한 학생으로 교육받길 원하셨지요.

권용관은 고개를 끄덕였다. 조명호 대통령은 그런 사람이다.

그는 비서실장과의 통화가 끝나자 곧 비상간부회의를 소집했다.

여자의 이름은 신미정이라고 했다. 미정이 정우의 가이드 역할을 한 지 이틀이 지났다.

아무 사실도 발견하지 못했는데, 계속 비첸차에 머물 수는 없다. 정우는 오후 보고를 마치면 비첸차를 떠날 생각이었다.

오늘은 미정의 집까지 바래다주기로 했다.

미정의 집은 레트로네 강의 아치형 석교(石橋) 건너편에 있었다. 강은 시내처럼 폭이 좁았지만, 그림 같은 가옥들과 가지를 늘어뜨린 나무들로 운치를 자아내고 있었다. 이끼와 세월의 풍상을 맞으며 여기저기 주름이 깊게 파인 미켈레 다리는 사람들에게 옛날의 기억을 아련히 떠올려주었다.

석교 위에서 세 사람은 작별을 했다.

"여기까지 안 오셔도 되는데 그랬어요." 미정은 다리 건너편의 아담한 집을 가리켰다. "저기가 임시로 묵고 있는 집이에요."

"햐! 얼굴처럼 집도 예쁘게 생겼네." 기수가 중얼거렸다.

"시간만 있었으면 더 보여드리고 싶은 곳들이 많았는데……." 미정이 아쉬운 표정을 지으며 말했다.

"저희도 그러고 싶지만 곧 떠나야 해서요. 암튼 그동안 고마웠습니다."

정우는 그렇게 말하며 기수에게 눈치를 주었다.

"아 참, 그렇지." 기수가 품에서 봉투를 꺼냈다. "이건 수고해주신 보답으로……."

"아니, 됐어요." 미정이 웃으며 손을 저었다. "오랜만에 우리말로 실컷 수다를 떤 것만으로도 충분한 걸요, 뭐."

"그럼, 이 돈으로 어디 가서 저녁이나 할까요?" 기수가 봉투를 안주머니에 도로 집어넣으며 말했다.

"죄송해요. 내일 세미나가 있어서 볼 책이 좀 되네요. 그럼, 안녕히들 가세요."

미정이 고개를 꾸벅했다.

돌아서서 집으로 들어가는 미정을 보며 기수가 중얼거렸다.

"아, 이대로 보내긴 정말 아깝군 그래."

정우가 말없이 뒤돌아서자, 계속 미정의 집을 쳐다보고 있던 기수도 얼른 돌아서서 그의 뒤를 따랐다.

"이대로 그냥 철수하는 거야?" 기수가 말했다.

"어쩔 수 있나? 본부에 연락해보고 따로 지시가 없으면 귀국해야지, 뭐."

"아, 김기수 사전에 빈주먹이라는 말은 없는데."

"그럼 그 사전에다 새로운 낱말을 추가하면 되겠네. 빈. 주. 먹."

"너 먼저 귀국해라. 난 며칠 볼일 좀 보고 들어갈 테니."

그런 기수를 보고 정우가 씩 웃으며 호주머니에서 뭔가를 꺼냈다.

"아까는 말 안 했는데, 이게 뭔지 알아?"

"뭔데?" 기수가 물었다.

"미정 씨가 주더라, 이메일하고 전화번호."

"야, 그걸 왜 너한테 준대니?"

"나야 모르지. 어쨌거나 이게 필요할 사람이 있을 것 같기는 한데……."

"나 주면 안 되겠니?"

정우는 기수를 쓱 보았다.

"글쎄다. 하는 짓 보고."

"윗 유 원(What You Want)?"

"냉장고 비었더라? 목도 컬컬하고 배도 출출하고."

"랐다, 랐다, 아랐다! 핑 갔다 올게."

1시간 후, 천천히 걸어서 숙소에 다다랐을 때 정우의 휴대폰이 울렸다.

통화버튼을 누르자마자 낯익은 목소리가 귀청을 때렸다.

— 야, 이 똥개! 지금 너 뭐하고 있어?

"글쎄요. 지금부터 목구멍 청소 좀 할까 하는데요?"

— 한가한 소리 말고 잘 들어. 긴급 전달사항이다. 대통령 따님이 지금 그 도시에 있어. 이름은 조수영이고, 비첸차대학 건축학과에 재학 중이야.

"예?"

순간, 미정이 사진을 보며 했던 말들이 주마등처럼 정우의 머리를 스치고 지나갔다. 사진들은 모두 신미정, 아니 조수영을 향하고 있었던 것이다!

"기수야, 빨리 타!"

먹을거리를 한 아름 안고 걸어오는 기수를 보자마자 정우가 소리를 질렀다.

"뭔 일이래?"

"빨리 타라니까!"

기수는 영문을 몰랐지만, 정우의 서슬이 하도 퍼래서 일단 차에 올라탔다.

조용하고 한적한 이 소도시에 아주 예외적인 장면이 펼쳐졌다. 마치 경주차처럼 정우의 차가 구불구불한 커브 길들을 타이어 긁히는 소리를 내며 매섭게 돌고 있었다.

"야야! 좀 살살 몰아라! 미정 씨가 조수영이라는 것도 확실하지 않잖냐! 워매, 거기다가 휴대폰까지?"

정우는 한 손으로 핸들을 잡고, 다른 한 손으로는 미정의 번호를 눌렀다. 그러나 신호만 갈 뿐 받지를 않았다. 몇 번을 눌러보았지만 역시 신호음만 들렸다. 불길했다.

기수가 사색이 된 얼굴로 쫑알거렸다.

"다시 한 번 지적하거니와 대한민국 정보기관들 이러는 거 아니다. 기본이 안 됐어, 기본이! ……어, 어, 아이구!"

차가 급커브를 돌았다. 기수는 창문에 얼굴을 세게 부딪치고는 머리를 팔로 감쌌다.

"야! 이러다 진짜 사람 잡겠다!"

이제 미정의 집까지 300여 미터 남았다. 앞에 차들이 멈춰 있었다. 고장 난 차가 있는지, 수십 대의 차가 꼬리를 물고 서 있다.

"야! 너 어디 가!"

문을 열고 뛰어가는 정우를 보며, 기수가 소리를 질렀다.

기수는 황당한 얼굴로 차 문을 열고는 정우의 뒤를 따라 달렸다. 그러나 2분도 지나지 않아 숨이 턱까지 찼다. 기수는 잠시 멈춰서 허리를 숙이고는 숨을 몰아쉬었다.

"헉헉! 아이고 죽겠네! 아니 저 자식은 뭘 처먹었기에 저렇게 달린다냐? 아이고 모르겠다, 난 경보(競步)로 갈란다."

미정의 집에 도착하자마자 정우는 우편함부터 살폈다. 다행히 우편물이 있었다. 비첸차대학에서 보내온 우편물이다. 봉투를 보니 수신인 란에 '조수영'이라고 씌어 있었다.

정우는 곧장 계단을 뛰어 올라갔다.

현관문을 두드렸지만 대답이 없었다.

정우는 문을 벌컥 차고 안으로 들어섰다. 남자가 쓰러져 있었다. 그의 가슴에서 선혈이 쏟아져 나오고 있었다.

"수영 씨! 수영 씨!"

2층에서도 아무 대답이 없다. 정우는 실내 계단을 올라, 방문을 열었다. 거기에도 두 명의 남자가 엎어져 있었다.

창가로 달려가 밖을 내다보았다.

어스름해진 도시에 불이 들어오고 있었다.

정우는 무릎을 풀썩 꺾으며, 자신의 아둔함을 원망했다.

도발하는 자, 인내하는 자

이탈리아 벨루노

산악지대로 접어들자 S자의 곡선도로가 계속 이어졌다.
수영은 다른 생각을 하기로 했다.
그렇지 않으면 두려움 때문에 가슴이 터질 것만 같았다. 볼 수 없다는 것이 이토록 사람을 오그라들게 만든다는 걸 처음 알았다.
눈에 가리개가 채워진 채 얼마나 달렸는지 모르겠다. 한 시간? 두 시간? 아니면 그 중간? 시간감각도 실종되어 버렸다.
이대로 잠에 빠져들었으면 하는 체념의 마음이 일었다. 이건 꿈이야, 악몽이야. 그렇게 생각하면 견딜 것도 같았다. 그러나 자신의 양 옆으로 몸을 바짝 붙이고 있는 두 사내의 체취가 그녀를 현실에서 도망가지 못하게 했다.
그들에게서는 마른 풀잎 냄새가 났다. 도시의 집에서는 쉽게 맡을 수 없는 냄새다. 수영은 그것이 무엇을 의미하는지 생각해보았다. 몸이 뒤로, 좌우로 기우는 일도 많아졌다. 그리고 남자들이 8월의 더위를 피해 창문을 여는 것으로 보아, 인적도 드물어진 것을 알 수 있었다. 창문으로 들어온 바람이 갈수록 서늘해졌다.

수영은 차츰 자신을 태운 차가 어떤 곳으로 가고 있는지 짐작하게 되었다. 비첸차 북쪽의 산악지방으로 가고 있을 것이다. 그러자 덜컥 겁이 났다. 예전에 한 번 와본 적이 있다. 풍광은 아름답고 대기는 그렇게 깨끗할 수 없지만, 사람은 없었다. 자신을 구해줄 사람이 없는 거였다!

아버지 생각이 났다. 지금 뭐하고 계실까? 현실에선 화려한 청와대 집무실에 앉아 계실 것이다. 하지만 지금 그녀가 떠올리고 있는 아버지의 모습은 옛날의 피곤하고 초라한 아버지였다.

아버지는 늘 바빴다. 집을 비우는 날이 집에 있는 날보다 훨씬 많았다. 소외된 사람들을 찾아서, 정치 동지들을 찾아서, 통일을 찾아서 바삐 뛰어다녔다. 일주일 또는 열흘 만에 나타나는 아버지는 거의 파김치가 되어 있었다. 갈아입지 못한 옷은 더럽고, 눈 밑으로는 짙은 다크 서클이 그려져 있었다.

그런 아버지에게 수영은 남의 집 딸들처럼 응석을 부릴 수가 없었다. 엄마도 남의 집 아내들처럼 남편의 도리를 요구하지 않았다. 아버지는 그녀만의 아버지가 아니었고, 엄마만의 남편이 아니었다.

아버지를 남들과 나눠 갖는다는 게 얼마나 고독하고 슬픈 일인지 사람들은 모른다. 하지만 수영은 어린 나이서부터 그런 외로움을 생각하게 되었다.

외동딸이기에, 그녀와 같은 느낌을 공유할 사람도 없었다. 엄마와는 눈빛으로 서로를 위로할 뿐, 말로써 다독거리는 일은 없었다. 그런 감정을 말로 드러내는 순간, 아버지와 남편이 공중분해 되어버릴 것 같은 암묵적인 두려움이 두 모녀의 마음에 도사리고 있었다.

어린아이가 참을 줄 안다는 것은 결코 축복할 일이 아니다. 자신보다 남을 먼저 생각한다는 것도 별로 칭찬할 일이 아니다. 그건 어쩌면 마음속 깊은 곳에서 생채기가 나고 있다는 표시인지도 모른다.

수영은 알고 있었다. 아버지의 동지들로부터 의젓하고 조숙하다는 칭찬을 들을 때마다 그녀의 마음에 생채기가 나이테처럼 켜켜이 싸여가고 있다는 걸. 그리하여 어느 날, 도저히 벗겨낼 수 없는 수십 겹의 껍질이 그녀의 본심을 꽁꽁 가두어버렸다.

그런데 이 순간, 그녀는 껍질이 하나씩 벗겨지고 있음을 느꼈다. 밖으로 표출하지 않았던, 왠지 드러내면 안 될 것 같았던 가장 원시적인 감정이 꿈틀거리는 것을 느꼈다. 그것은 절규와 외침을 향한 갈증이었다. 남들처럼 소리 지르고 싶은 욕망이었다. 도와주세요! 날이 폐쇄된 공간에서 빼내주세요!

자신은 죽을 것이다. 지난 몇 달 동안 늘 그녀의 뒤를 따라 다녔던 세 명의 남자가 피를 쏟으며 쓰러졌을 때, 수영은 죽음이 현실이 되는 장면을 보았다. 그녀의 죽음도 현실이 될 것이다.

그러자 눈물이 주르륵 흘러내렸다.

또 다시 아버지 생각이 났다. 화려한 집무실의 아버지가 아니라, 피곤하고 초라한 아버지가 생각났다.

그녀는 진심으로 원하고 있었다. 세상사에 지쳐 있지만, 자신의 응석을 받아줄 아버지가 달려오기를.

일본 도쿄, DIS 동아시아 지부.

손혁은 자신의 방 벽에 붙은 상황판 지도를 바라보았다. 지도에는 동그라미가 하나 그려져 있었다. 그는 손가락으로 그 동그라미를 툭툭 치며 장차 전개될 시나리오의 갈래를 머릿속에 그려보았다.

하나. 서민혁의 요구에 한국이 따라줄 때.

이것이 최선이며, 남의 손으로 제 코를 푸는 일이다. 이 경우 김명국을 접수하는 장소에 요원을 배치해놓고 기다리면 된다.

둘. 한국이 지원을 요청할 때.

이것은 지난번에 실패한 '도발작전'이 성공했음을 의미한다. 그때 아야치를 통해 노렸던 것은 SNC의 획득이 아니라, 한국이 미국에게 지원을 요청하는 것이었다. 그러나 도움에는 반드시 대가가 따른다. 이후 한국은 당연히 우리의 요구에 최소한 한 번은 따라주어야 한다. 그 요구란 김명국이다.

셋. 위의 두 가지가 다 어긋났을 때.

그때는 서민혁도 죽고 피랍자도 죽는다. 이로써 서민혁이라는 반미주의자가 사라지고, 한국은 한국대로 크나큰 상처를 입게 된다.

어느 것이나 자신이 손해 입을 일은 없다. 그야말로 꽃놀이패였다.

손혁은 흡족했다.

이제는 기다리는 일만 남았다.

비센차.

"흐미, X 됐다. 고생은 고생대로 하고, 욕은 욕대로 먹을 것이고. 내가 대한민국 정보기관의 허약한 기본을 봤을 때부터 그럴 줄 알았다. 괜히 따라왔다가 나까지 덤터기 쓰게 생겼으니, 이건 좋은 일 하려다 뺨 맞은 꼴이 된 것이로다. 그때 형님의 손아귀를 강력히 뿌리쳤어야 하는 건데, 우씨, 내 맘의 약함이 문제로다."

기수는 혼자서 씨부렁거리다, 정우를 쳐다보았다. 정우는 침울한 얼굴로 말없이 창밖만 내다보고 있었다. 벌써 한 시간째 저러고 있다.

"그나저나 어쩌지? 대통령 딸이 납치됐는데 가만히 있을 수도 없고, 그렇다고 우리가 여기서 할 일도 없고. 어쩌면 좋을까?"

여전히 대답이 없다.

"야, 이정우! 너 듣기는 하는 거냐?"

"잠이나 자라." 한 시간 만에 정우가 입을 열었다.

"그게 낫겠지?"

기수는 뒤로 벌렁 드러누웠다. 그리고 한참동안 이리 뒤척 저리 뒤척대다가 다시 말했다.

"근데 우리더러 책임을 지라고 하면 어쩌지? 대통령 딸 물어내라, 안 물어내면 집어넣겠다 하면 말야."

그러더니 스스로 결론을 내렸다.

"에이, 설마. 너야 NTS 요원이니까 집어넣는 건 당연하지만 민간인인 나한테야 그러겠어?"

슬슬 약을 올려봐도 대답이 없자 소리를 질렀다.

"야, 먹통이 됐냐? 뭐라고 말 좀 해봐라! 답답해 죽겠다."

"들어가도 내가 들어가는 거니까, 상관 말고 넌 잠이나 자라고." 정우가 차분한 소리로 말했다.

"내가 아무리 산전수전 다 겪은 베테랑이라지만, 너 같으면 이럴 때 잠이 오겠냐?"

"잠이 안 오면 이거나 마시든가."

정우가 캔 맥주를 기수에게 던졌다.

기수는 정우를 한 번 흘겨보고는, 캔 뚜껑을 따고 벌컥벌컥 마셨다.

정우는 자신의 미련함을 두고두고 곱씹고 있었다. 왜 그때 눈치를 못 챘을까? 카페와 시장과 건축물들의 사진이 수영과 아무 관계도 없을 거라고 왜 미리 단정 지었을까? 이건 요원으로서 자격 미달이다. 모든 가능성을 열어두고, 설혹 그 가능성이 확률 제로더라도 한 번은 의심해보는 게 요원의 기본이다.

그러나 더 큰 걱정은 그녀가 겪고 있을 두려움과 외로움이었다. 맑고 깨끗한 아가씨였는데 놈들로부터 큰 수모나 당하지 않을지, 생각만 해도 안쓰러웠다.

정우는 한숨을 내쉬었다.

수영이 납치된 지 벌써 20시간 가까이 된다. 이렇게 본부로부터 연락이 오기만을 기다리자니 너무나 답답했다. 그렇다고 비첸차를 온통 쑤시고 다닐 수도 없다. 게다가 그녀가 꼭 이 도시에 있으리라는 보장도 없다.

기수가 조용한 걸 보니 자는 모양이다. 저 녀석도 고생이 많았는데 대가는커녕 뒤탈이나 없었으면 다행이라는 생각이 들었다. 정우는 기수에게로 시선을 돌렸다.

뜻밖에 기수는 자고 있지 않았다. 그 역시 생각에 잠긴 눈으로 이쪽을 쳐다보고 있었다. 저 녀석도 같은 생각을 하는 건가?

둘의 눈이 마주치자 기수가 입을 열었다.

"정말 걱정된다."

역시 그랬군. 저 친구도 수영을 걱정하고 있었어. 이심전심이란 이럴 때 쓰는 말이지.

"민구 그 자식이 마작방 잘 운영하고 있을라나, 어쩔라나? 통 믿을 수가 있어야지. 아랫놈들은 거저 패야 눈깔이 초롱초롱해지는데 말야."

정우는 하마터면 캔 맥주를 그 면상에 날릴 뻔했다.

그러지 못한 것은 노크소리가 들렸기 때문이었다.

문이 열리고 들어온 사람은 한재희였다.

"괜찮아?" 재희는 들어오자마자 물었다.

"몸이 좀 피곤해서 그렇지 괜찮아요." 기수가 먼저 대답했다.

재희는 기수를 쓱 쳐다보고는 정우에게로 고개를 돌렸다.

"너 혼자 온 거니?" 정우가 물었다.

"아니, 본진은 10시간 뒤쯤이면 도착할 거야."

"박 팀장님은 아직 출국 전이라는 얘기네요? 그럼 한국에 연락 좀 해줄래요? 나 먼저 돌아가겠다고요. 이런 몸으로는 아무것도 할 수 없거든요. 아무래도 충분한 휴식을 취해야……."

"내가 먼저 온 건," 재희는 기수의 말을 들은 척도 않고 정우에게 말했다. "이곳 경찰들과 현장지휘소를 설치하기 위해서야."

"그래. 난 신경 쓰지 말고 어서 가서 일해. 나중에 본진이 오면 나도 합류할게."

"그럼 쉬고 있어. 나, 갈게."

재희가 나가자 기수는 분통을 터뜨렸다.

"계집애가 사람 말을 완전히 잘라먹네? 남조선 정보기관은 이것도 문제라니까? 어째 저런 싸가지 없는 것들만 뽑고 그러……?"

기수는 말을 채 끝내지 못하고 몸을 굴렸다. 얼굴 정면으로 날아오는 캔 맥주를 피하기 위해서였다.

현장지휘소에 본진이 도착했다.

권용관은 안에 들어서자마자 물었다.

"납치범들한테는 연락이 있었나?"

"아직 없습니다." 재희가 대답했다.

국장의 뒤를 이어 한 여자가 들어왔다. 그녀를 본 정우는 어안이 벙벙했다. 윤혜인이었다.

권용관은 혜인을 향해 말했다.

"자넨 납치현장부터 확인해봐. 아주 사소한 것도 놓치지 않도록 유의하고."

"알겠습니다."

혜인이 나갔다.

정우는 국장의 시선이 다른 곳에 가 있는 틈을 타 얼른 밖으로 뛰어 나왔다. 그리고 곧장 혜인의 뒤에 따라붙었다.

"아니, 혜인 씨가 여긴 웬일이죠?"

"그렇게 됐어요." 혜인이 걸음을 멈추며 대답했다.

"가만, 안보전시관 가이드 요원이 이런 데 올 이유는 없을 테고, 혹시 그거 아닙니까?"

"그거 뭐요?"

혜인이 눈을 동그랗게 뜨고 정우를 쳐다보았다.

"블랙이라는 특수 임무팀이 있다고 했는데, 그건가요?"

혜인은 대답을 하지 않았다.

그때 요원 하나가 상황실에서 뛰어나와 두 사람을 향해 말했다.

"윤혜인 씨, 국장님이 돌아오라십니다. 지금 테러범들한테서 연락이 왔어요."

혜인과 정우는 상황실을 향해 뛰어갔다.

혜인이 들어오자 국장이 고개를 끄덕였다. 혜인은 스피커폰 버튼을 눌렀다.

"여보세요?"

— 책임자 바꿔.

"제가 책임잡니다. 말씀하세요."

— 책임자로 보기엔 목소리가 너무 젊은데?

"목소리가 늙어야 책임자가 되는 겁니까?"

— 좋아. 책임자라고 해두지. 지금부터 우리들 요구사항을 말할 테니까 잘 들어.

"잠깐, 내 요구사항부터 들으세요. 우린 VIP의 안전을 확인하기 전까진 어떤 요구도 듣지 않겠습니다."

응답이 없었다.

"VIP가 안전한지 내 눈으로 직접 확인해야겠습니다. 그때 요구조건을 말하세요."

그 말과 함께 혜인은 전화를 끊어버렸다.

상황실 사람들은 깜짝 놀랐다.

"아니, 전화를 그런 식으로 끊으면 어떡합니까? 그러다 연락이 두절되기라도 하면……."

정우가 계속 말하려는 것을 권용관이 제지했다. 국장은 기다려보라는 신호로 눈을 끔벅했다.

혜인은 굳은 얼굴로 전화기만 쳐다보고 있었다. 잠시 후 다시 벨이 울렸다. 혜인은 전화기를 들었다.

"말씀하세요."

— 내가 당신 요구를 들어야 하는 이유를 설명해봐.

"난 당신이 누군지 알고 있어요. 그러니 내게 얼굴을 보인다고 해서 당신에게 문제가 생길 이유는 없는 거죠. 하지만 우린 VIP의 안전을 확인해야 합니다. 약속장소와 시간, 방법은 모두 그쪽에서 정하는 대로 따를 테니 말씀해보세요."

— 좋아. 비첸차 북쪽 트레비소 광장에서 인간체스 경기가 열릴 예정이다. 앞으로 1시간 후, 그곳에 가 있으면 연락을 주겠다. 단, 너 혼자 올 것.

전화가 끊어졌다.

1시간 후, 트레비소 광장에 체스게임 시작을 알리는 나팔소리가 울리고, 역할에 따라 각기 분장이 다른 인간 말들이 입장하기 시작했다. 군중들의 요란한 함성을 받으며, 거대한 체스 판 위에 인간 말들이 섰다.

혜인은 여느 관광객들처럼 흥미로운 얼굴을 하고 군중 속을 돌아다녔다. 성루 요소에는 스나이퍼들이 대기하고 있었고, 재희는 카메라 촬영을 하는 척하며 혜인의 뒤를 좇았다.

혜인이 광장을 가로질러 갈 때, 한 꼬마아이가 다가와 과자봉투를 내밀었다. 혜인은 아이에게 동전을 주고, 과자봉투를 받아들었다. 그리고 봉투 안에 든 이어피스를 귀에 착용했다. 그러나 아이는 갈 생각이 없는지, 그녀 앞에 서 있었다.

이어피스가 울렸다.

— 이봐, 혼자 오라니까 군식구들을 뭐 그리 많이 달고 왔어?

혜인은 주위를 둘러보았다.

— 앞으로 3분. 그 안에 군식구 해결하고 내가 지정하는 장소로 와. 그리고 과자봉투에다 쓸데없는 것들 다 집어넣고 아이에게 줘.

혜인은 몸에 차고 있던 수신기와 GPS 발신기 일체를 떼어내어 봉투에 담은 다음 아이에게 주었다. 아이는 싱긋 웃으며 다른 데로 갔다.

— 앞으로 2분 남았다. 빨리 처리하지 않으면 이 거랜 없는 걸로 하겠다.

자기편의 꼬리부터 잘라야 했다. 망원렌즈가 포착할 수 없는 지점을 돌다가, 광장 구석으로 갔다. 거기에는 우리 측 요원이 뒷모습을 보이고 서 있었다. 혜인은 그의 뒤통수를 가격해 기절시켰다.

— 좋아, 좋아. 잘하고 있어. 왼쪽 모퉁이로 돌아.

그가 시키는 대로 했다.

— 아이들 미니축구장 통로로 들어가서 쭉 걸어가다가 오른쪽으로 나와.

거기에 승합차가 옆문을 벌리고 서 있었다.

— 빨리 타!

그녀가 타자 승합차가 빠른 속도로 출발했다.

"음. 괜찮은 마스크로군." 민혁이 말했다. "목소리로 추측했던 것보다 더 젊고 더 예뻐."

"당신도 사진보다는 더 나아 보이는군요."

민혁은 씩 웃었다.

"어딨죠?" 혜인이 물었다.

민혁이 뒤를 돌아보며 고갯짓을 했다. 그러자 사내들이 와서 혜인의 눈에 다시 검은 천을 씌웠다. 골목길을 이리저리 도는 듯했다. 3분 가량 걸은 뒤, 문이 열리고 안으로 끌려갔다.

사내들이 혜인의 눈가리개를 벗겼다. 낡은 창고 안이었다.

정면에 수영이 의자에 앉아 있었다. 그녀에게는 여전히 검은 눈가리개가 씌워 있었다.

"자, 확인했지?" 민혁이 말했다.

"괜찮으세요?" 혜인이 수영을 보며 물었다.

수영은 고개를 이리저리 돌리며 말했다.

"누구세요? 어디서 오셨죠?"

"그만했으면 됐어. 끌고 나가."

사내들이 수영을 데리고 나갔다.

혜인은 민혁을 노려보다가 입을 열었다.

"당신 요구조건을 말해보세요."

현장지휘소의 상황실은 적막했다. 오직 왔다 갔다 하는 권용관의 발소리만이 실내를 울렸다. 혜인이 간 지 벌써 두 시간이 지났다. 국장은 초조한 나머지, 한숨을 내쉬었다. 연락이 없느냐고 확인해보지만, 상황실 요원은 고개만 저을 뿐이었다.

불길한 느낌을 떨쳐버리지 못하는 것은 비단 국장만이 아니었다. 모니터에서 혜인의 모습이 사라진 후, 시선을 어디 한 군데 두지 못하고 두리번거리는 정우도 얼굴이 하얗게 질려 있었다.

모두들 가슴이 까맣게 탈 즈음, 상황실 문이 열리고 혜인이 들어왔다. 정우는 바로 혜인에게로 달려갔다.

"괜찮습니까? 대체 어떻게 된 거예요?"

그러나 혜인은 정우를 살짝 쳐다보기만 하고, 바로 국장에게로 걸어갔다.

"VIP는 무사합니다."

권용관은 안도하는 표정을 지었다.

"다행이야. 그래, 요구사항이 뭐던가?"

혜인은 대답을 하지 않았다. 국장은 그녀의 얼굴을 살피더니, 옆방으로 들어가게 했다.

"24시간 남았습니다." 혜인이 보고했다. "그 안에 저들이 요구한 것을 들어주지 않으면 VIP는 죽을 겁니다. 저들은 김박사를 인계받고 정확히 1시간 후에 VIP를 넘기겠다고 했습니다. 동시교환은 거절당했습니다. 우리에겐 선택의 여지가 없습니다."

청와대 회의실.

"권 국장의 화상전화가 연결됐습니다." 최진희가 말했다.

청와대 회의실에는 조명호 대통령과 각 수석들, 국정원장, 경호처장 등이 모여 있었다.

화상에 비치는 권용국의 표정은 상당히 심각했다.

― 납치범들이 요구사항을 전달해 왔습니다. 그들은 김명국 박사를 48시간 안에 그들이 지정한 장소에 넘길 것을 요구하고 있습니다.

"테러리스트와는 협상도 하지 않겠거니와, 이 요구조건은 절대 수용할 수 없습니다." 대통령이 말했다.

"하지만 수영 양의 목숨이 걸린 일입니다." 최진희가 만류하듯이 말했다.

그러나 대통령은 고개를 완강히 저었다. "신형원자로 사업은 우리나라의 미래가 걸린 일이에요. 결코 포기할 수 없는 일입니다."

수석들은 하나같이 침통한 표정으로 침묵을 지키고 있었다. 그들의 모습을 화상으로 지켜보던 권용관이 입을 열었다.

― 테러범 서민혁은 적성국들과 관계를 맺어왔습니다. 만일 그들이 원하는 대로 김 박사를 내놓는다면, 신형원자로 기술이 적성국의 손에 넘어가게 됩니다. 이는 대통령님께서 추진해 오신 원자로사업의 문제를 넘어 치명적인 외교 문제가 될 것입니다.

"협상 외에 수영 양을 구할 다른 방법은 없나요?" 최진희가 물었다.

― 협상이 아니라면, 범인들을 추적하여 무력으로 구출하는 수밖에 없습니다. 하지만 그건 곧 군사작전이 된다는 걸 의미합니다. 그러려면 이탈리아 정부와 나토군의 협조가 필요한데, 그들의 승인을 얻어내기란 사실상 어렵다고 판단됩니다.

수석회의가 끝나고 자신의 방으로 돌아온 최진희는 권용관에게 화상전화를 연결했다.

"대통령님께선 차라리 수영 양을 포기하려 하실지도 몰라요. 그러나 전 그럴 수 없습니다. 겉으로 표현하시지 않아 그렇지, 대통령님께서 따님을 얼마나 애틋하게 여기시는지 알기에 하는 말입니다."

— 실장께선 이미 마음을 정하신 것 같군요.

"우리가 해결 못 할 문제라면, 기댈 데가 오직 한 군데밖에 없단 걸 국장도 잘 아시잖아요."

— 하지만 미국에 도움을 요청한다면, 지금까지 애써 감춰온 모든 것들이 드러날 수도 있습니다.

"그렇더라도 어쩔 수 없는 일이에요."

— 알겠습니다. 그렇게 준비하도록 하지요.

"고맙습니다. 국장."

비첸차 현장지휘소 상황실.

……'결국 두 번째 길을 선택하셨군. 당신들은 놀아봐야 우리 손바닥 안이야.'

손혁은 부하들과 함께 현장지휘소 상황실에 들어갔다. 정우와 재희 등 요원들은 의외의 방문객들이 우르르 몰려오자 어리둥절한 눈으로 그들을 바라보았다.

재희가 손혁에게 다가가 말했다.

"당신들은 누구죠? 누군데 이렇게 허락도 없이 남의 사무실에 들어오는 거죠?"

"DIS 동아시아 지부장이요. 이 작전의 권한을 인계받은 사람입니다. 그러니 지금까지의 모든 자료와 기록들을 남김없이 넘겨주세요. 자료를 훼손하거나 100퍼센트 넘기지 않을 때는 나중에 책임을 묻겠소."

······'열통이야 나시겠지. 분하기도 하실 거고.'

"지금 무슨 소리 하는 거야?" 정우가 나섰다. "권한이니 뭐니, 누가 당신네더러 여길 들어오라고 했어?"

"말버릇 참 고약하시군. 난 당신과 상대할 시간도 없거니와 포지션도 아닌 것 같소. 정 억울하면 당신 상관한테 찾아가 따지든지."

······'이런 게 당신들의 운명이야. 그러니 너무 튀려고 하지 마. 그냥 살아.'

정우는 국장실로 뛰어 들어갔다.

"국장님, 이게 다 무슨 소립니까?"

"그렇게 됐다. 이제부터 이 작전은 DIS의 지휘를 받는다. 그러니 다들 협조해라."

······'우린 당신네를 보호하고, 당신네는 그 안에서 고분고분 살면 되는 거야. 그러면 됐지, 뭘 더 바라나.'

손혁은 웅성대고 있는 NTS 요원들을 향해 말했다.

"난 현장지휘소 책임자로서 여러분께 명령합니다. 우리가 요청하는 경우 외에, 어떤 사람도 독자적인 행동을 불허합니다. 만일 그랬다가 적발된다면, 한미정보기관협약에 의거 단호한 제재를 가하겠습니다."

괜히 서랍을 쿵쿵 소리 내며 여닫는 한국의 요원 앞으로 앤디가 다가갔다.

"이봐요, 지부장님 말씀하실 땐 정숙을 지켜주시오."

그 요원은 분하다는 표정으로 서랍을 가만히 밀어 넣었다.

"그리고 우리가 요구하거나 호출하면," 손혁이 말을 이었다. "그 즉시 와야 합니다. 파트별 미팅뿐 아니라 내가 소집하는 모든 미팅에 반드시 출석해줄 것을 부탁합니다."

……'질서란 그런 거야. 약간은 불편해도 위험하지 않은 거. 우린 주고 당신네는 받는 것. 복잡하게 생각하지 마라. 루저는 루저대로 불편하지 않게 살 수 있는 방법을 찾으면 되는 거야.'

"전 도저히 납득할 수 없습니다." 정우가 국장에게 따지듯이 말했다.

"시키는 대로 해."

"이건 우리 문젭니다. 미국이 끼어들 이유가 없다고요."

"더 이상 우리만의 문제가 아니게 됐어. 어쩔 수 없는 선택이야."

"수영 양을 납치한 목적이 뭔지 알려줄 수 없습니까?"

"지금으로선 그렇네. 시간이 지나면 알게 될 거야."

"국장님!"

"이정우! 나도 이러고 싶어 이러는 거 아냐. 해달라는 대로 해줘. 지금은 오직 하나, VIP를 구하는 것만 염두에 두라고."

정우의 주먹 쥔 손이 부르르 떨렸다.

그날은 NTS가 DIS에게 정복당하는 치욕의 날이었다.

다음날.

손혁이 상황실에 들어오자, 실내에 있던 DIS 요원들과 NTS 요원들이 일제히 그를 바라보았다. 제시카가 자리에서 일어나 그에게로 다가갔다.

"업무 인수인계 완료했습니다."

손혁이 고개를 끄덕끄덕했다.

"좋아. 그럼 지금부터 본격적으로 시작하자고. 그전에," 손혁은 방 안을 빙 둘러본 뒤 말했다. "NTS 요원들은 잠시 이 방에서 나가 계세요."

NTS 요원들이 황당하다는 표정으로 서로를 쳐다보았다.

"구출작전을 위한 사전준비 단계로 들어갑니다. 이 단계에서는 DIS 요원들로만 작전을 진행할 겁니다. 이유는 묻지 마시고 협조들 바랍니다. 아, 그리고 저쪽 여성분!"

정우는 손혁이 가리키는 방향으로 시선을 돌렸다. 상황실 한구석에 혜인이 서 있었다.

"당신이 납치범들과 협상한 사람이오?"

혜인이 고개를 끄덕였다.

"아, 그럼 당신은 남아요." 그러고서 손혁은 박수를 탁탁 쳤다. "자자, 바로 회의 시작할 거니까, 나가 있을 사람은 빨리 나가도록 하세요."

NTS 요원들이 다 빠져나가자, 손혁은 DIS 요원들과 혜인을 상황테이블 앞으로 모이게 했다.

먼저 앤디가 지도 위의 한 점을 찍으며 말했다.

"납치범들이 김 박사를 넘기라며 준 좌표가 여깁니다."

"사하라사막이라. GIS 소굴 한복판이군."

"앞으로 시간이 10시간밖에 안 남았습니다." 앤디가 말했다.

"현재 납치범들의 위치는 어디지?"

"전략위성 기타 첨단 추적장비를 통해 가능지역을 좁혀본 결과,"

제시카가 지도 위에 집게손가락을 놓고 엄지손가락으로 한 바퀴 빙 돌렸다. "바로 이 지점에서 10평방킬로미터 이내로 추정됩니다."

"범위가 너무 넓어. 거길 다 뒤지려면 10시간이 아니라 이틀도 모자라."

"범위를 좁힐 방법이 있어요." 잠자코 회의 광경을 지켜만 보고 있던 혜인이 나섰다.

좌중의 시선이 혜인에게로 쏠렸다. 혜인이 스마트 테이블(smart table) 위에 칩을 하나 올려놓자, 모니터에 사진들이 떴다.

"이건 그들과 만났을 때 찍은 사진이에요. 사진 찍은 날짜와 시간이 기록되어 있습니다. 제 그림자와 키를 이용해 아주 세밀하게 계산해보면, 위도와 경도를 계산해낼 수 있을 겁니다."

"가능한가?" 손혁은 다른 요원을 쳐다보며 물었다.

"구면천문학을 적용한다면 불가능한 것만도 아닙니다." 기술파트 요원이 대답했다.

"그렇다면 빨리 알아봐."

현장지휘소 소회의실.

상황실에서 밀려나온 정우는 재희, 기수와 함께 소회의실로 들어갔다.

정우는 방에 들어오자마자 주먹으로 벽을 쾅 쳤다.

"이 새끼들, 완전 점령군처럼 구는군."

잠시 후, 기수가 입을 열었다.

"주먹 안 아파? 나 같으면 벽아, 너 해볼래? 하는 시합은 절대로 안

한다."

"이대로 있을 거야?" 정우가 재희를 보며 말했다.

"그럼 어떻게 해? 상황실에 접근도 못 하게 하는데."

"나 같으면 DIS 땡큐, 니들 수고했다, 인자 잘 구했으니까 니들 나라 가줄래? 그러겠다."

"이런 썩을 놈, 너 자꾸 이죽거릴래?" 정우가 기수를 째려보며 말했다.

"내 말 맞잖어. 내 손 안 대고 똥 닦는 건데 얼마나 편해?"

"난 못 봐. 어쨌든 이건 우리 문제야. 쟤들이 그냥 공짜로 해주겠어? 음흉한 놈들이 무슨 꿍꿍이 속셈인지는 몰라도 반드시 그 대가를 요구해올 거라고."

재희는 답답하다는 표정만 지을 뿐, 아무 말도 하지 않았다.

"우리, 국장 명령 무시하고 하자." 정우가 말했다.

"요원들이 움직이면 금방 눈치 챌 텐데?" 재희가 걱정된다는 표정으로 말했다.

"우리 셋이면 돼. 지원은 본부에 부탁하고."

"뭔 셋? 왜 셋이래? 여기 보니까 너하고 재희 씨 둘밖에 없는데?" 기수가 뜬금없는 소리 듣는다는 듯이 말했다.

정우가 턱짓으로 기수를 가리켰다. 기수는 그 턱이 향하고 있는 방향을 따라, 자신의 손가락 끝을 자신의 가슴에 댔다.

"요렇게 셋?"

"응." 정우가 고개를 끄덕였다.

"제발 이 김기수란 사람 좀 잊어줘라, 응?" 기수가 울상을 지으며 말했다. "난 DIS가 수영 씨를 구출해주는 게 하나도 억울하지 않아. 아니 얼마나 고마운지 몰라. 나중에 그 사람들 우리 마작방에 오면 한 게임 공짜로 돌려줄 생각이야. 그런 날 왜 니네한테 끼우지 못해 환장하고 그러니, 응?"

정우는 기수의 말을 무시하고 재희에게 물었다.

"할 거야?"

재희는 잠시 정우를 보다가 대답했다.

"응."

"그럼 가자." 정우가 말하고 방을 나가려고 했다.

"뭐야, 이 분위기는?" 기수가 벌떡 일어서며 말했다. "잠깐! 내 의사는 이렇게 완전히 뭉개버려도 되는겨?"

밖으로 나가는 정우의 등에 대고, 기수는 고래고래 소리 질렀다.

"야, 이정우! 거기 안 서? 너 오늘 나랑 얘기 좀 하자. 어? 그냥 가네? 야, 민주주의에서 이래도 되는겨? 너 오늘 나랑 한 번 맞짱……"

기수는 말을 다 맺지는 않았다.

서울, NTS 상황실.

"야, 똥개! 넌 가만있으면 좀이 쑤셔 미치겠냐? 왜 난리냐, 난리가!"

성철이 전화에 대고 소리를 질렀다.

— 팀장님, 제발요.

"안 돼! 글쎄 안 된다니까!

"팀장님, 해요! 우리 합시다! 이건 NTS, 아니 대한민국의 위신이 걸린 문제라구요." 옆에 있던 준호가 끼어들었다.

— 준호, 고마워.

"아 놔, 진짜 환장하겠네." 성철이 구시렁댔다.

비첸차.

손혁이 걸어오고 있었다. 그를 본 권용관이 손짓을 했다.

"식사는 하셨소?" 권용관이 물었다. "뭐 좀 시킬까요? 맛이 괜찮던데."

"됐습니다. 날 보자고 한 용건은 뭡니까?"

"그냥 시간 되면 식사나 할까 하고 연락했던 거요."

"2년 전 일은 유감입니다. 한국에게나 우리에게나 김 박사는 필요한 사람이었으니까, 서로 쟁탈전을 벌였다 치고 잊어주세요."

"그러리다. 기왕 말이 나왔으니, 하나만 물읍시다."

손혁이 어서 말하라는 듯, 눈썹을 치켜떴다.

"그때 날 살려준 이유가 뭐요?" 권용관이 말했다.

"위너에 대한 존중이라고 생각하면 됩니다."

"위너? 난 졌다고 생각하는데? 부하를 다섯이나 잃은 처참한 패장인 나를 위너라고요?"

"결국 타깃은 국장이 챙겼잖습니까? 비밀이 아니라면, 그때 어떻게 그럴 수 있었는지 물어봐도 될까요?" 손혁이 물었다.

"흠! 별 건 아니었소. 만일에 대비해 두 명의 요원을 지하 1층에 두었던 것뿐이오."

아, 그 간단한 점을 간과했다니! 손혁은 속으로 이를 지그시 깨물었다.

"어쨌거나 우리 뜻과는 상관없이 이번 작전을 손 부장이 맡게 된 이상 깨끗하게 정리해주세요. 난 그걸 바랄 뿐입니다."

권용관은 나이프와 포크를 내려놓고 냅킨으로 입을 닦은 후 일어섰다.

"권 국장, 그럼 나도 부탁 하나 합시다."

"말하세요."

"우리 작전을 완벽히 하기 위해 김명국 소장을 잠시 내어주셔야겠어요."

권용관의 눈썹이 꿈틀거렸다.

"납치범 패거리가 김 박사를 사하라사막에서 기다리고 있어요. 아다시피 거긴 GIA의 소굴입니다. 서툴게 굴었다간 수영 양의 생명이 위태로워요. 권 국장은 우리가 잘 보호할 테니, 넘겨주세요."

침묵이 흘렀다. 잠시 후 권용관이 입을 열었다.

"그건 내가 결정할 수 있는 문제가 아니오."

"물론 그러시겠지요. 대통령께서도 현명한 판단을 내리리라 믿고 진득하게 기다리겠습니다."

권용관이 뒤돌아서서 걸어가기 시작했다.

납치범들이 요구한 시한이 6시간 남았다.

손혁은 초조하게 구면천문학의 분석 결과를 기다리고 있었다. 얼마 후 요원 하나가 상황실로 들어왔다.

"납치범들의 위치가 나왔습니다."

"어디야?"

"이 마을입니다." 앤디가 벨루노의 한 마을을 가리켰다. "산악지형에 둘러싸인 고립된 마을입니다."

"목표지점이 정확하지 않아서 마을 전체를 작전지역으로 삼아야 할 것 같습니다." 제시카가 말했다.

손혁은 영상을 돌려보다가 특정 건물을 찍었다.

"접근하기 어렵고 방어하기 쉬운 곳. 여기 가능성은 어때?"

기술요원이 단말기를 두드리자 '87퍼센트'라는 결과치가 나왔다.

"좋아, 이리로 간다. 폭풍작전으로 휩쓸기로 한다."

"그랬다간 인질이 사망할 가능성이 높을 텐데요?" 구석에 있던 한 요원이 말했다.

손혁이 인상을 썼다. "그래서?"

"예?"

"물론 인질을 생존시킨 채로 확보하는 것이 가장 좋은 결과이긴 하다. 하지만 테러리스트들을 격멸하는 것이 우리의 최종 목표라는 걸 잊지 말도록 해."

그 요원은 더 이상 반문하지 못했다.

본부로부터 연락이 왔다.

정우는 얼른 이어피스를 귀에 꽂았다.

준호의 목소리가 새어나왔다.

— 미국 정찰위성이 갑자기 위치를 재조정했고요, 나토군 중무장 부대가 특정지역에 집중되고 있어요.

"그게 어디야?"

― 북부 산악지대인데요, 여기선 반경 30킬로미터 정도밖에 범위를 줄일 수 없어요. ……근데 거기 미국 애들은 무슨 움직임 없어요?

"아니, 왜 그러는데?"

― 이탈리아 전술부대에 동원령이 떨어지고 하는 걸 보면 아무래도 곧 작전을 시작할 것 같은데요?

"그래, 알았어."

구불구불한 산간도로를 달려 마침내 마을입구에 닿았다. 험한 산세에 둘러싸인 자그마한 마을이다.

정우가 먼저 내리고, 이어 재희와 기수가 내렸다.

"여기서 흩어지자. 난 우회해서 마을 위쪽에서부터 내려올 테니 너희들은 아래에서 진입해. 중간에서 보자."

"조심해." 재희가 말했다.

정우가 오른쪽으로 달려가는 것을 보고, 재희와 기수는 왼쪽으로 방향을 틀었다. 1분가량 가다, 재희가 멈추어 서더니 기수에게 총을 내밀었다.

"뭐하러 나한테 이걸?"

"이왕 온 거 기수 씨도 한몫해야 할 거 아녜요. 위급한 상황에서는 자기 몸도 지키고."

기수는 권총을 눈앞에 들어올리며 말했다.

"이걸 내가 꼭 써야 하나? 내가 꼭 이럴 필요가 있나? 아까 강력하게 이정우 놈한테 개겼어야 하는 건데, 난, 맘이 너무 여려서 문제야."

기수는 재희 뒤를 졸졸 따라가며 연신 투덜댔다.

재희가 뒤돌아보았다.

"조용히 안 할래요?"

그녀가 뒤돌아서자, 기수가 다시 구시렁댔다.

"하여간 남조선 정보기관은 문제투성이야. 일단은 말을 곱게 안 해요. 그리고 행동도 곱지가 않아요. 게다가 남의 말을 아주 잘 씹어······."

재희가 도끼눈으로 자신을 쳐다보자, 기수는 얼른 입을 다물었다.

약수터에 이르렀다. 경사진 길을 오르느라 땀범벅이 된 기수는 약수 파이프에 입을 갖다 댔다. 목울대를 실룩거리며 배가 터져라 물을 마신 기수는 약수터 담에 몸을 기댔다.

마을은 참 한가로웠다. 사람 하나 보이지 않고, 개 짖는 소리조차 들리지 않는다.

기수는 심심했다. 올라올 때는 힘들어서 몰랐는데, 이런 조용한 마을은 정말이지 별로였다. 역시 난 시끌벅적한 자본주의 체질이야.

생각해보니, 품에 들어 있는 권총이 생각났다.

기수는 총을 꺼내 요리조리 뜯어보았다.

"총이란 무엇일까?"

기수는 총을 앞으로 겨누고 쏘는 시늉을 했다.

"주는 걸까?"

이번에는 자신을 향했다. 동그란 구멍이 자신을 째려보는 것 같아 기분이 나빴다. 머리 위로 올렸다.

"받는 걸까?"

타~아~아~앙!

"허걱!"

고요한 산악마을에 터진 한 발의 총성은 의외로 여운이 오래 갔다. 그동안 잠들어 있던 온 산의 메아리들이 일제히 기지개를 켜고 합창하기 시작했다.

그러나 즐거운 메아리와는 달리, 기수는 도망자의 신세가 되고 말았다. 재희가 당장이라도 때려죽일 것처럼 그를 향해 달려왔다. 기수는 도망치기 시작했다.

잠시 후, 기수는 항복 선언을 할 수밖에 없었다. 무릎을 꿇고, 두 손을 들어 앞으로 내밀고는 재희를 향해 빌었다.

마을은 갑자기 활력을 되찾았다. 돼지와 닭들이 요란스레 떠들어대기 시작했다.

"빨리 이리 와요!"

재희는 기수의 목을 잡아 끌다시피 하여 창고 벽에 몸을 숨겼다.

재희가 작은 소리로 기수에게 말했다.

"당신, 진짜 35호실 출신 맞아?"

"그건 재희 씨가 잘 몰라서 그래요. 타짜 세계를 안다면 충분히 이해하고도 남음이 있지요. 가령 말이죠, 한창 때는 38광땡을 무지하게 잡던 놈도 한 3년 푹 썩고 나면 38따라지밖에 못 잡는 경우가 많은데, 그것은 왜 그러냐 하면, 손이 일단 기름칠이 덜 돼서……"

"조용히 안 해요?"

"네에." 기수는 얼른 입을 다물었다.

그때 90살은 족히 넘어 보이는 할머니가 힘든 걸음으로 밖에 나왔다. 그걸 본 기수가 이태리어로 말했다.

"저기 할매, 들어가요! 어여! 집 밖으로 절대 나오지 말고 꼭꼭 숨어 있어요! 그게 100살 사는 장수 비결이에요."

할머니는 기수를 보며 씩 웃었다. 이가 빠진 입술이 헐렁거렸다. 기수가 열심히 손짓을 하자, 알았다는 듯 고개를 힘겹게 끄덕이고는 집 안으로 들어갔다.

할머니를 안전하게 피신시키는 동안 파트너가 사라지는 것도 몰랐다. 기수는 고개를 두리번거리며 재희를 찾았다.

"재희 씨!"

그러나 응답이 없었다.

한참을 혼자서 가다 보니 너무도 쓸쓸했다. 기수는 총구가 뒤로 향하게 총을 어깨 위에 걸쳤다. 아, 나도 옛날에는 총에 웃고 총에 울었는데, 어쩌다 이렇게 손이 녹슬었을꼬. 기수는 방아쇠에 살짝 힘을 줘보았다.

타~아~아~앙.

또다시 메아리가 울렸다. 기수는 뒤로 고개를 돌렸다. 10미터 뒤 담장 위에서 자신을 노리던 한 사내가 아래로 고꾸라지고 있었다.

손혁의 차가 출발하고 10분쯤 지났을 때 앤디의 휴대폰이 울렸다.

"예?"

손혁은 앤디의 목소리가 높아지는 게 신경에 거슬렸지만, 감은 눈을 뜨지는 않았다.

앤디는 통화를 끝내고 흥분한 목소리로 손혁에게 보고했다.

"한국에서 사하라 쪽에 보낸 김명국은 가짜였답니다."

손혁은 갑자기 잠이 싹 달아났다.

"어떻게 할까요?" 앤디가 물었다.

"다 죽여버리겠어!"

마을에 도착한 손혁은 스나이퍼들부터 배치했다. 그리고 이어피스로 지시를 내렸다.

"너희들은 이곳에 대기하고 있다가 조준경에 포착된 놈들은 한 놈도 남기지 말고 쏘도록 해."

10미터 간격으로 떨어져 배치된 세 명의 스나이퍼들이 알았다는 신호로 오른손을 들었다.

"자, 나머지는 모두 진입!"

대원들이 마을을 향해 전속력으로 뛰어갔다. 그들은 입구에 이르자 산발 대형으로 흩어져 마을 속으로 스며들었다.

……정우는 최초의 총성이 메아리를 타고 울리자 잽싸게 몸을 숨겼다. 그리고 구부린 자세로 산을 타고 내려오기 시작했다.

……손혁 역시 최초의 총성에 표정이 굳었다. 그는 이어피스에 대고 상황 체크를 했다.

"어디야? 피해 상황은?"

……리광철은 최초의 총성에 화들짝 놀라며 부하에게 명령했다.

"빨리 나가봐!"

……계단을 뛰어 내려오던 테러범이 앤디 분대와 마주치고 총격전이 벌어졌다. 앤디가 이어피스로 보고했다.

"우리가 발포한 게 아닙니다. 작전 변경 요청합니다!"

그 사이, 계단을 내려오던 테러범은 하늘을 향한 자세로 자갈밭 위에 반듯이 누워버렸다.

……리광철의 지시로 나갔던 부하가 총격을 받고 쓰러지자 광철이 하얗게 질리며 말했다.

"기습입니다!"

"약속시간은 얼마 남았나?" 민혁이 물었다.

"20분 남았습니다."

"사하라 쪽에 전화해봐!"

광철이 다급하게 전화를 걸었다.

……정우는 총격전이 벌어진 쪽을 쳐다보았다.

낡은 계단이 촘촘히 이어진 건물에서 납치범들이 분주하게 움직이고 있었다.

……"사하라 쪽에선 아직 보이지 않는답니다." 광철이 보고했다.

민혁은 총기를 들고 일어섰다.

"가자!"

"어떻게 하실 겁니까?" 광철이 물었다.

"일단 따라와."

그들은 낡은 발코니를 통해 좁은 통로로 빠르게 이동해갔다.

……정우는 열린 문을 통해 집 안으로 들어갔다. 거실에 한 할머니가 있었다. 90살은 족히 넘어 보였다.

"죄송합니다." 정우가 머리를 꾸벅 숙이며 한국말로 인사했다.

할머니가 어이없다는 듯 웃었다.

집을 통과해 나오자마자 테러리스트 두 명과 마주쳤다. 정우는 얼른 몸을 벽에 붙이며 사격을 가했다. 그들이 쓰러지는 것을 확인한 정우는 다시 앞을 향해 달리기 시작했다.

……재희도 마을 중앙의 건물에 이르렀다. 그녀가 막 그 건물에 진입하려는 순간, 세 명의 테러범들이 뛰어나왔다.

재희는 엄폐한 채로 응사했다.

그때 누군가 옆에 찰싹 달라붙었다.

기수였다.

"어디 갔다 이제 오는 거예요?"

"어디 가긴요. 열심히 싸우다 왔지요 죽을 고비를 두 번이나 넘겼는데."

못 믿겠다는 듯 재희가 흘겨보았다. 그것을 본 기수가 또다시 구시렁대기 시작했다.

"하여간 남조선 정보기관은 문제가 많아. 일단은 사람 말을 안 믿고 보는 것이고, 두 번째는 사람을 흘겨보는 것이고, 세 번째는……," 기수는 말을 하다 말고 총을 쏘았다. 옆에서 뛰어나오던 사내가 쓰러졌다. "이렇게 뭔가를 보여줘도 한마디 해주는 법이 없는 것이고……."

"잘했어요." 재희가 생긋 웃었다.

기수는 갑자기 기분이 뜨거워졌다. 35호실의 역량이 유감없이 발휘되는 순간이었다.

"따라와요!" 재희가 소리쳤다.

자아도취에 빠져 있던 기수가 정신을 차려 보니 재희는 또 사라지고 없었다.

……광철은 통화를 시도했지만 잘되지 않았다.

"연결이 잘 되지 않습니다."

그것을 본 민혁이 수영을 턱으로 가리키며 지시했다.

"풀어! 일단 여길 빠져나간다!"

김남진이 수영의 손과 발을 묶은 끈을 풀었다. 수영이 비틀거렸다.

남진이 수영의 팔을 잡아끌고, 달리기 시작했다. 그 앞으로 민혁과 광철이 달려갔다.

그들 앞으로 총알이 날아들기 시작했다. 손혁의 부대였다. 양쪽 사이에 총격전이 벌어졌다. 남진도 수영의 팔을 놓고 응사했다.

수영은 자신에 대한 경계가 느슨해지자, 뒤를 향해 뛰어가기 시작했다. 건물 하나를 막 지나는 순간, 거친 손아귀가 그녀를 잡아챘다.

수영은 비명을 질렀다.

"쉿!"

남자가 입에 손을 갖다 댔다.

"당신은?"

"NTS 이정웁니다. 미정 씨, 아니 수영 씨, 저에게 꼭 붙어 있으세요."

그녀의 눈에서 안도의 눈물이 주르륵 흘러내렸다.

"자, 갑시다!"

정우가 그녀의 손을 잡고 성당을 향해 달리기 시작했다.

……민혁은 광철의 엄호사격을 받으며, 정우와 수영을 쫓아 달려갔다.

100미터 앞에 성당 건물이 보였다. 성당 앞 공터에는 이 마을 주민들의 차가 여러 대 주차되어 있었다.

민혁을 본 테러범들이 그와 합류하기 시작했다.

그들은 성당 앞 30미터 지점에 있는 차들 사이로 몸을 숨겼다.

……손혁은 제시카로부터 테러범들과 정우 일행이 성당 쪽을 향하고 있다는 보고를 받았다.

손혁은 이어피스로 모든 대원들에게 명령했다.

"다들 성당 쪽으로 집결해!"

……기수는 테러범의 아지트를 나오던 중 묵직한 화기를 발견했다. 바주카포였다. 기수는 그것이 권총보다 훨씬 맘에 들었다.

그런데 무게가 문제였다. 기수는 그것을 포기할까말까 한참을 망설였다. 그러나 그는 어떤 물건이든 그냥 내버려두고 가는 성품이 아니었다.

기수는 바주카포를 짊어진 채 낑낑거리며 마을 중앙을 향해 걸어갔다.

성당의 첨탑이 보이기 시작했다.

10분가량 지났을까.

성당 건물을 중심으로 세 개의 서로 다른 세력들이 모여들었다.

민혁 일당은 가장 유리한 위치를 차지했다. 그들 앞에는 자동차들이 늘어서 있었다. 자동차는 엄폐물로 안성맞춤이다.

민혁은 상대들의 위치를 가늠해 보았다. 미국 측이 왼쪽, 그리고 그가 타깃으로 삼아온 수영과 남자 하나가 오른쪽에 몸을 숙이고 있다.

민혁은 일단 그들 남녀를 향해 미친 듯이 총을 갈겨댔다. 모든 것이 수포로 돌아간 지금, 그들을 살려두어야 할 이유는 하나도 남아 있지 않았다.

그러나 왼쪽에서 가해 오는 총알 세례가 더 문제였다. 숫자로 보아도 그들은 자신들과 비등했다.

"왼쪽으로 집중사격해!"

양쪽 사이에 엄청난 총격전이 벌어졌다.

그들이 교전하는 사이 민혁은 뒤로 몸을 뺐다. 그리고 오른쪽 수풀을 향해 내달렸다. 건물 하나를 빙 돌아, 성당 오른쪽을 향해 몸을 굽힌 채 조심조심 발걸음을 옮겼다.

건물의 담벼락을 벗어나자, 타깃의 모습이 나타났다.

"총 버려!"

등 뒤에서 여자의 목소리가 들려왔다. 한국말이었다.

"총 버리라니까!" 재희가 말했다.

재희가 민혁을 향해 한 걸음 다가섰다.

민혁은 총을 발 아래로 떨어뜨렸다. 이를 갈았지만, 지금 그가 할 수 있는 것은 아무것도 없었다.

총격전은 계속되고 있었다. DIS 측에서도 테러범 쪽에서도 사상자가 하나둘씩 나오기 시작했다. 그러나 양쪽 모두 먼저 총을 거둘 생각은 없는 듯했다.

기수는 이 상황을 빨리 정리하고, 그의 사업장이 있는 서울로 돌아가고 싶었다. 그러려면 한쪽이 무너져야 한다.

기수는 바주카포 안을 들여다보았다. 기분 나쁘게 시커먼 포구가 자신을 쳐다보고 있었다. 그는 바주카포를 어깨에 실어 올렸다.

기수는 어느 쪽을 향할까 잠시 고민했다.

처음엔 DIS 쪽을 향했다. 얄미운 놈들이다.

하지만 그들이 사라지고 난 후 테러범들의 총알로 벌집이 되어 있을 자신을 떠올리니 끔찍했다.

테러범이 없어진 후의 DIS는? 그들도 자신을 사격훈련장 표적처럼 갈기갈기 찢어놓을까?

기수는 바주카포 방아쇠를 당겼다.

마을의 유일한 운송수단인 자동차들이 공중으로 튀어오르고 있었다.

〈 2권에서 계속 〉